分類實用老對聯

北山 编

浙江古籍出版社

图书在版编目（CIP）数据

分类实用老对联 / 北山编 .—杭州：浙江古籍出版社，2018.7（2024.12 重印）

ISBN 978-7-5540-1253-6

Ⅰ.①分… Ⅱ.①北… Ⅲ.①对联—作品集—中国 Ⅳ.① I269

中国版本图书馆 CIP 数据核字（2018）第 096413 号

分类实用老对联

北山　编

出版发行　浙江古籍出版社

（杭州环城北路 177 号　电话：0571-85068292）

责任编辑　徐晓玲

封面题字　钱之江

责任校对　余　宏

封面设计　杭州立飞图文制作有限公司

责任印务　楼浩凯

照　　排　杭州立飞图文制作有限公司

印　　刷　浙江新华印刷技术有限公司

开　　本　880mm × 1230mm　1/32

印　　张　10.25

字　　数　250 千字

版　　次　2018 年 7 月第 1 版

印　　次　2024 年 12 月第 4 次印刷

书　　号　ISBN 978-7-5540-1253-6

定　　价　35.00 元

出版说明

《辞海》对于"楹联"一词的解释是：楹联，亦称"楹帖""对联""对子"。悬挂或粘贴在壁间柱上的联语。春节贴在门上的叫"春联"。字数多寡无定规，但求对偶工整，平仄协调，是诗词形式的演变。

对联是汉语特有的文体，也是百姓喜闻乐见的民俗文化形式，雅俗共赏。目前比较通行的说法是，对联起源于五代。相传五代后蜀主孟昶在寝室门板桃符上题词："新年纳余庆，嘉节号长春。"（见《蜀梼杌》）是为中国最早的对联，也是历史上第一副春联。在以后的发展历程中，对联涉及的范围不断扩大，分类不断细化，如办丧事时用的挽联，寿诞时用的寿联，另外还有庆贺新屋落成、庆贺开业等的对联，几乎成为百姓生活中不可或缺的一种民俗文化，应用极为广泛。对联一般都是竖写，上联末字仄声，下联末字平声。即上联仄收，下联平收。张挂时上联挂右边（上手），下联挂左边（下手）。

2005 年，经国务院批准，文化部将楹联习俗列入第一批国家非物质文化遗产名录。近年来，习近平总书记关于中华文化的系列重要讲话中，屡屡将弘扬中华优秀传统文化作为重要主题。作为中华优秀传统文化精髓的对联，对于传承和弘扬中华民族文化有着重大价值。

在此背景下陆续出版的对联类图书虽然如雨后春笋般层出不穷，琳琅满目，但却有诸多不足，如收录的对联数量较少，涵盖面不广，供选余地不大；未做细致分类，给读者按需查找造成不便。各种欠缺，不一而足。《分类实用老对联》一书正是为了补充以上不足而专门编辑的，希望尽可能为需要使用对联的读者提供方便，为想要了解对联文化的读者提供门径。

本书之“分类实用”，是指从方便读者使用的角度出发，分不同主题选录了历代经典对联，尽可能地涵盖了百姓生活的方方面面，收录的对联数量达六千余副，便于读者因需选用。本书在主题分类上，分为春联、农历节日联、宅第联、贺寿诞联、贺婚嫁联、贺生育联、贺筑屋迁居联、哀挽墓碑联等十二个主题，各个主题之下又有细化的分类，比如贺寿诞联这一章中，分为通用联、男寿联、女寿联、双寿联等；在贺生育联这一章中，又分为贺生子、贺生女、贺生孙等，在目录中均有细致呈现，方便读者检索。

本书之“老对联”，是指所选的都是传统对联精华之作。在千余年的历史长河中留存下来的对联可谓浩如烟海，虽然其中大多数作品都是极具艺术感染力的，但也不乏内容陈腐、有伤风化的粗俗之作，因此在遴选过程中，编选者竭力做好去芜存菁、披沙拣金的工作，力求为读者奉上堪称经典的老对联。

为了更好地向读者展现中华传统对联的精彩，本书特意搜集了部分明清名家对联书法作品进行集中展示，从这些作品中，读者既可以领略到对联朗朗上口、寓意深远的文字之美，又可以欣赏到各种书法体或隽永秀丽或遒劲挺拔的形式之美，读者亦可将之作为临摹的对象。

由于时间和能力所限，书中难免存在错讹，敬请读者方家不吝指正。

目　录

第一章　春　联

第二章　农历节日联

第三章　宅第联

第四章　贺寿诞联

第五章　贺婚嫁联

第六章 贺生育联

第七章 贺筑屋迁居联

第八章 哀挽墓碑联

第九章　行业联

第十章　祠庙戏台联

第十一章　箴言联

第十二章　集古联

第一章　春　联

传统春联

八音祥奏 五谷丰登	春回柳叶 赋献梅花	福星高照 万事亨通	花开富贵 竹报平安
白雪融腊 红梅赋诗	春浓山腹 梅放岭头	复回元气 唤醒黄魂	花开锦绣 雨送吉祥
百花齐放 万木争荣	春为岁首 梅占花魁	国光焕发 民气昭苏	华堂春暖 兰室香熏
春分子谷 圃种辰瓜	椿庭庆集 棣圃春浓	合群造福 同种生春	怀同霁月 量洽春风
春风得意 和气致祥	东风解冻 春日载阳	河山溢彩 华夏增辉	惠风和畅 化日舒长
春光九十 气象万千	冬迎梅至 春伴燕归	红梅点点 春意融融	江山壮丽 桃李芬芳
春回斗转 岭峻云连	风调雨顺 国泰民安	鸿鹄得志 桃李争春	椒花献颂 柏酒浮春

九州永泰 四季长春	年年旧雨 处处春风	人增寿算 天转阳和	水翻鸭绿 山叠螺青
兰芳春日 桂馥秋风	普天同庆 大地皆春	三春长在 大富有余	水光漾碧 花信传红
龙兴华夏 燕舞阳春	千古不凋 四时常新	三江生色 四海呈祥	岁且更始 时乃日新
隆启家业 盛开德华	青回柳眼 红入桃腮	三阳开泰 万象回春	天地交泰 日月升恒
履端于始 枕善而居	庆云兆日 芳草迎春	山川毓秀 松柏长春	天开淑景 人乐丰年
绿舒山色 红发林花	人登寿域 世跻春台	山欢水笑 鸟语花香	天开文运 人喜春旸
梅开五福 竹报三多	人逢盛世 岁值年华	诗书门第 陶淑人家	天开长乐 人到恒春
梅香五岳 春满九州	人间增岁 环宇迎春	十分春色 万里鹏程	万千气象 百六光阴
年逢大有 瑞兆宜春	人游化日 天与长春	时和景泰 人寿年丰	五风十雨 万紫千红

祥光满室
瑞气盈门

祥云捧日
玉树临风

新年献瑞
飞雪迎春

萱庭日永
兰室春和

阳春烟景
大块文章

阳春召我
淑气宜人

一家瑞气
万里春光

一夜腊去
五更春来

一元复始
万象回春

依仁成里
与德为邻

因文见道
以鸟鸣春

有耕必获
无地非春

与山同静
随地皆春

鸢飞鱼跃
燕语莺啼

云霞呈秀
梅柳争春

自求多福
其命惟新

白云抱幽石
绿竹媚清涟

百柳报春兆
千花传欢乐

豹变南山雾
莺歌大地春

爆竹传吉语
腊梅报新春

爆竹声声脆
梅花朵朵红

残云随雪逝
美景应春来

苍松随岁古
绿竹与年新

草色和云暖
梅花带月寒

草生三径绿
山拥万峰青

承家多旧德
继代尽新民

城阙千门晓
河山万户春

窗前柳泛绿
屋后花映红

春城回北斗
烟树发南枝

春风吹柳绿
碧水育花红

春风催虎步
瑞雪兆丰年

春风芳草地
瑞雨杏花天

春风辉德里
淑气霭华堂

春风引紫气
大地发清华

春风初应律
花信早传梅

春光遍草木
佳气满山川

春花含笑意
爆竹增欢声

春秋多佳日
礼义为丰年

笛奏梅花曲
莺歌杨柳风

风暖日华丽
气澄天宇高

春辉遍草木
佳气满山城

春色桃舒秀
秋风桂送香

地暖花长发
村幽鸟任歌

风声读竹韵
月影写梅痕

春辉满庭院
欢乐溢门窗

春为一岁首
梅占百花魁

端月初临候
丰年已报祥

风移兰气入
春逐鸟声来

春降千门福
花开万户欢

春信梅花发
秋风桂子香

芳室芝兰茂
春风桃李香

风助飞雪舞
诗伴落梅吟

春来花如锦
风过竹自吟

春意闲方觉
人情老更知

芳树笼秦栈
春流绕蜀城

高怀同霁月
雅量洽春风

春来千枝秀
冬去万木芳

春雨添新韵
东风不白头

飞雪迎春归
爆竹送年到

孤村芳草远
斜日杏花飞

春来杨绽绿
霓散日喷金

春云山对屋
夜雨水平桥

风鼓帆展翼
雨洗山更颜

光景年年好
桃符岁岁新

春明花富贵
风静竹平安

春占红梅上
莺歌绿柳前

风光行处好
春色望中新

国华光夏甸
民气煦春旸

春情寄柳色
日影泛槐烟

翠竹添新笋
红梅报早春

风来花似笑
春到鸟亦歌

海阔凭鱼跃
天高任鸟飞

海日生残夜
江春入旧年

寒堆阴岭雪
春泮水池冰

寒尽桃花嫩
春归柳叶新

寒雪梅中尽
春风柳上归

和风扇淑气
甘雨酿新枝

和光生柳叶
春色泛桃花

和气氤氲合
卿云烂漫浮

河清庆有日
海晏乐无垠

红点桃花嫩
青描柳色新

红梅知春早
松柏认岁寒

红雨桃千树
绿风柳十围

虎啸风声远
龙翔海浪高

户外一峰秀
窗间万木春

花动朱楼雪
城凝碧树烟

花开春富贵
竹报岁平安

花开香四季
家睦乐百年

花香春正好
燕语日初长

华堂来紫燕
乔木倚青云

华文春日丽
瑞色紫云高

华屋辉生壁
春山绿到门

黄金新岁月
锦绣好山河

黄莺鸣翠柳
紫燕剪春风

吉门沾泰早
仁里得春多

健康如意春
平安吉祥年

江河霜练净
峰峦玉堆高

江山开眼界
风雪炼精神

江山飞丽藻
花柳发韶光

江山增润色
桃李艳春光

阶前生百福
檐下纳千祥

金缕春溢彩
玉雕雪迎祥

九天开霁色
四海染春容

岚光垂处合
云物望中新

劳动传家久
勤俭继世长

雷鸣龙起势
泥暖燕含春

帘抖三冬雪
窗含万里春

帘外生紫气
阶前度春风

良辰逢雪霁 瑞气霭春晖	梅花飘香雪 杨柳荡轻烟	年丰人增寿 春早福满门	青山添秀色 碧海泛春潮
柳塘春水慢 花坞夕阳迟	梅开透春信 雪化见松贞	暖日芳心吐 东风柳眼舒	卿云辉柳染 春色灿梅魁
柳絮随风去 桃花逐水来	梅岭迎春早 萱庭集庆多	普天开景运 大地转新机	晴开万井树 春满九江池
龙腾至万里 凤舞驾九州	梅柳谈天好 燕莺语地新	千年迎新春 瑞雪兆丰年	庆洽时方至 春来日渐长
龙引千江水 虎越万重山	梅香催腊去 燕翅携春来	升平天下福 孝友人间春	秋露滋丹桂 春风碎碧桃
绿树村边合 青山郭外斜	梅绽香风远 柳摇春意浓	琴书千古意 花木四时春	人勤三春早 地肥五谷丰
绿水闲润柳 春风漫拂花	门含千山秀 楼览万里春	青帝开三朔 黄图历万春	人随春意泰 风与太初邻
梅花含白玉 柳色吐黄金	门庭多喜气 山水遍春光	青山多画意 春雨润诗情	人随春意泰 年共晓光新
梅花开五福 竹叶报三多	嫩柳千姿秀 腊梅万朵妍	青山披锦绣 绿水泛春光	人心新岁月 春色旧乾坤

日出千山秀
花开万里香

山近云多态
城深草自春

淑气催黄鸟
晴光映绿萍

岁岁平安日
年年如意春

日高柳生色
风暖莺送声

山桃发红萼
野蕨渐紫苞

淑气腾佳节
和风扇早春

岁新绵甲子
德厚富春秋

日月光天德
云霞拥地灵

山远云多态
地近草自新

淑气芝兰茂
春风桃李香

岁月随人好
山河照眼明

瑞凝三秀草
春入万年枝

韶光开锦绣
春色上珠帘

曙光昭物彩
淑气焕人文

太平真富贵
春色大文章

瑞气当窗霭
春光映日新

韶华光宇宙
喜气溢门闾

四海春风浴
千年夏历长

天寒梅骨傲
风暖草心香

瑞气临门早
春香及第先

神州臻百福
盛世集千祥

四海皆淑气
九州尽春晖

天开清淑景
人乐庆和年

瑞雪漫天舞
红梅着意开

声华满冰雪
节操方松筠

四时多吉庆
八节永平安

田园无限好
山河分外娇

瑞雪妆梅艳
春花映日红

升平天下瑞
和谐世间春

四时开新律
九州度瑞年

听莺红杏曲
驻马绿杨荫

三阳临吉地
五福萃华门

盛世千家乐
新春百家兴

随心变冬夏
信手拈春秋

庭院唯栽竹
溪山半是梅

土能生百福
地可纳千祥

新年纳余庆
嘉节号长春

烟花山际重
舟楫浪前轻

一畦春韭绿
千里杏花红

万方春浩荡
四海镜如澄

新岁多吉庆
合家乐安然

烟柳千家晓
风华百里春

一天如意锦
满地迎春图

万派同新轨
八纮仰首基

星临万户动
月傍九霄悬

燕舞桃烟醉
莺歌柳浪轻

吟雪诗情热
画松翠笔娇

渭北春天树
江东日暮云

旭日临门早
春风及第先

燕戏还檐际
花飞落窗前

吟竹诗含翠
画梅笔带香

物华天宝日
人杰地灵时

旭日千门启
祥辉四望新

燕语千门泰
莺声万户安

莺迁金谷晓
花发锦城春

溪水鸣琴韵
春阳照华年

雪消残腊处
春到早梅边

阳春开物象
丽日焕天文

有天皆丽日
无地不春风

喜鹊登枝唱
乳燕衔春歌

雪消梅绽玉
风细柳摇金

阳和辉大地
瑞气霭重门

鱼跃清波澈
莺啼众绿新

祥光凝比屋
春色入重帘

雪映梅花白
春临柳色青

杨柳春风第
芝兰玉树阶

玉堂浮瑞气
金室耀祥光

祥梅伴福到
瑞雪迎春归

雅量涵高远
清心鉴古今

一村山水秀
十里稻花香

玉堂开春色
琼树发秋香

园荷浮小叶
细菱落轻花

枝头沾春露
门户洽清风

春暖风和日丽
年丰物华民欢

九域同歌盛世
七音共庆丰年

远山含紫气
芳树发春辉

忠厚传家远
诗书济世长

春引百花竞放
雪兆五谷丰登

孔雀开屏报喜
画眉欢唱迎春

远树千门色
高天万里春

竹开霜后翠
梅动雪前香

春种千山绿玉
秋收万顷黄金

两袖清风门第
四时和气人家

云霞成异色
花柳发韶年

竹梅呈秀色
莺燕传佳音

冬尽梅花点点
春回爆竹声声

年丰人寿福满
柳绿花香春浓

云霞出海曙
梅柳渡江春

竹疏烟补密
梅瘦雪添肥

冬去山明水秀
春来鸟语花香

人寿国强家富
年丰花好月圆

云消梅绽玉
风细柳摇金

紫燕舞翠柳
黄莺歌红梅

冬去祥光入户
春来喜气盈门

人寿年丰福满
桃红柳绿春浓

云中熊虎将
天上凤凰儿

柏酒醉辞旧岁
椒花颂献新春

共喜阳回大地
同歌春到人间

人因勤劳多寿
户因节俭有余

芝兰舒化日
桃李沐春风

保此新年朝气
争来古国威风

河清海晏盛世
日暖花香新春

日暖风调雨顺
家和人寿年丰

枝头叠梅影
日下有鹊声

春满三江四海
喜盈千家万户

户户金花报喜
家家紫燕迎春

日丽风和人乐
国富民强年丰

户户金花报喜
家家紫燕迎春

万紫千红天地
花团锦簇人家

人寿年丰福满
花香柳绿春浓

山碧千峰竞秀
水清百鸟争春

喜看山花烂漫
笑谈桑麻丰收

一院芝兰瑞气
万家杨柳春风

水笑山欢贺岁
鸡鸣犬吠迎春

细雨无声润物
和风有意迎春

悠悠乾坤共老
昭昭日月争辉

四序先临首祚
万家同得长春

笑问春归何处
喜看水绿江南

与松竹梅交友
择兰荷菊为邻

岁岁风调雨顺
年年物阜民康

笑语欢歌辞旧
华灯爆竹迎春

有竹有梅门第
半村半郭人家

岁岁三春得意
年年万事开心

新岁新光新景
春风春雨春花

月明五湖曙色
潮满三江春光

天赐一门吉庆
春来二字平安

雪映梅花更艳
春归柳色尤青

百花雪尽今争放
众鸟春来始自鸣

田园风光绝好
农家岁月更新

一声爆竹除旧
万户桃符更新

百花争艳山河美
群鸟欢歌岁月甜

庭院花香鸟语
楼台月满云开

一夜东风化雨
五更爆竹迎春

百世岁月当代好
千古江山今朝新

财源滚滚随春到
喜气洋洋伴福来

冬去山川齐秀丽
喜来桃李共芬芳

红梅报信千家喜
瑞雪迎春万象新

池上碧苔三四点
叶底黄鹂一两声

多情喜鹊枝头唱
如意梅花雪里开

红梅斗雪迎春到
紫燕穿云送喜来

传家有德惟淳厚
处世无奇但率真

朵朵寒梅因雪艳
双双飞燕为春归

红梅朵朵迎春笑
彩蝶翩翩送幽香

春风堂上初来燕
香雨庭前新种花

芳草春回依旧绿
梅花时到自然香

红梅含苞傲冬雪
绿柳吐絮迎春晖

春风掩映千门柳
暖雨晴开一径花

风吹杨柳千门绿
雨滋桃杏万户红

红梅吐蕊迎春节
喜鹊登枝唱丰年

春风正好分琼液
瑞日遥临丽凤城

好年好月好如意
多财多福多吉祥

红梅献岁千丛锦
绿柳迎春万户新

春雨丝丝润万物
红梅点点绣千山

和风入户添瑞气
旭日临门得春晖

红梅映日祥云绕
翠柳回风瑞气来

此日人同昨日好
今年花胜去年红

河清海晏金瓯固
人寿年丰玉烛调

红梅乍绽知春早
白雪初融兆岁丰

地领春风花世界
天赠瑞雪玉乾坤

红梅傲雪暖千树
翠柏耐寒春万年

红杏枝头春意闹
绿杨烟外晓寒轻

红叶满林花着雨
翠光摇户柳含烟

琅玕岁报平安竹
锦绣春开富贵花

人逢治世居栖稳
运际阳春气象新

花迎喜气皆如笑
鸟识欢声亦解歌

老圃花奇舒妙蕊
新毫意妙写奇情

日丽远山含淑气
晴烘芳树蔼春晖

华夏处处皆丽日
神州户户尽春风

梅竹平安春意满
椿萱并茂寿源长

日暖三江五湖水
春到千村万户门

欢声笑语贺新春
欢聚一堂迎新年

内外平安好运来
合家欢乐财源进

日暖阳春辉宝座
风和淑气蔼衡门

江边柳丝迎春绿
门上桃符耀眼红

年丰人寿家家乐
柳暗花明处处春

日月光华开复旦
云霞灿烂乐长春

江山呈秀春不老
杨柳多姿燕常飞

年丰人寿民安乐
海晏河清国太平

瑞日芝兰光甲第
春风棠棣振家声

江山万里迎风暖
桃李三春映日红

年年景丽年年胜
月月花香月月红

三春淑气盈门空
万里祥光焕斗文

阶前春色浓如许
户外风光翠欲流

年年迎春春常在
岁岁祝福福满门

事事如意大吉祥
家家顺心永安康

举案椿萱娱永日
盈阶兰桂茂长春

鸟寻花径知春到
鱼跃龙门带雾飞

淑气晓腾龙虎坐
日华春护凤麟香

松竹梅岁寒三友
桃李杏春风一家

万里春风陶礼乐
百年世业绍箕裘

五湖春色浮天地
千黛青岚入画图

岁岁平安闻爆竹
家家幸福赏春联

万里和光生柳叶
五陵春色泛桃花

五湖四海皆春色
万水千山尽得辉

岁自更新春不老
花多增艳水长流

万事如意展宏图
心想事成兴伟业

喜居宝地千年旺
福照家门万事兴

堂开晓日光中好
人坐春风分外清

万紫千红春烂漫
五风十雨景妖娆

向阳门第春常在
积善人家庆有余

桃杏满园春似锦
芝兰绕砌座凝香

文成蕉叶书尤绿
吟到梅花字亦香

新蒲细柳皆春色
紫燕黄鹂俱好音

天地和顺家添财
平安如意人多福

文章旧价留鸾掖
桃李新阴在鲤庭

旭日融和开柳眼
春风摇曳送莺喉

天将化日舒清景
室有春风聚太和

无限阳春回大地
几番瑞雪兆丰年

旭日晓含珠树影
和风晴护锦堂春

天增岁月人增寿
春满乾坤福满楼

五风十雨俱为瑞
万紫千红总是春

烟霞尽入新诗卷
山水遥开古画图

天泰地泰三阳泰
家和人和万事和

五谷丰登人人喜
六畜兴旺处处欢

一帆风顺吉星到
万事如意福临门

一元二气三阳泰
四时五福六合春

云间瑞气三千丈
堂上春风十二时

柏叶为铭椒花作颂
龙缠肇岁凤纪书元

一元复始春为首
五谷丰登勤当先

再濡塞北桃花雨
又绿江南杨柳风

爆竹一声废除旧历
梅花数点迎接新春

迎喜迎春迎富贵
接财接福接平安

宅近芳邻添福气
家居仁里竞风流

爆竹一声人间改岁
梅花数点天下皆春

迎新春事事如意
接鸿福步步高升

长风劲送千帆远
瑞鸟齐鸣万木荣

北斗光明春台起凤
南溟壮阔羊角搏鹏

有情红梅报新岁
得意嫩柳招春风

阵阵春风拂嫩柳
潺潺碧水润新荷

碧草白羊三春图画
金戈铁马万里征途

有意春风梳绿柳
多情细雨润红桃

芝兰得气一庭秀
桃李成阴四海春

福鹿吉羊三元开泰
尧天舜日万象更新

玉府珠林罗典籍
瑶阶瑞石出芝兰

重门尽暖花迎户
深院春归燕入帘

姹紫嫣红田园似锦
风和日丽寰海同春

园林桃李争春暖
岭径松筠耐岁寒

珠树自饶千古色
笔花开遍四时春

东风报喜喜上眉梢
飞雪迎春春满人间

园中草木春无数
湖上山林画不如

竹翠松苍人益寿
花红柳绿月长圆

冬去春来一元复始
云开日丽万象更新

画里江山飞花点翠
枝头梅鹊斗艳争春

瑞雪飞神州多壮丽
爆竹响山河尽朝晖

笑舞东风松梅竞秀
喜沾春雨桃李争艳

家家户户欢欢喜喜
山山水水秀秀青青

世事文明春风入户
玉宇气清鹰冲霄汉

心欢旧日山清水秀
意愿新元雨顺风调

九州春色莺歌燕舞
四海征程虎跃龙腾

送旧年窗花映白雪
迎新岁喜鹊上红梅

迎新春共庆山河壮
过佳节齐歌天地新

柳梅渡江乾坤增色
骅骝开道岁月更新

万户春风礼陶乐淑
三阳景运人寿年丰

雨润千山群芳吐蕊
冰消北岸鸟语花香

龙凤织文神州焕彩
鲲鹏展翅华夏腾飞

万紫千红百花争艳
五湖四海一体同春

玉宇气清鹰冲霄汉
神州春暖鲤跃龙门

千花岭上千枝竞秀
百姓门前百鸟争春

望天宇八方清似玉
喜人间四季暖如春

玉宇无尘一轮皓月
银花有色万盏春灯

人欢马叫山河似锦
燕语莺歌大地皆春

物阜年丰春临大地
山欢水笑气贯长虹

云颂吉祥风吹和顺
花开如意竹报平安

瑞日暖融山河似锦
东风浩荡大地皆春

喜辞旧岁太平有象
笑迎新春福寿无疆

云献吉祥星连福寿
花开富贵竹报平安

紫气冲天物华天宝
阳春吻地人杰地灵

百花争艳春色无限好
万象更新江山分外娇

百五日韶光春来有脚
廿四番花信序记从头

翠柳摇风千林翔翠鸟
红梅映日万树绕红霞

送旧岁铜锣皮鼓惊五岳
迎新年火树银花照九天

人间传喜讯一元复始
大地发春华万木争荣

岁岁辞旧岁往岁逊今岁
春春迎新春来春胜去春

山明水秀处处皆春色
年丰岁余人人尽笑颜

喜洋洋山青水绿春常在
笑盈盈人寿年丰福无边

淑气自天来春融丽日
祥光随岁转瑞蔼和风

大造无私处处桃花频送暖
三阳有旧年年春色去还来

一夜连双岁岁岁如意
五更分二年年年称心

梅吐红霞水色山光皆画意
柳含绿蔼花香鸟语尽诗情

政通人和九州开泰运
风调雨顺四海庆升平

且喜新年日暖风和无俗事
闲寻旧隐花香鸟语一般春

斗转寅杓万里河山依旧
春回子夜四时景物常新

万象承乾处处春光寒转暖
三阳启泰年年淑景去还来

红杏圃绿柳堤无非诗料
紫琼琴青萍剑尽是春怀

一元复始瞩目欣看春来早
万象更新昂首敢笑燕归迟

山山水水处处明明秀秀
晴晴雨雨时时好好奇奇

祝岁献椒盘喜卜满阶兰桂
光风霁月幸逢人事又重新

十二生肖联

子鼠年

苍松随岁古
子鼠与年新

子年春到户
鼠岁喜临门

务本神农播百谷
刺贪硕鼠吟三章

春潮传喜讯
鼠岁报佳音

灵鼠跳枝月影晃
春牛犁地谷生香

银花万簇迎金鼠
火树千株展玉龙

春风拂绿柳
灵鼠跳青松

万千禽兽尊为子
十二生肖独占先

子时一到开新律
鼠岁三春报好音

丑牛年

丑时春入户
牛岁福临门

紫燕寻旧主
金牛闹新春

鼠去牛来辞旧岁
龙飞凤舞庆明时

黄牛耕绿野
白虎啸青山

梅欲开时雪降瑞
地才醒处牛耕春

玉鼠回宫传捷报
金牛奋地涌春潮

牛耕千野绿
鹊闹一庭春

牛耕沃野千山笑
雪映红梅小院春

中天星彩腾奎壁
此地人文射斗牛

寅虎年

春为一岁首
虎当百兽王

牛劲冲天去
虎威贺岁来

龙腾虎跃人间景
鸟语花香天地春

宏谋抒虎啸
士气奋鹰扬

春晓寅回人起舞
岁祯虎啸物昭苏

人入虎年增虎劲
门添春色发春辉

虎啸龙吟势
松风竹韵神

虎啸一声山海动
龙腾三界吉祥来

四海三江春气息
千家万户虎精神

卯兔年

红梅迎春放
玉兔踏春来

卯门生紫气
兔岁报新春

东方日出金乌艳
除夕月升玉兔皎

虎去威犹在
兔来运更昌

兔魄连银海
鳌山接紫微

虎年已去春风暖
兔岁乍来喜气浓

虎声传捷报
兔影抖春晖

常在蟾宫攀桂树
又临禹甸送丰年

喜对良宵玩玉兔
笑同胜友赏新春

辰龙年

腊尽蛟龙跃
春归莺燕忙

龙舞长城雪
燕鸣北国春

龙吟春正好
燕舞日方长

云飞翔瑞凤
雷震起渊龙

龙腾华夏钟灵地
德启门庭毓秀人

无边春色来天地
有志金龙越古今

丹凤呈祥龙献瑞
红桃贺岁杏迎春

梅为小院添春色
鹊向龙年报好音

玉兔呈祥家家乐
金龙兆瑞步步高

巳蛇年

龙骧盛世
蛇报佳春

龙吟山海壮
蛇舞岁时祥

龙回海底欣迎岁
蛇出山穴喜报春

金蛇含瑞草
紫燕报新春

山舞银蛇日
园披红杏时

四海龙腾佳日去
千年蛇蛰早春来

龙腾丰稔岁
蛇舞吉祥年

灵蛇出洞吐春意
喜鹊登梅报福音

天浴朝阳蓬勃气
蛇含芝草吉祥年

午马年

百花开锦绣
万马起云烟

霜蹄千里骏
风翮九霄鹏

马逢伯乐驰千里
花遇东君绽万重

马驰原野阔
春暖柳烟浓

风尘一路马蹄碎
爆竹千家春意浓

天高碧宇随鹏举
路远轻风任马驰

群星瞻北斗
万马逐东风

春风万里辞蛇岁
笑语千家入马年

壮志凌云振鹏翼
扬鞭催马奔征程

未 羊 年

春风追丽日
羊角步青云

笙歌辞旧岁
羊酒庆新春

羚羊挂角挑春色
喜鹊登枝报福音

马有知途德
羊存跪乳恩

雪化马归山
春来羊起舞

马蹄踊跃驰千里
羊角扶摇上九霄

三羊开泰日
万事亨通年

百凤迎春朝晓日
五羊衔穗兆丰年

五羊献瑞增春色
百鸟争鸣唱福音

申 猴 年

金猴方起步
绿柳又催春

羊辞清淑景
猴报吉祥春

金猴玉兔弄春色
紫燕黄莺弹妙音

美猴腾瑞气
金鲤戏春波

碧野催春铺锦绣
金猴贺岁庆团圆

满园春色关不住
两岸猿声报喜来

申年桃献瑞
猴岁雪呈祥

辞旧岁三羊开泰
迎新春六猴送安

雪消门外千山绿
猴到人间万户春

酉 鸡 年

雄鸡唱韵
大地回春

宝鸡征吉兆
金凤递和声

鸡鸣一日首
梅绽百花前

鸡声催晓读
鸟语唤春耕

金鸡啼开千门晓
桃符换来万象新

雄鸡一唱鸣春晓
喜鹊双飞报佳音

雪白寒梅艳
鸡歌春谷晴

鸟报晴和花报喜
鸡生元宝地生财

夜静月明观玉桂
晨清日暖卧金鸡

戌狗年

春来燕子舞
犬献雪梅图

犬守平安夜
梅开如意春

犬卧阶前知日暖
鹊登梅上唱春明

金鸡歌国泰
义犬报民安

戌日呈祯瑞
狗年臻福祥

雄鸡唱罢九州乐
金犬吠来四海安

金鸡交好卷
黄犬送佳音

辞旧灵鸡歌日丽
迎新瑞犬报年丰

戌岁兆丰百事顺
狗年祝福四时宁

亥猪年

财神随岁至
豕崽拱门来

猪肥家业盛
春好寿数长

两年半夜分新旧
万众齐欢接亥春

亥时春入户
猪岁喜盈门

猪为六畜首
梅占百花魁

戌亥已添新气象
亥年更做大文章

一年春作首
六畜猪为先

大圣除妖天佛路
天蓬值岁兆丰年

衣丰食足戌年乐
国泰安民亥岁欢

横批

百事大吉	百业兴旺	柏翠梅香	宝山霞蔚	财源广进
春风化雨	春光明媚	春回大地	春满人间	春色满园
春意盎然	辞旧迎新	大展宏图	丹凤朝阳	恩泽千秋
凤翥龙骧	福地洞天	福积泰来	福寿即来	福喜盈门
国泰民安	好事临门	合家欢乐	户纳千祥	花好月圆
积德人家	吉祥如意	吉星高照	江山如画	六合同春
六事修治	龙凤呈祥	满院生辉	门盈五福	门臻百福
民生在勤	纳福迎祥	年年有余	鹏程万里	人杰地灵
人寿年丰	人文荟萃	三阳开泰	山河壮丽	时和岁好
四海升平	四海同春	四季呈祥	四季平安	四时如意
松风竹韵	万事大吉	万事亨通	万事如意	万象更新
五福临门	五谷丰登	五世其昌	物华天宝	喜气盈门
喜迎新春	向阳门第	欣欣向荣	新春伊始	莺歌燕舞
云蒸霞蔚	政通人和	钟灵毓秀	壮志凌云	紫气东来

第二章　农历节日联

元　宵

三五夜
一重春

五夜通明
天开美景

花市千门雪
灯衢万里春

笙歌归院落
灯火接楼台

风清月朗
灯彩星辉

星桥铁锁
火树银花

火树祥光丽
星桥宝炬红

天上冰轮满
人间玉漏迟

光天满月
火树银花

月光皎洁
银烛辉煌

火树银花合
星桥铁索开

天上一轮满
人间万里明

金吾不禁
玉漏莫催

春阳调玉烛
华月送清歌

锦城灯接彩
花市月含华

兔魄连银海
鳌山接紫微

树梢银花
心上春意

灯楼灿明月
火树暖春风

九陌连灯影
千门庆月华

万家元夕宴
一路太平歌

万户鼓吹
银光有焰

灯月千家晓
笙歌万户春

明月千门雪
银灯万树花

万家元宵夜
一街太平歌

无边春色
有庆年头

放手擎明月
开心乐元宵

千家春不夜
万里月连宵

一团拥宝炬
千点灿银星

银花开火树
铁锁启金桥

寒笳送走人间腊
晓角吹回雪里春

轮影暂移花树下
镜光如挂玉楼头

元夕万家宴
宵月千里明

华灯灿烂逢盛世
锣鼓铿锵颂丰年

明月皎皎千门秀
华灯盏盏万户春

碧树银台万种色
野花啼鸟一般春

火树光腾城不夜
银花焰吐景长春

明烛送来千树玉
彩云移下一天星

灯火交辉元夜里
笙歌簇拥月明中

火树银花家家晓
淑气鸿禧处处春

晴空一镜悬明月
夜市千灯照碧云

灯同月色连天照
花怯春寒傍月开

及时大放光明夜
与物同游浩荡天

溶溶月色连灯市
蔼蔼春色满夜城

飞龙舞凤成夜市
击鼓踏歌皆春声

街头灯影逐花影
村中梅香伴酒香

三千世界笙歌里
十二都城锦绣中

凤盘双阙壶天外
鳌驾三山陆海中

金市灯光游子月
珠帘香袭美人风

三五星桥连月阙
万千灯火彻天衢

凤舒五彩龙衔烛
鳌驾三山蜃结楼

九华灯炬云中挂
五彩鳌山海上移

赏月极乐繁华地
秉灯同游不夜天

光腾月殿流蟾魄
花灿星桥吐凤文

乐同万户金吾驰
夜是三元玉漏停

蜃楼海市落星雨
火树银花不夜天

笙歌声拂长春地
星月光映不夜天

五夜星桥联月阙
六街灯火步春台

匝地楼台春富贵
喧天歌舞夜风流

淑气鸿喜家家乐
彩灯春花处处新

舞凤飞龙成夜市
踏歌击鼓助春声

中天皓月明世界
遍地笙歌乐团圆

天空明月三千界
人醉春风十二楼

雪月梅柳开春景
花灯龙鼓闹元宵

灯火良宵鱼龙百戏
琉璃世界锦绣三春

天空明月一轮满
人醉春风万里明

耀眼宏图灯映月
动人春色画中诗

灯火万家良宵美景
笙歌一曲盛世元音

万户春灯报元夜
一天瑞雪兆丰年

一帘春色门垂柳
万斛珠光地涌莲

明月一轮天开清淑
春灯万盏人乐太平

万户管弦歌盛世
满天焰火耀春光

一曲笙歌春似海
千门灯火夜如年

万点春灯银花有色
一轮皓月玉宇无尘

万家灯火同秋月
大地光明不夜天

银花火树开佳节
紫气丹光拥玉台

玉宇无尘碧波万顷
银光有焰喜气盈庭

万里河山铺锦绣
满城笙管乐太平

玉宇无尘千顷碧
银花有焰万家春

远景近景良宵美景
灯花礼花火树银花

万里阳和春有脚
一年光景月当头

玉烛长调千门乐
花灯遍照万户明

不夜灯光便是玲珑世界
通宵月色无非圆满乾坤

灯月交辉庆三元而开极
花树并茂贺六合以同春

乐事无边万户春灯传五夜
太平有象一天晴雪兆三丰

放出花灯天上银河失色
听来箫鼓人间茅屋生春

龙烛凤灯灼灼光开全盛世
玉箫金管雍雍齐唱太平春

复旦重赓已被薰风之化
分阳可惜何须秉烛而游

三五良宵花灯吐艳映新春
一年初望明月生辉度佳节

千门挂红灯灯火迎佳节
万树绽银花花团闹元宵

太白清狂好对金樽邀月饮
更生勤读自有藜杖照书来

地乐天乐地天共乐元宵夜
灯辉月辉灯月交辉太平春

玉宇无尘月明碧玉三千界
银河有影人醉春风十二楼

火树银花今夜元宵竟不夜
碧桃春水洞天此处别有天

玉树银花万户当门观瑞雪
欢歌笑靥千家把酒赏花灯

立　春

北陆辞寒暑
东皇告协风

太昊司权寒收北陆
勾芒布令春迓东郊

柳条漏泄传春早
梅萼芳菲得气先

月动游尘风消积雪
寒收北陆气转东郊

春 社

松柏
枌榆

社公善作雨
戊酒好治聋

田间桑柘晴烟绿
村畔枌榆夕照红

鸡豚上戊
莺燕东风

杖鸠人半醉
梁燕客初来

桑柘荫中认来新燕
枌榆社里扶得醉人

棠梨花盛
桑柘影斜

聚乐鸡豚喧里叟
倾忧壶酒祝田神

花 朝

百花齐放
四海同春

寒尽桃花嫩
春归柳叶新

盛世人恒健
翠园花倍妍

春光遍草木
佳气满山川

和风吹柳绿
细雨点花红

腾欢敲蝶板
作贺闹蜂衙

春色枝头绿
山光一派红

轻风描绣旆
小院护金铃

雨过芳草润
春到杏花香

丹桂千里香
松柏万年青

韶华三月远
春色二分娆

育蚕人早至
扑蝶会初开

桃杏春季争放
杜鹃夏日吐香

嫩日晴烘桃叶节
春风暖送卖饧箫

茶鼓喧晴饧箫吹暖
花魂梦蝶树影藏莺

爱竹不除当路笋
惜花留得拂面枝

扑蝶会中同戏乐
鬻蚕市上作逍遥

春色二分及时延赏
韶华三月次第来游

二月芳辰多胜景
百花诞日是今朝

松青柏翠山山笑
柳绿梅红户户春

柳岸浓烟时临淑景
杏园斜日节届良辰

上　巳

年光促
天气新

故事修春禊
新诗纪乐游

启宴曲江留韵事
舞雩沂水送春风

兰亭修禊
曲水流觞

洛水游如昨
山阴迹未陈

修竹抱山春亭映水
幽兰得地虚室当风

桃花水涨
杨柳旗开

狂歌好继陶彭泽
雅集犹传晋永和

杨柳旗开桃花浪张
兰亭地胜曲水人来

清　明

冷节
新烟

桃花作粥
荠菜悬灯

春风重拂地
佳节倍思亲

杏村沽酒
柳苑飞花

桐花吐艳
榆火分新

翠竹标亮节
红梅颂高风

芳名垂青史
勋业昭国光

淘井黄州俗
分烟汉殿春

痛心伤永逝
挥泪忆深情

烟景催槐叶
风期数楝花

燕子来时春社
梨花落后清明

睹物思亲常入梦
训言在耳犹记心

寒食雨传百五日
花信风来廿四春

槐火光阳春替换
杏花消自雨传知

禁火今年逢节早
飞花镇日为谁忙

流水夕阳千古恨
春风落日万人思

年年祭扫先人墓
处处犹存长者风

清风明月本无价
近水遥山皆有情

清风习习催秧绿
明月悠悠映麦黄

三月光阴槐火换
二分消息杏花知

山清水秀风光好
月明星稀祭扫多

相逢马上纷桃雨
喜见树前闹杏花

姓在名在人不在
思亲相亲不见亲

秀野踏青晨行早
芳草拾翠暮忘归

杏酪榆羹当来次第
石泉槐火梦到赏时

百六日佳晨杏酪榆羹何处梦
廿四番花信石泉槐火为谁新

立 夏

衔杯倾绿蚁
煮豆爱青蚕

晨钟报晓春方去
佳节称人夏始临

厨备笋樱倾蚁酿
陇收豆麦类蚕花

夏　至

禁举大火
令献雷车

城真开不夜
月自号长赢

夏田密列青锋剑
至日闲抛金匾书

菊灰止蠹
荔熟设厨

数符阳至九
候待伏交三

长日如年无烦量线
寸阴应惜好记移砖

日已长至
夏正当中

钱浮莲沼形犹小
日映花砖影最长

端　午

九子粽
五彩丝

日逢重午
节序天中

千古诤臣罹祸
尔今屈子开颜

中天节
地腊辰

天中令节
地腊良辰

忆曹娥于江上
吊屈子于湘潭

兰汤试浴
蒲酒盈卮

艾旗招百福
蒲剑斩千邪

艾人驱瘴千门福
碧水竞舟十里欢

蒲剑艾人
钗符茧虎

门幸无题午
人惭不识丁

艾叶如旗招百福
菖蒲似剑斩千妖

不畏汨罗河水深
甘冒东海浪涛激

结艾钗头轻战虎
夺标船首惯成龙

榴裙萱黛增颜色
艾酒蒲浆记岁华

芳草美人屈子赋
冰心洁玉大夫诗

榴花彩绚朱明节
蒲叶香浮绿醑樽

绿艾悬门漆藻彩
青蒲注酒益芬芳

应悬虎艾赛龙舟吃粽子
莫赋闲诗撒怨气叹屈公

日光端午清明水底见重阳
天气大寒霜降屋檐成小雪

念故人万户千家包粽子
庆佳节敲锣打鼓赛龙舟

箬叶飘香一粽尝来千古事
龙舟逐水百桡划出四时情

七夕（乞巧）

乞巧
化生

子晋控鹤
王母乘鸾

针好穿三孔
书宜曝五车

槎泛海
鹊填河

甲第清辉满
丁校巧思添

郭公果膺寿考
杨妃私语长生

双星节
九华灯

桥填闻噪鹊
河渡眷牵牛

晨起曝衣凭小阁
宵来设果拜中庭

翠梭停织
银汉横秋

五夜照天汉
双星会女牛

后梭喜应丁家祷
乞巧犹传柳子文

牛女二星河左右
参商两曜斗西东

天街夜永双星会
云汉秋高半月明

好语到来云軿星驾
巧思乞到瓜果几筵

桥填五更来乌鹊
河渡双星会女牛

帝女合欢水仙含笑
牵牛迎辇翠雀凌霄

银汉碧波凉生七夕
金钗钿盒夜拜双星

帝女合欢盈盈泪水天桥溅
牵牛含笑脉脉情思喜鹊传

一水相隔往日牛郎常拭泪
七夕已至今宵织女欲过桥

香满春台乘逢七夕求相娶
声和凤侣羞道今朝是嫁时

织女牛郎阅尽此间春色去
卧龙雏凤借得银河鹊桥来

中　元

庆月
法筵

四孟逢秋序
三元得气中

朗诵苏髯赤壁赋
豪吟卢子羽衣诗

盂兰会
玉篆牌

坛滴槐花露
香飘柏子风

桐飘金井风迎爽
稻熟腴山食荐新

元都大献
赤壁漫游

梵刹盂兰供大德
玄都宝盖奉高真

未到中秋开月桂
且看嘉会集盂兰

佛氏托生
僧人解夏

记曾大建玄都醮
准备清游赤壁舟

作醮元都沿旧习
张灯京邑说良宵

大会盂兰相沿成习　　金粟栏边曾否仙娥来降月
嘉名庆月正好中元　　盂兰会里犹传救母得升天

中　秋

月夕　　薄帷鉴明月　　露从今夜白
霜容　　高情属云天　　月是故乡明

献镜　　冰壶含雪魄　　绿窗明月在
饮羹　　银汉漾金波　　青史古人无

明月映天　　尘中人自老　　明月本无价
甘露被宇　　天际月常明　　高山皆有情

巫山丝竹　　春秋多佳日　　清光同会合
翰苑金莲　　山水有清音　　秋色正平分

袁宏泛渚　　二仪含皎洁　　天上一轮满
庾亮登楼　　四海尽澄清　　人间万家明

白日随鹤舞　　泛渚怀袁子　　天上一轮月
明月逐人归　　登楼学庾公　　人间万里明

半夜二更半　　皓月无幽意　　亭空千霜月
中秋八月中　　清风有激情　　水续万古流

一天秋似水
满地月如霜

中天一轮满
秋野万里香

爆竹声中千家月
红藕香里万颗珠

几处笙歌留朗月
万家箫管乐中秋

叫月杜鹃喉舌冷
宿花蝴蝶梦魂香

金鸡啼明天破晓
嫦娥起舞月高悬

轮影渐移花树下
镜光如挂玉楼头

霓裳舞起终宵朗
玉女歌扬彻夜辉

秋色平分应岸夕
月轮分外彻清光

人逢喜事精神爽
月到中秋玉镜明

日射晚霞新世界
月临天宇玉乾坤

三五良宵澄银汉
大千世界光玉轮

三五良宵开玉宇
大千世界涌冰轮

笙歌曲中千家月
红藕香里万颗珠

天上则琼楼玉宇
人间亦贝阙珠宫

喜得天开清旷域
宛然人在广寒宫

叶脱疏桐秋正半
花开丛桂树齐香

一曲霓裳传玉笛
四围云锦拥金徽

鱼戏平湖穿远岫
雁鸣秋月写长天

玉轮光满大千界
银汉秋澄三五宵

月静池塘桐叶影
风摇庭幕桂花香

月满一轮辉宇宙
花香千里到门庭

占得清秋一半好
应推明月十分圆

中天皓月明世界
遍地笙歌乐团圆

桂花开时香云成海
月轮高处广寒有宫

桂子自金蟾而细落
涛声逐白马以齐来

衮冕羽衣上方奏曲
琼楼玉宇高处生寒

三五良宵秋澄银汉
大千世界光满玉轮

琼宇高寒捧出一轮月影
冰壶朗澈平分五夜天香

银汉流光水天一色
金商应律风月双清

辉映终宵明月妆成银世界
香波满斗瑞烟笼罩碧琉璃

庾亮登楼平分秋色
袁宏泛渚遍洗寰瀛

仙偶幸逢山顶驾彩鸾直下
灵胥未泯涛声逐白马齐来

重　阳

延寿
登高

三三令节
九九芳辰

孰是题糕手
徒夸赐橘荣

黄花宴
红叶诗

避恶茱萸囊
延年菊花酒

菊花金秋傲霜
梅花隆冬斗雪

愁闻风雨
燕会湖山

东篱开寿菊
南陌献嘉禾

一片秋香世界
几层凉雨阑干

凤岭设赏
龙山落冠

鼓琴仙度曲
种杏客传书

登高喜度老年节
赏秋畅饮菊花酒

龙山落帽
凤岭开筵

临风乌帽落
送酒白衣香

何处题糕酬锦句
有人送酒对黄花

话旧他乡曾作客
登高佳节倍思亲

步步登高开视野
年年重九胜春光

劝君一醉重阳酒
邀月同观敬老花

黄菊绮风村酒熟
紫门临水稻花香

三径归时岁月在
满城近日风雨多

败兴无端满城风雨
登高何处插鬓茱萸

靖节排冠归隐去
孟生落帽快登临

乌台好仿黄花宴
凤笛催成红叶诗

高阁滕王何人赋就
曲江学士此日齐来

孟参军龙山落帽
陶居士三径衔杯

夏至酉逢三伏热
重阳戊遇一冬晴

乌帽凌风参军举止
白衣送酒处士风流

年高喜赏登高节
秋老还添不老春

小雨酿寒侵白纻
西风怜醉避乌纱

习射谈经天高地爽
佩萸插菊人寿花香

冬　至

亚岁
融风

槐植斯改
松柏后雕

寒图消九九
春信缓三三

才添弱线
竞着新衣

一阳复始
六律初调

葭动灰飞管
阳回斗转杓

履长纳庆
合璧呈祥

登台仁寿宇
吹律太平年

一阳初动日
六律始调时

一阳启葭琯
七政会玑衡

日丽凤毛延世泽
春回龙绾复天心

飞动葭灰围炉饮酒
数残莲漏击钵催诗

岸容待腊将舒柳
驿使探春为赠梅

缇室葭灰微动候
唐宫绣线始添时

葭琯飘灰土圭测日
书云备物候雪占年

且喜一阳今始复
方知大造本无私

春逗南枝梅花破腊
日行北陆葭琯飞灰

终始循环四时有祖
乾坤交泰八方皆春

腊 八

殷曰清祀
夏号嘉平

宿心何所道
借此慰中情

侵凌雪色还萱草
漏泄春光有柳条

葭灰吹陆北
梅萼破枝南

祭虎迎猫循旧例
廋羊伏腊纵新谈

戊社酬神喧腊鼓
丁农分肉试鸾刀

凝寒迫清祀
有酒宴嘉平

洛下僧分腊八粥
吴中市有上元灯

三代之英有志未逮
一年得顺既腊而归

除 夕

凤卜
鸡占

大节夜
赛路神

柏叶春回处
梅花月上时

消腊
迎年

农人祈谷
才子祭诗

买春输一刻
度腊剩三更

田父谁祈谷
词人合祭诗

今夕正宜听吉语
吾侪合制送穷文

长幼团圞分岁毕
送迎新旧此宵中

三百六旬即尽
七十二穷已穷

三百六旬飞灰尽
七十二候纪漏终

才子祭诗词坛雅事
农人祈谷村落遗风

爆竹声中催腊去
寒梅香里送春来

星回于天岁云暮
年尽此夕夜如何

夜如何其晓钟未动
岁云尽矣更漏频催

寒笳送尽人间腊
晓角吹回雪里春

夜歌有酒消残腊
高烛谁家候曙光

灶祀黄羊早辞残腊
樽浮绿蚁以待来年

俗记吴侬分岁家家喧爆竹
辞传楚客迎年处处换桃符

美景良辰喜见天时初转泰
光风霁月幸逢人事又重新

第三章　宅第联

大　门

春风扑面
福气临门

智含渊薮
洁比圭璋

门前栽五柳
庭畔植三槐

德门集庆
仁宅迎祥

当户江山秀
逢时桃李新

青山环绿水
翠柳映朱门

东旭焕彩
北轩览春

德门膺厚福
仁里乐长春

瑞日开昌运
春风酿太和

和风甘雨
淑景庆云

对门开竹径
临水种梅花

深苑春光媚
重门瑞气浓

履瑞于始
枕善而居

富贵祥光满
平安福泽多

书香透梅蕊
竹韵偕春风

门迎紫气
路得青云

江山千古趣
花鸟四时春

文章千世泽
孝友一家春

祥光北拱
紫气东来

门阑生喜气
山水有清音

有门皆纳福
无处不生春

云霓笼甲第
气运耀门庭

春风掩映千门柳
碧涧萦回十里花

秀水绕门蓝作带
还山当户翠为屏

载阳新启运
通德旧留题

春涵瑞霭笼仁里
日拥祥云护德门

云间树色千重满
门外山光万叠浓

珠藏泽自媚
玉韫山含辉

风清流水当门转
春暖飞花隔岸来

宅近青山同谢朓
门垂碧柳似陶潜

春润竹梅门第
喜融楼阁人家

兰芽甫茁光仁里
棣萼增辉耀德门

芝兰自启山川秀
松柏常留天地春

居乡恕乡乃睦
治家严家斯和

礼门义路家规矩
智水仁山古画图

春雨一帘苏子赋
秋烟半壁米家山

有猷有为有守
立德立功立言

排闼送青山欲滴
开门绕绿水成环

慈孝友恭家庭礼乐
烟霞山水今古文章

有竹有梅门第
半村半郭人家

山水路同盘谷序
楼台浑似辋川图

立德立功居之以敬
友直友谅尊其所闻

碧水绕山蓝作带
青山当户翠为屏

诗书琴画蔚家室
松竹梅兰镶门庭

门有古松庭无乱石
秋宜明月春则和风

碧天瑞霭千门晓
玉槛春香九陌晴

桃李欣承新雨露
箕裘丕振旧门庭

室有芝兰问谁题凤
门多梅柳不羡登龙

厅 堂

澹泊明志
平易近人

文章华国
诗礼传家

门墙多古意
家世重儒风

行道有福
与德为邻

一轮明月
四壁清风

诗书敦夙好
礼乐秀群英

行仁义事
读圣贤书

承家多旧德
断代有清风

庭前梧叶落
堂上桂花香

穷不失义
富而无骄

风云三尺剑
花鸟一床书

托意在经济
著论穷天人

求通民情
愿闻己过

高怀同霁月
雅量洽春风

细草当阶积
名花绕砌生

事理通达
心气和平

户牖观天地
诗书见古今

以文常会友
唯德自成邻

松风高洁
兰气幽芳

恪勤在朝夕
怀抱观古今

云山起翰墨
星斗焕文章

文悬日月
庭列钟彝

立德齐今古
藏书教子孙

竹风留客欢
松月伴宾荣

弃燕雀之小志
慕鸿鹄而高翔

桂殿花开香满座
兰宫春到瑞盈阶

直谅多闻三益友
康宁好德九洪畴

去无心以出岫
鸟倦飞而知还

华堂翠幕春风至
绮阁金屏曙色开

钟鼎一堂联雁序
图书千载焕龙文

铁石梅花气概
山川香草风流

阶下芝兰迎旭日
庭前桃李霭春风

自喜轩窗无俗韵
亦知草木有真香

行止无愧天地
褒贬自有春秋

荆树有花兄弟乐
书田无税子孙耕

儒行所宗澡身浴德
家声自远咏德诵芬

虚心莫过竹节
人品应如兰馨

礼门义路家规矩
智水仁山古画图

是滋是培其本乃立
不刚不柔厥德允修

竹雨松风琴韵
茶烟梧月书声

明月清风开朗韵
高山流水有知音

温恭为基孝友为德
礼乐是悦诗书是敦

持身廉孝规模还
堆案图书境界清

庞德公望衡对宇
钟子期流水高山

玉润碧鲜蔚彼高藻
兰林蕙草集其清英

传家礼乐宗东鲁
经世文章媲盛唐

清光自保圭璋质
嘉荫还呈杞梓材

真学问从五伦做起
大文章自六经得来

窗间树色连山净
户外岚光带水浮

书田菽粟皆真味
心地芝兰有异香

祖考诒谋维勤与俭
天伦乐事既翕且耽

书　斋

笔永健
艺常青

松风煮茗
竹雨谈经

鸟鸣千户竹
书枕一床风

金石乐
书画缘

卧游五岳
坐拥百城

琴书多古意
木石澹幽居

诗书画
松竹梅

胸罗万卷
心醉六经

诗写梅花月
茶烹谷雨春

斧藻其德
竹柏之怀

学如不及
业精于勤

文章千古事
花柳一园春

几上千古
花间四时

窗开千里月
砚洗一溪云

有书藏满案
唯德自成邻

隶宗秦汉
楷法晋唐

读书贵能用
树德莫如滋

雨过琴书润
风来翰墨香

器唯求旧
学尚知新

风月畅怀抱
琴书悦性灵

蕴藉异时辈
卓荦观群书

熔经铸史
读书听香

立身观所止
论古得其人

著书惊日短
看剑引杯长

读书寄怀秋水
对友好坐春风

俯仰无愧天地
褒贬自有春秋

名教自有乐地
诗书是我良田

养心莫如寡欲
温故乃能知新

夜月琴声书韵
春风鸟语花香

一生清风明月
四壁名绘法书

竹雨松风梧月
茶烟琴韵书声

安得开门常对月
更思筑室为藏书

春云夏雨秋夜月
唐诗晋字汉文章

顾视清高气深稳
文章彪炳光陆离

好书悟后三更月
良友来时四座春

红滴砚池花泻露
绿藏书榻树围云

花木清香庭院翠
琴书雅趣画堂幽

架上琳琅书万卷
窗前灯火夜三更

论古欲追千载上
读书最好五更初

千秋练色明书幌
万壑松风卷翠涛

清谈如晋人足矣
浊酒以汉书下之

人品无瑕玉界尺
文章有骨绣屏风

素琴浊酒容一榻
高谈雄辩惊四筵

万里风云三尺剑
一庭花草半床书

砚洗春波临禊帖
香添夜雨读陶诗

友如作画须求淡
山似论文不喜平

种树喜培佳子弟
拥书权拜小诸侯

左壁观图右壁观史
东牖养蕙西牖养兰

花竹满庭四时生趣
读书万卷一理润深

室有余香谢草郑兰燕桂树
家无别物唐诗晋帖汉文章

内 室

梅香入梦
竹影横窗

有芝兰气
闻丝竹声

窗闲留夕照
月出染秋霜

结欢谐凤卜
相惊凛鸡鸣

卷帘投燕子
添水插芙蓉

齐眉举玉案
联句写霞笺

绮窗延皓月
绣幕引薰风

琴瑟春常在
芝兰德自馨

室中春蔼蔼
窗外日迟迟

绣户祥光满
纱窗曙色新

瑶窗弄翠幌
宝镜耀新妆

移花锄晓月
剪彩学芳辰

云拥妆台晓
花明绣户香

碧纱映月烹新茗
红袖添香读异书

春入翠帏花有色
风来绣阁玉生香

椿花萱萼连枝茂
桂子兰芽绕砌香

房中雅奏同心曲
室内应无交谪声

梅窗引月形同瘦
纸帐迎风梦亦清

秋月当窗云影淡
春风拂槛露华浓

纱窗坐对三更月
绣幕闲消一局棋

芍药晓看偏作态
海棠春睡更含娇

玉树临风森画阁
朱光映月透纱窗

珠帘日暖调鹦鹉
画槛春深醉海棠

竹影横窗花香入室
春光交梦秋月沁心

厨　房

菜根滋味
鸡黍家风

日日灶烟暖
年年福禄添

曾传宰相调羹手
可识阿衡负鼎心

此生无馁
每饭不忘

四时烹鼎俎
五味和盐梅

淡饭两餐消岁月
清茶一盏度春秋

调和五味
美备三鲜

羲易占中馈
风诗咏大庖

江村入画炊香早
野馔分尝滋味新

新酿绿酒
精制红绫

寻常无异味
鲜洁即家珍

客至一家勤妇子
鼎烹五味喜调和

厨供千岁积
善达九天和

盐梅终济用
气味自调匀

识得菜根中道味
常闻圭酒内清香

家珍罗鼎鼐
新味荐馨香

坐引中厨馔
筵开北海樽

调和五味承金鼎
掇拾群芳补太和

庖厨初送暖
鼎鼐日生香

八口生涯菰米饭
四时滋味菜根香

柴米油盐样样不少
甜香酸辣味味俱全

庖厨新气象
鸡黍旧家风

白日缸中多积水
黄昏灶下少堆薪

五味调和堪称善任
三餐适口亦算良厨

后 门

阀阅开前第
台奎映后门

闭门长天无尘车
传家百代有旧书

前门欲大须存厚
后户从宽在积深

门虽居在后
美必踵于前

柴门常闭人迹静
竹径乍忙夕阳斜

书卷莫教春色老
柴门不为闲人开

太平居有后
安乐福无涯

光前振起家声远
裕后留贻世泽长

秀启后贤光阀阅
福因前德振箕裘

云路前无限
鹏程后有余

光耀已看前绪盛
峥嵘犹喜后人贤

竹径有时风为扫
柴门无事日常关

楼 阁

户牖观天地
山川足古今

楼栖沧海月
窗落敬亭云

远水碧千里
夕阳红半楼

江山供指顾
风月助登临

奇云去人近
淡月傍檐低

长剑一杯酒
高楼万里心

开窗碧嶂落
拂镜沧江流

眼中沧海小
衣上白云多

半榻清风云乍散
一楼明月雨初晴

高楼半隐南山雾
飞阁遥观北海潮

丝纶阁下文章美
花萼楼中孝友传

珠帘暮卷西山雨
飞阁傍临东野春

金谷春深杨柳绿
玉楼人醉杏花红

四面晴光对屏嶂
三春佳气在楼台

白凤来仪巢成阿阁
元龙高卧气溢层楼

绿树碧檐相掩映
赤墀高阁自从容

腾身转觉三天近
举步回看万岭低

明月清风本来无价
高山流水定有知音

满堤花柳全依水
一路楼台直到山

溪云初起日沉阁
午夜歌清月满楼

杨柳楼台春风人面
兰茗翡翠秋水天容

平岸小桥千嶂抱
危楼曲阁半天开

仙掌层台浮丽日
珠帘绣幕对春风

远吞山光平挹江濑
下临无地上出重霄

千峰翠积琴书润
百尺楼台啸咏清

岫云初起日沉阁
山雨欲来风满楼

世外凭临一面峰峦三面水
云中结构二分人力八分天

水宽山远春云冷
月淡风和小阁幽

夜半文光射北斗
朝来爽气挹西山

园 亭

芳草斜阳外
落花流水间

柳深陶令宅
竹暗辟疆园

松篁调余韵
兰芷袭幽襟

小筑成佳趣
幽居逐野情

养花分宿雨
剪叶补秋衣

嘉木随时皆入画
好山无面不当窗

水色山光皆画本
花香鸟语是诗情

野云低度水
芳树曲迎春

林间扫石安棋局
松下看云读道经

细草幽泉围小阁
白云红树满疏帘

园古逢秋好
楼空得月多

浓云岭外千重树
疏雨轩中一榻风

雨余千叠暮山绿
花落一溪春水香

园涉日成趣
亭成寸喜名

彭泽令归三径暮
武夷君去一床云

竹韵松涛清自逸
风台月榭悄无言

春倩群花为韵友
秋延明月作嘉宾

奇石尽含千古秀
异花长占四时春

半日读书半日静坐
一亩种菜一亩栽花

对松已许成知已
看竹何须问主人

千树桃花百斛酒
两间茅屋一溪云

地辟三弓栽花种竹
春生四标芳草绿杨

放鹤去寻三岛客
任人来看四时花

树影不随明月去
荷香时与好风来

露月芙蓉霜风橘柚
午晴芍药夜雨芭蕉

长养收藏物理都关天运
栽培灌溉生机自在人心

杏园宴春色平分不分宾主
兰亭会清流犹是岂有古今

曲水崇山雅集逾狮林虎阜
莳花种竹风流继文画吴诗

客醉共陶然四面凉风吹酒醒
人生行乐耳百年几日得身闲

水 榭

横琴弹流水
倚槛听鸣泉

竹影侵棋局
荷香入酒杯

有约白云来唤渡
且邀明月共开樽

柳塘春水满
花坞夕阳迟

春巢鸟梦花间月
秋水鱼游镜里天

云影荡摇依碧岸
水光潋滟上朱阑

绿沼看鱼乐
青云羡鸟飞

何处更寻书画舫
此身疑住水云乡

竹韵松涛清自逸
风台月榭悄无言

鸥鹭时与狎
鱼鸟日相亲

湖上藕花桥上月
窗前流水枕前书

俯水鸣琴游鱼出听
临流枕石化蝶忘机

清风两面柳
明月一池莲

楼台蜂抱花须落
池面鱼吹柳絮行

禊水观怀临风流咏
修竹娱静崇兰喻幽

十里沧洲趣
一行秋水篇

披襟槛外当风快
近水楼台得月先

水绕一湾幽居足适
花为四壁小住最佳

石榻看云坐
溪窗听雨眠

水清石出鱼可数
竹密花深鸟自啼

杨柳荫中凭栏垂钓
藕花香里倚槛招凉

水边红藕榭
桥畔绿杨堤

新添水槛供垂钓
低筑垣墙好看山

鱼鸟清闲作濠濮间想
竹石奇古如魏晋时人

舟 居

风光行处好
云物望中新

云水无拘束
江天任去留

飞觞共醉天边月
鼓棹长开水上花

高枕随流水
轻帆任远风

载米家书画
泛苏子杯盘

缆系碧芦云绕去
棹穿明月夜深归

挂席拾江月
扬帆采石华

渚花张素锦
汀草乱青袍

水枕能令山俯仰
风船解与月徘徊

日晚烟花乱
风生锦绣香

澄波影里星辰动
夹岸花间窗户香

载酒每邀新月色
临流快听隔芦歌

第四章　贺寿诞联

通　用

福禄欢喜
长生无极

白鹤翔万里
红桃寿千秋

清言多妙理
令德有遐芳

鹏程万里
鹤寿千秋

德高无量寿
人洁有清名

人老心不老
年高志愈高

人臻高寿
世见清风

德与年皆进
寿同福并高

寿同山岳永
福共海天长

寿如春永
家共时新

菊水人当寿
桃源境做仙

树老有余韵
年高多雅情

仙鹤升平
兰竹常青

灵芝望三秀
玉树起千寻

岁老根弥壮
阳骄叶更阴

心诚信远
德博寿高

南山欣作颂
北海喜开樽

五云飞玉岛
百福上瑶台

云山风度
松柏精神

青松多寿色
丹桂有余香

心清能益寿
德厚可延年

玄圃灵芝秀
仙阶柏叶荣

龙门泉石香山月
蓬岛烟霞阆苑春

桃花已发三层浪
人瑞先征五色云

大德得无量寿
此老有当世名

蟠桃拟寿南山昶
玉液添福东海流

天上星辰可作伴
人间岁月不知年

福临寿星门第
春驻年迈人家

青松翠竹标芳度
紫燕黄鹂鸣好春

为人磊落心常泰
处世真诚寿自高

汉柏秦松骨气
商彝夏鼎精神

青松赖有鹤为伴
翠竹常同梅相随

渭水一竿闲试钓
武陵千树笑行舟

指南山而作颂
倾北海以为樽

琼林歌舞群仙会
海屋衣冠百寿图

昔日古稀称上寿
今朝耄耋享遐龄

白发朱颜登上寿
丰衣足食享高龄

日月多情时添寿
春秋盛意常增福

仙居十二楼之上
大寿八千岁为春

春风永驻高龄户
福气常临长寿门

神奇文笔联常妙
宽阔胸怀寿自高

笑瞻星辰常作伴
欢度日月不知年

二回甲子春初至
三度弱冠夏始来

寿同松柏千年碧
德似芝兰一味清

心旷神怡添鹤算
风高节亮享松龄

刘樊眷属神仙侣
荀薛儿曹龙凤姿

寿逾五岳人不老
福满三江水长流

云霞辉映千年鹤
雨露滋培九畹兰

周宝尊年隆五豆
唐宗赐杖重千秋

乃冰其清乃玉其洁
如山之寿如松之青

松柏延龄仙云滋露
雪霜满鬓丹气成霞

鹤发童颜喜登上寿
丰衣足食乐享晚年

南极辉腾彤云瑞霭
西池宴会绛雪香芳

老当益壮宁知白首之心
穷且弥坚不坠青云之志

弧帨同悬室家相庆
极天并耀福寿兼全

蓬岛真人瑶池仙子
世间全福天上双星

双寿通用

椿萱并茂
弧帨双辉

斑衣人绕膝
白首案齐眉

并蒂花开瑶岛树
合欢酒进碧筒杯

椿萱并茂
庚婺同明

鹤筹添屈指
兕酒介齐眉

椿萱并茂交柯树
日月同辉瑶岛春

河山并寿
日月双辉

洵是人中真瑞
居然地上神仙

风和璇阁恒春树
日暖萱庭长乐花

家中全福
天上双星

白首相庄多乐事
朱颜并驻祝长生

凤凰枝上花如锦
松菊堂中人并年

鸳鸯福禄
鹣鳒神仙

百岁椿萱欣共寿
一门弧帨庆同春

凤引斑衣人绕膝
觞飞绿醑案齐眉

汉宫夜结双茎露
瑶圃春生五色云

千载桃开连理木
万年枝放合欢花

园林娱老儿孙好
夫妇同耕日月长

华堂晓听云璈响
鸿案新餐雪藕香

日月光华常复旦
神仙眷属总长生

大地同春岁时更始
情天不老日月齐辉

交梨火枣仙家味
日耀月华海岛春

神仙六一襟期阔
福寿三千岁月宽

德行齐辉斑联玉树
北堂瑞霭花发金萱

鸾笙合奏华堂乐
鹤算同添海屋筹

双栖珠树千年鹤
三秀琼田五色芝

凤阙褒纶鳣堂树范
鲤庭戏彩鸿案绵厘

梅竹平安春意满
椿萱昌茂寿源长

五色云封连理木
万年枝放并头花

南极辉腾彤云瑞霭
西池宴会绛雪香芬

南极星辉斗牛度
北堂萱映凤凰枝

霞觞对举齐鸿案
莱彩联行舞凤雏

蓬岛真人瑶池仙子
家庭全福河汉双星

千岁桃开连理木
万年枝放太平花

瑶觞春介齐眉寿
锦砌晖承绕膝花

山水怡情鹿门望重
凤凰娱目鸿案齐眉

鸿案庆齐眉仙侣笃生同降福
龙文看绕膝华堂介寿竞承欢

八千岁为春天上碧桃正骈枝结实
九五福曰寿云间青鸟亦比翼飞来

梁孟古风仪举案齐眉相偕不老
樊刘仙眷属悬弧设帨其祝斯年

双寿切年龄

三十双寿

偕老期颐征百岁
同悬弧帨庆三旬

璧合珠联算同花甲
琴耽瑟好庆洽林壬

伉俪同庚蟾圆两度
倡随其乐凤翼双飞

四十双寿

台婻合曜征强仕
弧帨同悬庆盛年

鸿案齐眉咸歌四秩
莱衣舞彩共庆三多

鸿案相庄四十称庆
鹤筹合算八千为春

五十双寿

璧合珠联征百岁
弧悬帨设祝千龄

偕老恰三万六千日
知非及两四十九年

德行齐辉一门聚庆
福畴大衍百岁同符

五秩年华看并蒂
百年寿域要平分

瑞集高堂鸳鸯宜福
筹添大衍松柏长春

屈指三秋天上又逢七夕
齐眉百岁人间应有双星

六十双寿

八千载椿萱双寿
六十年花甲一周

璧合珠联图开周甲
伯歌季舞燕启良辰

绕膝含饴莱衣竞舞
齐眉举案花甲同周

圣德及时称耳顺
家庥偕老庆眉齐

花甲齐年骈臻上寿
芝房联句共赋长春

偕老歌诗祥征六秩
同年益寿颂献三多

弧帨值嘉年堂上齐眉周甲子
庭帏绵福禄樽前众口祝期颐

而耄而耋而期颐百年祝君子偕老
曰富曰寿曰好德五福备古人所难

七十双寿

弧帨同悬瞻瑞气
台媊合曜庆稀龄

鹤算频添七旬清健
鹿车共挽百岁长生

健顺有常唯仁者寿
阴阳合德真古来稀

九五福屈指君皆备
七十岁齐眉古更稀

灵椿八千岁为春秋难得者齐眉偕老
大鹏九万里神变化莫乐兮绕膝承欢

八十双寿

凤箫合奏双成曲
鸿案相庄二老人

鸾笙合奏和声乐
鹤算同添大耋年

木公金母古稀有
硕德令仪世所称

盘献双桃岁熟三千甲子
箕衍五福庚同八十春秋

望三五夜月对影而双天上人间齐焕采
占八千春秋百分之一椿庭萱舍共遐龄

九十双寿

凝眸极婺腾双彩
屈指期颐晋一旬

人近百年犹赤子
天留二老看玄孙

耄耋齐眉春深爰日
孙曾绕膝瑞启颐年

家庆绵延嘉瑞备膺九五福
旬年迭晋伉俪同登一百龄

松菊并年高衍出箕畴增五福
椿萱同日茂算来花甲合三周

百岁双寿

是人间真瑞
乃地上神仙

君子有诗歌偕老
上寿自古称大齐

礼祝期颐庄椿无算
诗歌福履虞寿同登

人瑞同称耀联弧帨
天龄永享庆溢期颐

七世共居如木之长如流之远
百年偕老吾闻其语吾见其人

孙子生孙五代幸逢全盛世
老人偕老百年共乐太平春

万寿颂无疆鹤算频添数不尽大挠甲子
百年征偕鹤鹿车常挽自应称陆地神仙

双寿切月份

正月双寿

蟠桃天上骈枝实
凤管人间合韵调

鸿案齐眉宜春启瑞
兕觥介寿永日腾欢

弧帨同悬桃符竞艳
觥筹交错椒酒流香

二难喜兼并多寿多男早备双全九五福
百年歌偕老同心同行已倾三万六千觞

二月双寿

节到中和春正好
缘成伉俪寿无疆

红杏争春群芳献瑞
白华养志二老承欢

喜溢椿庭椒盘献瑞
欢承萱室柏酒称觞

三月双寿

桃李争春喜双寿
椿萱并茂看齐眉

桃李联芳长春不老
极婺并耀纯嘏弥长

椿萱并茂多福多寿
桃李联盟宜室宜家

令节届三春风日大佳员峤方壶延晷影
箕畴添五福星云式焕长庚宝婺发祥光

四月双寿

荫茂椿萱连理树
厨开樱笋合欢席

弧帨同悬葵心向日
椿萱并茂婺尾留春

芍药栏边花开富贵
椿萱堂上寿祝期颐

海屋并添筹正逢首夏清和留得长春富贵
华堂同祝嘏不信人间夫妇竟如天上神仙

五月双寿

极婺当天皆福曜
艾蒲应候即良辰

地洽良辰河山并寿
天适端午日月双辉

蒲艾同芳良辰揽揆
椿萱并茂美意延年

六月双寿

并蒂花开瑶岛树
合欢酒进碧筒杯

鸿案眉齐碧筒酒熟
鹿车手挽瑶岛春长

七月双寿

椿萱并茂交柯树
瓜果同开合卺筵

弧帨同悬秋光初到
琴瑟在御夏室宏开

椿茂萱荣畴增五福
庚明婺焕耀映双星

荷沼颂鸳鸯碧筒杯里倾佳酿
芝田游鹤鹿青玉案前祝大年

八月双寿

鸿案齐眉琴瑟静好
蟾宫耀彩人月同圆

仙侣笃生比翼共乘丹凤下
中秋介寿重输齐涌月蟾来

月圆人共圆看双影今宵清光普照
客满樽俱满羡齐眉此日秋色平分

九月双寿

伉俪雍和庭放菊
风光良好面和春

梅岭生春诗歌偕老
蓉屏耀彩寿祝同庚

天朗气清极嫡焕彩
花香人寿杞菊延年

十月双寿

椿萱并茂河山寿
庚婺同明日月辉

伉俪相和人添大寿
风光正好节届小春

节届小春梅花纸帐甘同梦
香添长寿蓉镜妆台证合欢

十一月双寿

柏节松贞持晚景
兰芳桂实灿朝霞

花放水仙夫妻偕老
图呈王母庚婺双辉

葭官徵时兕觥同酌
兰阶爱日鸿案相庄

葭琯动飞灰爱日迎春正喜一阳初复
莱衣试舞彩寿星朗耀还欣二老同庚

十二月双寿

椿萱与桂兰并茂
松柏偕天地同春

鹤算同添华堂笃祜
鹿车并挽寿字延春

天竹腊梅相映成色
寿山福海共祝无疆

闰月双寿

喜添凤侣双飞翼
欢祝鸾俦百岁春

凤尾添翎置闰成岁
鹿车揽辔益寿延年

桐叶征祥桃花纪算
鸾俦比翼凤侣添翎

男寿通用

北斗临台座
南山献寿诗

椿树千年寿
苍松万古春

福如东海水
寿比南山松

红日融瑞雪
福寿壮乾坤

春风挥翰墨
佳气接蓬莱

德望高北斗
福寿比南山

高风传乡里
德望泽世人

开筵依北极
祝寿须南山

良辰逢岳降
瑞气霭春辉

寿同山岳久
福共海天长

野鹤无凡质
寒松有本心

名声高北斗
福气比南山

树老有余韵
年高多清雅

元鹤千年寿
苍松万古春

莫道桑榆晚
笑迎桃李春

四时调玉烛
千算祝瑶觞

紫气通南极
青云动北莱

年高志气大
德厚福运长

松鹤千年寿
子孙万代长

福同天地共在
寿与日月齐辉

绮筵铺锦绣
彩笔饮虹霓

松龄竞岁月
鹤寿纪春秋

红带雅宜华发
白醪光泛新春

青松多寿色
丹桂有丛香

岁老根弥壮
阳骄叶更荫

乃文乃武乃寿
如竹如松如梅

人间春酿熟
天上寿星明

天赐平安福
人迎不老春

汉柏秦松骨气
商彝夏鼎精神

人老心不老
年高志愈高

五岳古松劲
九峰仙鹤鸣

笑把南山作颂
喜倾北海为樽

三樽酒献寿
五岳松延年

宵汉鹏程远
玉堂鹤路长

紫气辉联南极
丹光彩映中华

人德得无量寿
此公有当世名

南州冠冕此其选
上古千秋可与俦

天上星辰应作伴
人间松柏不知年

如冈如陵如阜
多福多寿多男

屏风家画香山老
笠雨人称玉局仙

童颜久驻寿翁面
鹤岁难老壮士心

丹室晓传青鸟字
瑶池时进白云谣

耆英洛社万家佛
草木平泉一品诗

文移北斗成天象
日捧南山入寿杯

东方先生善谐谑
南极老人应寿昌

采芝合共商山老
作赋仍多洛社才

仙家日月壶公酒
名士风流太傅诗

琥珀盏斟千岁酒
琉璃瓶插四时花

三祝筵开歌寿考
九如诗颂乐嘉宾

仙台牒注长生字
蓬岛春开富贵花

既效关卿不伏老
更同孟德有雄心

身似西方无量佛
寿比南岳老人星

霄汉鹏程腾九万
锦堂鹤算颂三千

甲子从头开上寿
神仙自古有曾孙

寿考维祺征大德
文明有道享高年

朱颜醉映丹枫色
华发疏同老鹤形

龙门泉石香山月
蓬岛烟霞阆苑钟

四白岂惟知甲子
八千应复数春秋

紫毫粉壁题仙籍
玉液琼酥作寿杯

名山梅鹤饶清福
陆地神仙占大春

松苍柏翠长岁月
鹤寿龟年谱春秋

紫气东来膺五福
星辉南极耀三台

爱爵传觞尤怀多福
颐性养寿屡获嘉祥

含和履中执义秉德
驾福乘喜获寿保年

四海具瞻尊为山斗
一时钦羡望若神仙

德行齐辉一门合庆
福寿大衍百岁同符

甲子重开如山如阜
春秋不老大德大年

天保九如富贵寿考
华封三祝吉祥子孙

福禄光明使君寿考
吉善长久宜我子孙

白发朱颜喜登上寿
丰衣足食乐享晚年

天赐期颐长生无极
人间百岁积庆有余

福禄欢喜长生无极
仁爱笃厚积善有征

立德立言于兹不朽
寿人寿世共此无疆

宜我子孙受德之祜
使君寿考与福相迎

桂树冬荣华藻繁缛
兰膏明烛齿算延长

诗谱南山筵开西序
樽倾北海彩绚东阶

有德有仁天锡纯嘏
尔昌尔炽人颂康强

桃熟三千佳果平分仙洞
春光九十称觞偏占芳期

不福星真福星即此一言可为君寿
已五十又五十请至百岁再征余文

寿世文章一代斗山韩吏部
等身述作六经渊薮郑司农

晋爵在秋深自瑞气腾来三冬尽暖
称觞临岁杪知哲人诞后万物方春

立心如古大儒本道德以至寿考
有子为名下士知文章自有渊源

月圆人共圆看双影今宵清光并照
客满樽俱满羡齐眉此日秋色平分

品学世儒宗洛社衣冠耆德更推康节老
湖山仙眷属幔亭风月曾孙罗拜武彝君

男寿切时令

春

风飘羽帐晴云暖
春在壶天白日迟

年抛造物陶甄外
春在先生杖履中

松寿鹤龄是翁矍铄
花香鸟语老子婆娑

夏

泉流东海千层浪
日照南山万树云

日暖椿庭风和槐砌
筹添鹤算酒进兕觥

曲奏南熏年丰人寿
樽开北海花好月圆

秋

交梨分洞府
火枣灿琼筵

上古大椿常不老
小山丛桂最宜秋

寿锡天孙多富贵
畴陈箕子益康宁

冬

杯映梅花云映柏
日添宫线屋添筹

东阁官梅动诗兴
南极老人应寿昌

雪藕冰桃来洞府
兰芽梅蕊映琼筵

朱颜醉映丹枫色
华发疏同老鹤形

梅花迎年祥呈五色
极星拱寿光映三台

霜染枫林光分莱彩
风传梅蕊香泛霞觞

男寿切年龄

十岁

戴洋不作天边吏
逸少偷窥枕内书

绮岁授书夸慧质
芳年就傅庆生辰

颛顼不凡能佐国
孔融相见叙通家

就傅芳年丰神俊逸
授书绮岁头角峥嵘

画荻于灰弘景是神仙种子
制竹为纸姜澄实工艺大家

二十岁

射策才应如贾傅
请缨志不让终军

终军弱冠请缨日
宋殿唱名交贺时

就傅芳年丰神俊逸
授书绮岁头角峥嵘

初学正五年月始恒日始升当识成人有道
卓立须十载圣可希贤可冀还期努力前修

三十岁

词赋登坛方半甲
功名强仕早旬年

辉腾宝婺三十寿
青发奇葩而立年

阮家宣子驰名日
臧氏含文奋翮时

黄鹤下飞知报喜事
白猿高唤来进寿丹

正值壮年应知不朽方为寿
恰当而立须识文章可永龄

四十岁

不惑但从今日始
知天犹得十年来

蟠桃捧日三千岁
古柏参天四十围

渭水春秋今得半
孟亭岁月后尤长

纪事桑弧当胜日
韬光市井正强年

七篇道德称尧舜
四十存心全天真

鸿案齐眉咸歌四秩
莱衣舞彩共庆三多

五十岁

大衍宏开光禹范
知非伊始学蘧年

鸿范征祥光五福
鹤寿添算祝千秋

元龙早日推湖海
安石中年在竹丝

读书砥行堪知命
安富尊荣且慕亲

年齐大衍经纶富
学到知非德器纯

教秉尼山乐天知命
学符伯玉寡过知非

海屋筹添春半百
琼池桃熟岁三千

学易假年循圣训
知非寡过继贤名

礼始服官问年曰艾
易陈大衍祝寿如松

六十岁

杯倾北海辰初度
颂献南山甲再周

温公正入耆英会
马氏咸称矍铄翁

甲子重新如山如阜
春秋不老大德大年

花甲方周太皞历
林壬好颂武公诗

延龄人种神仙草
纪算新开甲子花

骏德遐昌龄周甲录
鹤寿无算彩绚庆星

七十岁

飞熊此日犹藏渭
五羖于今正相秦

三千岁月春常在
六一丰神古所稀

庆祝三多环筵晋爵
祥开七秩玉杖扶鸠

国中从此推鸠杖
池上于今有凤毛

山中霞熟千年酝
海上莲开七朵金

八千岁为春自今伊始
七十杖于国从古称稀

耄耋期颐自今始
富贵寿考于古稀

椿算添寿呈寿者相
莱衣舞彩祝古稀年

七十老而传跻堂晋爵
九五福曰寿杖国称尊

八十岁

耆年可入香山社
硕德堪宏渭水谟

杖朝步履仪容古
钓渭丝纶日月长

白发频添童颜未改
绿醽满酌老兴犹浓

十里枌榆推老宿
一竿风雨待安车

卓尔经纶传渭水
飘然风致赴香山

梦协渭宾兕觥上寿
寿添海屋鸠杖趋朝

寿此真翁应继四明盛会
名齐李老欣开八秩华筵

八十岁葆素全真自是申公迎驷马
五千言修身炼性须看老子跨青牛

九十岁

天锡九龄登大耋
人生三乐媲先贤

椿寿预祝八千岁
花甲已添三十年

移山正和愚公计
儆国听歌卫武诗

愿效嵩呼歌大寿
还随莱舞祝期颐

寿宇鸿开图陈百福
名楣喜溢颂献九如

九十春光永锡难老
三千甲箓悉数未终

宝树灵椿三千甲子
龙眉华顶九十春光

算益卅年重周花甲
逍遥鸠杖天保九如

一百岁

洵是人中真瑞
居然地上神仙

人生不满公今满
世上难逢我竟逢

瑶池桃熟三千岁
海屋寿添一百春

蓬莱盘进长生果
玳瑁筵开百岁觞

望重期颐符曲礼
年登上寿记蒙庄

礼祝期颐庄椿无算
诗歌福履虞寿同登

行乐及时已得三万六千日
大德必寿预祝一百有十年

汉瓦万岁唐鉴千秋我闻在昔
河渚五老陌上三叟又见于今

男寿切月份

正月

名山梅鹤饶清福
春酒羔羊祝大年

喜逢华诞歌春酒
好向新年戏寿衣

年抛造物陶甄外
春在先生杖履中

银花火树开佳节
玉树琼酥作寿杯

人如天上珠星聚
春到筵前柏酒香

五福梅开筹添鹤算
三多竹报酒晋兕觥

二月

绮席延宾开杏苑
华堂祝嘏仰椿庭

瑶岛香浓芝草圃
玉楼人醉杏花天

鹤算添筹杏仙上寿
鲤庭舞彩莱子承欢

三祝华封瞻泰斗
二分春色到花朝

红杏在林时维二月
紫芝记算数合九畴

红杏争妍春光大好
白华洁养纯嘏弥长

三月

花逢修禊林如画
酒泛瑶池客尽仙

蟠桃已结瑶池露
玉树交联阆苑春

寿纪椿龄筹添东海
祥呈桃实觞进西王

椿树庭前开寿域
桃花源里住仙家

桃花雨润韶华丽
椿树云深淑景长

桃实呈祥骈臻百福
极星拱寿辉映三台

四月

设觞喜进酴醾酒
设宴初开樱笋厨

树茂椿庭添福影
香斟佳酿祝遐龄

旨酒佳肴香浮芍药
庞眉皓首色映蔷薇

荼蘼开到清和月
芍药应称富贵花

蓬矢风搴春尚驻
椿燕尾护夏方新

曲谱南薰四月清和逢首夏
樽开北海一家欢乐庆长春

五 月

蓬矢高悬逢午月
薄觞上献祝庚星

正交端午作生日
惟有昌阳可引年

绮席称觞香浮蒲绿
华堂舞彩色映榴红

正喜榴花多结子
共斟蒲酒祝添庚

大夫如松德音是茂
君子保艾寿考维祺

令节近天中花开如意
神仙来海外果献长生

六 月

北海樽开化寿酒
南薰曲奏理瑶琴

莲沼鸳鸯歌福禄
椿庭鹤鹿祝遐龄

且喜莲房生贵子
还欣椿庭丽佳辰

寿筵宏开荷塘风爽
华堂高启椿林云深

饮无非碧筒杯介寿欣逢天贶节
游何必赤松子闲身即是地行仙

七 月

花开指甲飞金凤
星耀长庚贵斗牛

巧逢七月初七日
寿祝千春又千秋

瑶池王母乘鸾至
银汉天孙驾鹤来

北极拱星祥开高寿
南风送暖曲奏长生

七夕是生辰喜功名事业从心处处带来天上巧
百花为寿域羡玉树芝兰绕膝人人占却眼前春

八月

露冷青松多寿色
月明丹桂托灵根

上古大椿原不老
小山丝桂最宜秋

节届中秋月圆人寿
筹增上算桂馥兰馨

千秋金鉴昭明德
八月银涛壮寿文

修德早膺天爵贵
参禅久悟木犀香

花好月圆庚星耀彩
兰馨桂馥甲第增辉

九月

北海开樽倾菊酿
南山献颂祝椿龄

延年清酒贮霜菊
养老良田浚石泓

东海添筹春来高矣
南山采菊风致悠然

东海筹添同庆祝
南山颂献赋登临

数备箕畴多获福
同倾菊酒乐延年

菊酒称觞节逢重九
椿筹益算寿纪八千

十月

百算筹添沧海日
三呼嵩祝小春天

莱舞堂前娱晚岁
梅开岭上得先春

良月筵开介眉酒熟
小春气暖绕膝欢腾

几行红树来佳气
一抹青山是寿眉

梅岭扬芬小春有信
椿庭祝嘏爱日多欢

序届阳春春同松柏
寿称国瑞瑞献芙蓉

十一月

名望与斗山并重
年龄随宫线同添

抚弦曲奏水仙操
益寿欣呈王母图

云捧彩鸾西苑雪瑞
日辉金凤南山松青

三祝三逢人应瑞
一阳初启日添筹

介祝称觞阳春一曲
书云献颂寿考万年

皓首穷经青云有路
黄花介寿晚节弥坚

十二月

红梅绿竹称佳友
翠柏苍松耐岁寒

华堂辉映南天烛
绮席宏开北海樽

冰贮玉壶心一片
香添金鼎即千秋

南极辉腾彤云瑞霭
西池宴会绛雪香芬

天锡遐龄肇八千岁为春之旦
日临初度应十二月成物之功

女寿通用

慈萱春不老
古树寿长春

岁寒松晚翠
春暖惠先芳

玉树盈阶秀
金萱映日荣

慈竹祥云护
灵萱化日长

萱草凌霜翠
灵芝浥露香

宝婺星辉延六秩
蟠桃瑞献祝千秋

松林增岁月
萱草耀园林

萱花欣永茂
梅蕊庆先春

称觞好醉延龄酒
设帨多簪益寿花

麻姑酒满杯中绿
王母桃分天上红

星占宝婺辉南极
花庆金萱茂北堂

彩绚琼枝萱堂日暖
春生玉砌鸾佩风和

梅子绽时酣夏雨
萱花称满霭慈云

萱花挺秀辉南极
梅萼舒芬绕北堂

花灿金萱瑞凝堂北
星辉宝婺彩映阶前

青鸟飞来云五色
碧桃献上岁三千

璇阁雪花吟柳絮
瑶池露蕊熟蟠桃

兰阁风熏瑶池益算
萱庭日丽彩缕延龄

天赐昌期垂母范
人登寿域仰慈颜

瑶池玉露滋花甲
绿阁金萱耀彩衣

阆苑桃花长春不老
玉堂萱草历久愈荣

天朗气清延晷景
辰良日吉祝慈龄

玉树兰芽三秀草
北堂萱树万年花

日丽萱堂光分莱彩
春传梅岭香泛霞觞

仙酝香浮红玉盏
慈云晴护绛纱帏

云捧彩鸾王母至
花开金凤天星明

淑慎其身绥我眉寿
柔嘉维则宜尔子孙

祥鸾仪羽来三岛
天姥峰峦出九霄

自是荀龙堪继志
本来陶母善贻谋

天姥峰与钟阜同寿
孟博母为汝南所宗

日永萱堂称觞合醉延年酒
春深蓬岛设帨多簪益寿花

玉佩仙琚共看婺光联寿域
青童白发争传王母下瑶池

慈竹庆长春宴启西池蟠桃献瑞
仙花开益寿浆斟北斗萱草忘忧

女寿切时令

春

翠竹凌宵群叨慈荫
碧桃满树竞放仙花

兰阁煦春风桃熟塘西正婺宿腾辉嫡星焕彩
蓬壶驻仙景萱荣堂北祝灵娥不老王母长生

夏

佛寿无量龙华启会
慈龄不老鸠杖引年

兰阁风熏绮琴解愠
萱庭日丽彩缕延龄

桃实千年来从王母
莲花万顷座拥观音

秋

一朵芙蓉凝玉露
三秋桃实映流霞

桂序秋高瑶阶设帨
萱堂昼永绮席称觥

晚节松筠庆绵福履
乔阴兰桂彩舞莱衣

萱室荣光期颐未艾
菊篱秋色晚节弥香

玉液泛瑶池刚好杯呈王母
天香来月窟爰知种自嫦娥

冬

璇阁雪花吟柳絮
瑶池露液熟蟠桃

东阁梅开西池桃熟
北堂萱茂南国樛荣

葭管阳回瑶池春满
萱庭庆集海屋筹添

玉树香清金萱日永
绿梅放早翠柏春长

母德无亏看雪里梅花一片
婺星有耀祝堂前萱草千春

女寿切年龄

十岁女寿

百岁犹余春九十
笄年尚待月初三

弹指光阴一旬甫届
当头宝婺百岁同光

玉胜嘉祥碧茵雕龙
金銮幼慧紫石书成

二十女寿

髫龄编贝
壮志请缨

锦瑟挥弦添五数
璇闺设帏正兼旬

双旬岁月缂丝美
五度春秋笄饰新

三十女寿

三十初进延龄酒
百年喜开益寿花

绮岁及笄双璧合
良辰设帨百年新

辉腾宝婺三十寿
青发奇葩而立年

璇阁年华蟾圆一度
瑶池桃实鹤算千春

璇阁数华年恰合蟾圆一度
瑶池看桃实预期鹤算千春

四十女寿

宝婺星辉歌四秩
蟠桃瑶献祝千秋

东序兰草三春劲
北堂萱华满院香

际此欣逢设帏日
而今初倍及笄年

悦辰而立添十岁
笄岁则频增一旬

百岁承欢歌令旦
四旬介寿庆华年

瑶池桃熟王母降乐
碧沼荷开灵娥陪观

五十女寿

蟠桃捧日三千岁
萱树参天五十围

庭帏长驻三春景
海屋平分百岁筹

五福备至已五十
百寿开先过半百

婺宿腾辉百龄半度
天星焕彩五福骈臻

记八千为一春萱草千年绿
再五十便百岁桃花万树红

五秩征年高门设帨
百龄益算海屋添筹

高帨庆芳辰百岁期颐刚一半
称觞有莱子九畴福寿已双全

六十女寿

宝婺星辉延六秩
蟋桃瑞献祝千秋

纪寿欣逢新甲子
培香喜掇早丹花

彤管飞音歌玉树
绿云分彩护金萱

春秋不老冈陵颂
甲子重添福寿花

六秩华筵新岁月
三千慈训大文章

玉芽久种春秋圃
青液频浇甲子花

花乃金萱开六甲
星真宝婺焕中天

青松翠竹标芳度
紫燕黄鹂鸣好春

玉树阶前莱衣竞舞
金萱堂上花甲初周

画堂叠晋屠苏酒
彩袖争贻度朔桃

桃热正逢花甲茂
兰开几阅福寿添

六十年度似芙蓉出水
二回甲子如桃花初开

七十女寿

一乡称寿母
七十称古稀

年过七旬称健妇
筹添三十享期颐

寿衍七旬辉宝婺
堂开四代乐黛风

金桂生辉老益健
萱草长春庆古稀

七旬菊香秋后献
五云花洁日边来

月满桂花诞七秩
庭留萱草茂千秋

日煦萱花去徵异彩
天留婺宿人庆稀年

介寿献西母蟠桃一千岁花二千岁实
忘忧羡北堂萱草四十年苦三十年甘

八十女寿

八旬且献瑶池瑞
四代同瞻宝婺辉

菱花当面照黄发
竹叶入唇醉耋龄

卓尔经纶传渭水
飘然风致并香山

沧海月莹寿母相
瑶台仙近女人星

四代斑衣荣耋寿
八旬福婺庆遐龄

萱寿八千八旬大寿
范福九五九畴乃全

白发朱颜登八旬大寿
丰衣足食享五福晚年

八月称觞桂花投肴延八裹
千声奏乐萱草迎笑祝千秋

八秩寿筵开萱草眉舒绿
千秋佳节屈蟠桃面映红

逾古稀又十年可喜慈颜久驻
去期颐尚廿载预征后福无疆

九十女寿

芝荣五色
图献九如

九旬鹤花同金母
七秩斑衣学老莱

瑶池果熟三千岁
海屋筹添九十春

一乡称寿母
九十不为奇

庆花甲一周添半
祝萱堂百岁有奇

锦帏动春风寿延九里
萱花标经色庆衍九秋

华筵九秩莱子乐
慈训三迁孟母贤

堂北萱花荣九秩
天南宝婺耀千秋

天上寿初筵九十曰耋
乐余度安康八千为秋

百岁女寿

鹤发童颜臻上寿
兰馨桂馥乐余年

妇德交称上寿允享
孙荣竞秀五世其昌

桃熟三千瑶池启宴
筹添一百海屋称觞

鹤算添筹逾百岁
鱼轩绚彩永千秋

天上三秋婺星几转
人间百岁萱草长荣

耄耋齐眉春深爰日
孙曾绕膝瑞启颐年

蓬岛春长九旬洽庆
萱堂日永百岁延年

设帨溯当年喜花甲一周又半
称觞逢此日祝萱龄百岁有奇

明月有恒纪年合献九如颂
长春不老添润当称百岁人

西王岁计三千鹤算延龄桃结实
大母年逾九六乌私终养孝阵情

女寿切月份

正月

梅帐寒消花益寿
萱闱春护草生香

宝婺辉联南极晓
斑衣彩舞北堂春

彩帨增辉兕觥叶庆
璇图启瑞凤历纪元

二月

今日正逢萱草寿
前身合是杏花仙

设帨寿辰正逢谷旦
入帏春色已近花朝

彩绚琼枝萱堂日暖
春生玉砌鸾佩凤和

天护慈萱春不老
门悬彩帨色常新

花朝丽景时逢佳节
萱座慈龄合祝大年

萱庭春长良辰设帨
杏林日丽绮席称觞

三月

春生萱所无非福
身入桃源便是仙

东序兰芳三春草
北堂萱树百世花

曲水湔裙春光正好
慈闱设帨寿算无疆

四月

瑶池桃熟登琼席
玉树柯荣绚彩衣

蔷薇香送清和月
芍药祥开富贵花

首夏清和长春富贵
慈云庇护爱日绵长

五 月

艾叶香浓笼彩帏
榴花色艳映斑衣

兰阁风薰绮琴解愠
萱庭日丽彩缕延龄

婺焕中天蒲觞介寿
帨悬正午榴蕊增辉

午月庆芳辰堂前萱草分眉绿
婺星耀瑞彩阶下榴花照眼红

六 月

华堂设帏绵瓜瓞
水榭开筵赏藕花

梅子绽时酣夏雨
萱花称满霭慈云

碧沼荷开灵娥初度
瑶池桃熟王母长生

七 月

穿针乞巧添长缕
舞彩承欢有老莱

西望瑶池降王母
南极老人应寿昌

鹊驾填桥天孙锡寿
兕觥进酒王母临筵

我求懿德终温且惠
天赐纯嘏俾寿而康

令节届中元月夕飞觞逾七夕
年龄臻上寿婺昨耀彩伴双昨

八 月

丹桂飘香开月阙
金萱称庆咏霓裳

玉露常凝萱草翠
金风远送桂花香

桂苑风清开怀赏月
萱堂气爽笑口吟诗

九　月

翠邑慈篁辉锦帏
香分篱菊点斑衣

菊满篱东称寿客
萱荣堂北祝慈龄

萱草含芳千岁艳
菊花香动五株新

婺焕重霄时呈五福
时维九月序属三秋

萱室发荣光寿祝箕畴备五福
菊篱绽秋色天教晚节傲群芳

十　月

顿教萱庭添春色
记取蓉屏写寿文

红叶丛兰花锦绣
方瞳绿鬓玉精神

梅馥岭南小春有信
萱荣堂北寿算无疆

日丽萱闱祝无量寿
香傅梅岭届小春天

十月值小春看岭上梅花初放
一星悬宝婺祝堂前萱草长荣

十　一　月

庭前多种忘忧草
头上新簪益寿花

萱帏日永添长楼
葭官灰飞舞彩衣

葭官飞灰璇闺溢喜
萱闱爱日宝婺腾辉

葭琯应时梅花志喜
鹿车表彰鹤算增处

五福骈臻萱草并水仙竞艳
一阳初动算筹与宫线同添

十二月

白雪欢歌翻寿曲
淡云坚石傲松年

喜看梅黄逢腊月
寿添萱绿护春云

五色芝茎慈闱祝寿
百年萱草新岁延龄

玉树清香金萱日永
绿波放早翠柏春长

腊月颂嘉平祝堂上金萱日茂
婺星明灿烂喜庭前翠柏冬荣

闰月

益藕添桐逢闰月
悬弧设帨庆良辰

萱草延龄觞称绿醑
梅花吐艳蜡染黄金

凤尾添翎萱闹日永
鹤筹益算蓬岛春长

冥寿联

千秋介寿
百岁荐馨

寿考维祺
孝子不匮

天上人间并开寿域
子前孙后追祝春晖

寿　幛

通　用

白首壮心	长寿百岁	大德必寿	德高望重	地天同寿
福如东海	福寿全归	福寿同享	高风亮节	鹤发童颜
济人自寿	家和人乐	康乐宜年	莱彩承欢	老当益壮

老骥伏枥	乐享余年	美意延年	乃福乃寿	年高气壮
青松不老	日月齐光	如竹如梅	寿与天齐	松柏常青
松鹤延年	晚景堪娱	文韬武略	有福有寿	知足长乐

男寿

备福颐年	俾寿而康	齿德俱尊	畴陈五福	椿树常青
椿庭日暖	多福多寿	高寿延牟	庚星耀彩	共颂期颐
古柏长春	海屋长春	鹤算寿添	箕畴五福	既寿而康
甲第增辉	绛悬仙翁	鸠杖熙春	览揆良辰	灵椿益寿
榴花献瑞	南极星辉	南山比寿	庆衍桑弧	庆溢悬弧
日永椿庭	如南山寿	如松柏茂	桑弧耀彩	寿并河山
寿富康宁	寿考维祺	寿如日升	寿山福海	寿翁德大
寿征大德	树茂椿庭	松柏同春	松鹤延龄	崧生岳降
颂献九如	颂祝冈陵	图开福寿	惟仁者寿	钟灵寿考

女寿

宝婺呈辉	宝婺星辉	彩说延龄	春晖永驻	春满北堂
春浓萱幄	慈闱日永	慈云荫浓	慈竹常青	慈竹恒春
慈竹生辉	大德必寿	德绍孟欧	福寿康宁	花灿金萱
欢腾萱室	辉生锦悦	获教仁风	金萱不老	金萱焕彩
锦帨呈祥	耄耋富贵	耄晋期颐	蟠桃献寿	婻星焕彩
瑞凝萱室	寿添萱禄	寿田宜家	寿同金石	寿征坤德
帨彩增华	松鹤遐龄	堂北萱荣	天姥峰高	图呈王母
婺彩星辉	婺焕中天	婺宿腾辉	婺曜呈祥	祥呈桃实

祥开设帨 星辉宝婺 萱阁长春 萱茂北堂 萱堂集祜
萱庭日丽 萱帏日永 璇闺大喜 璇闺日暖 璇闺喜溢
瑶池春水 瑶池桃熟 瑶池益算 瑶岛春长 紫绶金章

双 寿

百年偕老 柏翠松青 椿萱并茂 椿萱不老 凤凰娱志
福海寿山 福禄鸳鸯 福寿双全 庚婺同明 鸿案相庄
弧帨齐辉 弧帨同悬 弧帨扬华 辉映台婻 极婺联辉
酒介年眉 酒介齐眉 伉俪寿禧 鸾笙合奏 眉齐鸿案
盘献双桃 琴瑟静好 人月同圆 日升月恒 日月并明
日月齐辉 神仙眷属 笙箫合奏 寿并冈陵 寿域无疆
双星并耀 双星朗照 双星争辉 台婻合耀 天上双星
仙眷长春 仙耦齐龄 星月争辉

第五章　贺婚嫁联

通　用

百年好合	荷开并蒂	赏心悦事	天作之合
五世其昌	芍结双花	美景良辰	文定厥祥
百年佳偶	花团锦簇	射屏得偶	箫管并举
一世良缘	云灿星辉	种玉有缘	凤凰来仪
东风入户	欢联二姓	神仙眷属	祥占鸣凤
喜气盈门	缘结三生	关雎志喜	庆叶乘龙
二姓合婚	欢腾彩凤	诗题红叶	雁鸣旭旦
百年偕老	瑞应祥麟	彩耀青鸾	凤哕朝阳
凤凰鸣矣	家有余庆	书言厘降	永偕伉俪
琴瑟友之	诗赋有章	诗咏于归	久缔良缘
凤麟起舞	乾坤交泰	天成佳偶	月明金屋
奎璧联辉	琴瑟和谐	金玉良缘	香喷玉屏
夫妻恩爱	三星并耀	天长地久	月圆花好
鸾凤和鸣	五世其昌	花好月圆	凤舞龙飞

云开五色
户拱三星

凤凰为世瑞
琴瑟谱新声

梅实迎时雨
菱花遍小天

文明协嘉礼
家室敦好逑

珠联璧合
凤翥鸾翔

鼓瑟迎嘉客
吹笙引凤凰

盟联金约指
香护玉搔头

鲜花簪凤髻
大笔画蛾眉

百年歌好合
五世卜其昌

光射屏中雀
名标阁上麟

暖生百子帐
喜溢七香车

祥光拥大道
喜气满闺门

才高鹦鹉赋
春暖凤凰楼

红莲开并蒂
彩凤喜双飞

乔木萦萝茑
蒹葭倚玉枝

香掩芙蓉帐
烛辉锦绣帏

彩笔题鹦鹉
焦桐引凤凰

几生修得到
一日不可无

亲迎期白首
交拜设青庐

绣屏金作屋
甲第玉为堂

传芳新酒韵
调意旧琴心

健笔凌鹦鹉
文箫引凤凰

琴和瑟亦静
花好月常圆

旭日辉仁里
祥云护德门

吹箫堪引凤
攀桂喜乘龙

锦瑟调鸿案
香词谱凤台

卿云扶绣辇
吉日迓鱼轩

旭日芝兰秀
春风琴瑟和

当门花并蒂
迎户树交柯

锦堂双璧合
玉树万枝荣

卿云辉绣辇
瑞气霭祥云

于飞谐凤卜
维梦叶熊占

滴露朝研黛
添香夜读书

柳气眉间展
梅花陌上生

双莺鸣高树
对燕舞繁花

鱼水千年合
芝兰百世荣

玉楼巢翡翠
金屋锁鸳鸯

百年恩爱双心结
千里姻缘一线牵

翡翠屏开鸾对舞
珊瑚枕稳凤双飞

云拥妆台晓
花迎宝扇开

宝马迎来天上客
香车送出月中人

分担家国平章事
好咏河洲窈窕诗

芝兰茂千载
琴瑟乐百年

比飞正似鸳鸯鸟
并蒂常开连理枝

凤管谐声欣得偶
雀屏中目不须媒

佳男佳女佳偶
良夜良辰良缘

碧岸雨收莺语暖
蓝田日暖玉生香

凤落梧桐梧落凤
珠联璧合璧联珠

佳偶百年好合
知音千里相逢

不须媒妁千金娉
早有红绳两头连

芙蓉粉暖琉璃匣
水精地产红莲花

两姓同心伉俪
百处结发夫妻

彩窗图成红蟢子
绣窗唤起绿鹦哥

芙蓉镜映花含笑
玳瑁筵开酒合欢

喜共花容月色
何分秋夜春宵

春风堂上初来燕
细雨庭前乍开花

共羡齐眉吴市案
相看挽手鹿门车

易曰乾坤定矣
诗云钟鼓乐之

迨其吉兮花叶映
式相好矣室家宜

关雎四句今朝咏
麟趾三章他日歌

银河双星庆会
金屋大礼观成

杜广有才婚淑女
裴航无意遇仙姬

海楼翡翠闲相语
镜水鸳鸯暖共游

菡萏到头皆并蒂
鸳鸯生小便双飞

何以报之青玉案
我姑酌彼黄金罍

红叶喜题子祜句
黄梅新点寿阳妆

红妆带绾同心结
碧树花开并蒂莲

花开并蒂鸳鸯暖
酒醉同心琥珀浓

花添锦上珍珠缀
酒泛杯中琥珀浓

华堂乐奏凤琴谱
妆阁辉生月镜圆

欢庆此日成佳偶
且喜今朝结良缘

家庭多乐欢声溢
琴瑟赓和乐事多

嫁女喜逢良好日
送亲正遇吉祥年

金谷园中花一簇
蕊珠宫里烛双辉

金屋春浓花馥郁
琼楼夜永月团圆

金秋玉满飞来喜
大家闺秀得郎君

俱飞蛱蝶愿相逐
愿作鸳鸯不羡仙

蜡照半笼金翡翠
麝熏微度绣芙蓉

莲子杯中金谷酒
桃花笺上玉台诗

良宵莺笙伴凤语
早春鸳锦映红妆

菱花绶带鸳鸯簇
金尾屏风孔雀闲

绿华偏重词人笔
红烛初修学士书

眉黛春生杨柳绿
玉楼人映杏花红

眉间黛色临张稿
窗下文心著吕书

眉柳绿描京兆笔
额梅红点寿阳妆

门迎绿水宜提瓮
帘卷青山好画眉

名流喜得名门婿
才女欣归才子家

能调琴瑟方称德
不薄糟糠转爱才

鞶帨雍容含喜气
瑟琴静好听和声

平圃花枝缠锦带
横塘莲子结同心

齐家典则存三礼
经国文章在二南

十里莲花开并蒂
百年瓜瓞庆长绵

五世其昌谐凤卜
二南之化兆麟祥

奇缘自古称双璧
大化于今始二南

书眉笔带凌云志
种玉人怀咏雪才

萧史台中初引凤
周姬经上待歌麟

琪树稳栖比翼鸟
瑶池深种并头莲

双飞却是关雎鸟
并蒂常开连理枝

绣阁女红止今日
厨司妇道始明朝

千尺丝萝欣有托
百处琴瑟喜和鸣

万字金炉香晕碧
双辉银烛影摇红

绣阁昔曾传跨凤
德门今喜近乘龙

千里姻缘一夕会
半生结缡百年亲

文窗绣户垂帘幙
银烛金杯映翠眉

一对璧人留双影
两厢情爱缔良缘

秦台有凤凭吹引
同寝留熊待梦征

问名是坦腹王郎
缔偶来画眉京兆

一对鸳鸯成好梦
五更鸾凤换新声

人倚玉楼花解语
娇藏金屋草宜男

梧桐枝上栖双凤
菡萏花间立并鸳

一儿冠笄出绣阁
半子登门伴华堂

三千翡翠皆珠箔
十二楼台尽管弦

五明双羽开纨扇
百和香车动画轮

一岭桃花红锦绣
万条银烛引天人

诗歌荇菜三重句
易玩家人二四爻

五色云临门似彩
七香车拥辔如琴

一索得男占取妇
大邦有子咏宜家

玉镜能谐温峤志
荆钗甘为伯鸾容

紫箫吹彻蓝桥月
青鸟翔还彩屋春

焕乎文章璠玙其采
霭然和乐鸾凤之音

玉镜人间佳合璧
银河天上渡双星

白首齐眉鸳鸯比翼
青阳启瑞桃李同心

吉日良辰兰茝发色
华堂曲宴孔雀群翔

玉树风前夸并倚
绣帷月里看双飞

大起驷门金张华胄
相庄鸿案梁孟高风

锦帐春浓祥占熊梦
华堂日永庆衍螽斯

玉台诗赋传鹦鹉
金谷花枝引凤凰

迨其吉兮縠我士女
式相好矣宜尔室家

六礬如琴音谐鸾凤
两心相印谱证鸳鸯

于归好咏宜家句
往送高歌必戒章

翡帏翠帱圭璋特秀
彤轩紫柱琴瑟交辉

鸾凤和鸣吉祥止止
雎麟叶吉乐意融融

云中翠黛修眉好
树里清波挈瓮宜

凤吉叶占熊祥入梦
芝泥发彩兰蕊浮香

男宜种草合欢佩草
女貌如花郎笔生花

帐前新绾鸳鸯带
堂上今开孔雀屏

好鸟双栖嘉鱼比目
仙葩并蒂瑞木交枝

南国好逑载歌荇葛
西阶著代首重萍蘩

周诗自合关雎乐
秦辇遥瞻彩凤来

红锦裁云紫箫吹月
翠屏引凤绣帐栖鸾

琴瑟友之克昌厥后
凤凰鸣矣长发其祥

紫鸾箫管和瑶瑟
金鸭香炉倚绣屏

鸿案相庄百年偕老
凤占叶吉五世其昌

日丽风和门庭有喜
月圆花好家室咸宜

瑟鼓房中凫翔静好
箫吹楼上凤律归昌

室蔼祥光花团锦簇
天生佳偶璧合珠联

云拥妆台和风正暖
花迎宝扇丽日初长

山水为媒千秋佳话
琴瑟永乐万里姻缘

隋珠夜光符采昭烂
璇渊碧树绮组缤纷

之子于归采蘋采藻
其人如玉宜室宜家

诗歌德音书称禧降
礼先纳币乐听和鸾

太极一图肇分奇偶
圣经十传首重修齐

职懔鸡鸣欣来佳妇
祥钟麟趾待咏宜孙

诗礼传家鲤庭垂范
琴瑟在御鸿案修仪

文就千言东都才子
妆成七宝南国佳人

珠蕊连枝九微灯耀
五榴并蒂百子图开

诗诵纫兰襟怀风雅
筵开酌桂时节月圆

旭日始旦乍闻雍雁
明星有烂交颈鸣鸡

竹书旧堂馨香奕世
玉台新咏清丽为邻

费十斛明珠石崇豪富
种五双白璧雍伯奇缘

海上订婚珊瑚连理树
人间合卺琥珀夜光杯

结两姓姻缘山盟海誓
祝百年伉俪地久天长

是月下老人鸾书注定
看云中仙子凤辇迎来

恭让温良本能知才人佳配
贞静幽闲全淑德君子好逑

红雨花村交颈鸳鸯成匹配
翠烟柳驿和鸣鸾凤并于飞

连理花开看今日鸾交凤友
宜男草长卜来年麟趾螽斯

修竹高梧丽色映屏间孔雀
绿杨翠柳柔情怜叶底鸳鸯

绣阁灯明鸳鸯并立齐欢笑
妆台镜照鸾凤和鸣共谈心

枣栗具陈执贽虔修新妇诗
羹汤奉食入厨好咏古人诗

象服是宜缔偶来画眉京兆
乌衣中选问名是坦腹王郎

卓而不群百尺楼前临吉曜
俨然有约三生石上订佳盟

稚子结良缘喜事从心慈母
嘉宾援百赐感怀雅意亲朋

婚嫁切时令

春

柳画眉梢黛
梅添额上妆

芙蓉帐里春宵暖
梅柳江头物候新

景丽三春天台桃熟
祥开百世金谷花娇

日掩芙蓉帐
春添锦绣帏

花月新妆宜学柳
芸窗好友早栽兰

乐事便蕃鸾翔凤舞
韶华绮丽燕笑莺歌

春花绣出鸳鸯谱
夜月香斟琥珀杯

晓起妆台鸾对舞
春归画栋燕双栖

日丽华堂莺歌燕笑
春融绣幕凤舞鸾翔

夏

缘定三生石
姻来一曲琴

栀绾同心结
莲开并蒂花

碧沼荷垂开并蒂
绣帏凤侣结同心

红妆带绾同心结
碧沼花开并蒂莲

玉楼冰簟鸳鸯枕
璇阁晶帘鹦鹉杯

翡翠屏开石榴茂盛
鸳鸯池满荷蕊香浓

雪藕冰桃调玉手
瑶琴锦瑟按金辉

弹素月琴奏薰风曲
饮饯春酒题消夏词

户灿三星诗歌东楚
祥征百子图写安榴

秋

桂宫蟾耀彩
桐院凤栖身

秋宵如此浑无价
良夜何其乐未央

彩凤合鸣梧桐阴茂
关雎雅化蘋藻仪修

书屏银烛灿
宝镜玉台新

笑把黄花轻插凤
闲拈黛笔淡描蛾

丹桂香飘姻联两姓
蟾宫月满喜照双星

巧借花容添月色
欣逢秋夜作春宵

瑶琴一曲双声奏
月殿三秋五桂香

秋色清华吉祥止止
威仪徽美乐意陶陶

冬

红楼开并蒂
喜烛照双花

皓月描来双影雁
寒霜映出并头梅

风暖丹椒青鸾对舞
日融翠柏宝镜初开

雁鸣冰未泮
燕乐岁之余

律应黄钟谐凤卜
春回紫帐协熊占

关雎好逑鸡鸣戒旦
桂房冬耀兰闼春光

不夜珠明花灿烂
解寒钗暖雪消融

评花赋就梅妆额
咏絮诗成雪满阶

锣鼓声声欢歌阵阵
梅花朵朵情意绵绵

婚嫁切月份

正 月

巧借新婚迎淑女
喜将元旦作婚期

银烛光浮元夜月
紫箫吹彻玉堂春

风暖丹椒青鸾对舞
日融翠柏宝镜齐开

已睹春云笼彩鬓
还窥夜月映金莲

春到上林欣谐两美
律中太簇好谱双声

紫芝朱草欢乐有得
更旦初岁与福为婚

二 月

花朝春色光花烛
柳絮奇姿画柳眉

一对璧人开吉席
二分春色耀华堂

宴启合欢觞飞月夕
枝成连理颂献花朝

杏坛春暖花并蒂
兰闺日晴燕双飞

红杏在林春藏锦苑
青庐交拜日丽华堂

云拥妆台和风正暖
花临宝扇丽日初长

三 月

柳色映眉妆镜晓
桃花照面洞房春

十里好花迎淑女
一庭芳草长宜男

万紫千红十分春色
双声叠韵一曲新歌

三月桃花红锦绣
万盏银烛引玉人

景丽三春桃华灼灼
祥开百世瓜瓞绵绵

杨柳楼台同斟白酒
桃花门巷相映红妆

四月

才逢芍药开花日
正是标梅迨吉期

探花幸际辰初夏
梦燕欣逢麦至秋

樱笋厨开华筵合卺
芙蓉帐暖绣阁留春

豆蔻正开香尚蕊
蔷薇才放露初匀

满架蔷薇香凝金屋
倚兰芍药翠锁琼楼

玉轸风薰琴声叠韵
金闺日永花气袭人

五月

花开并蒂蝴蝶舞
连理同根杨柳青

镜里彩鸾留倩影
钗头文虎助新妆

才子凌云佳人咏雪
榴花映日蒲叶摇风

卺酒香浮蒲酒绿
榴花艳映烛花红

艾绶舒风榴花耀火
鸣鸾歌日彩凤翔云

蒲柳迎风彩摇绢扇
榴花映日红衬绯裙

六月

乐奏林钟谐凤侣
诗歌南国叶螽斯

一岁光阴今过半
百年伉俪喜成双

鸾凤和鸣莲花并蒂
螽麟瑞叶玉树连枝

柳叶眉添京兆笔
藕丝纱罩美人裳

并蒂花开莲房多子
同心缕结竹簟生凉

雪藕调冰夫妻好合
风熏叠韵琴瑟初谐

七 月

菱花光映妆台镜
瓜果香分合卺杯

银河驾鹊欢今夕
绣幄迎鸾叶吉期

却扇成婚鹊桥并驾
穿针得巧鸳枕谐欢

鹊桥初驾双星渡
熊梦新征百子祥

才子佳人世间两美
牛郎织女天上双星

银汉三星蓝田双璧
人间巧节天上佳期

八 月

丹桂香含飘绣阁
碧云光吐映妆台

秋色平分佳节夜
月华照见玉人妆

箫彻玉楼声和凤侣
花盈金屋香满蟾宫

金风已度黄金屋
玉露还滋白玉田

喜溢兰闺室家相庆
香飘桂窟人月同圆

月下花前十分美满
人间天上一样团圆

九 月

鸡鸣惊起三秋夜
熊梦祥开九月天

幸撷黄花成腻友
好凭红叶证良媒

系足红丝良缘注牒
画眉彩笔妙句题糕

诗题红叶同心句
酒饮黄花合卺杯

酒酿黄花情联鸾凤
诗题红叶梦协熊罴

鸾凤合鸣秋光满月
雁翔比翼壮志凌云

十 月

点额新梅香绣阁
回阳丽日暖妆台

梅花芳讯先春试
柳絮吟怀小雪初

乐奏鸾箫节逢双十
春生螺黛眉画初三

翡翠帘垂初夜月
芙蓉镜映小阳春

锦里枫丹芳联弈叶
华堂藻耀瑞霭琼英

问夜何如三星在户
及时行乐十月之交

十 一 月

画眉笔带凌云气
种玉人怀咏雪才

雪案初吟才女絮
玉盆新供水仙花

箫引凤凰律回葭琯
杯斟鹦鹉座对梅妆

灰飞葭管声谐凤
雪拥蓝田兆梦熊

麟趾呈祥一阳初夏
螽斯衍庆五世其昌

鸾凤和鸣葭管飞灰刚十日
鸳鸯载福桃符焕彩报新年

十 二 月

菊垂金作屋
梅点玉为容

评花赋就梅妆额
吟絮诗成雪满阶

金屋才高诗吟白雪
玉台春早妆艳红梅

腊粥试调新妇手
春醅初熟合家欢

锦瑟瑶琴房中奏乐
腊梅天竹堂上生春

翠幕牵丝绣阁绾同心之结
蓝田种玉麟趾兆公子之祥

闰 月

节欣益藕联佳偶
荚喜添箕缔夙盟

萁荚阶前莺对舞
梧桐枝上凤添翎

雅奏鸣莺谐佩玉
佳期彩凤喜添翎

贺入赘

雀屏中选
喜气盈门

娇客不劳萧史凤
佳人即是女元龙

在昔吹箫传弄玉
只今袒腹得王郎

得赘贤郎即是子
生来好女胜于男

声送玉箫来引凤
影摇银烛照乘龙

袒腹才高笥藏玉轴
乘龙颂叶箫韵琼楼

瓜瓞连绵鱼入梦
茑萝附结雁临门

未必生男胜生女
不妨佳婿作佳儿

选获乘龙音谐引凤
射欣中雀喜溢鸣鸾

好合良缘射雀喜画屏中选
欢谐嘉礼乘龙依贰室而居

座有佳人无事奏求凰艳曲
选来快婿果然称配凤才华

贺复婚

沧海有容收覆水
断弦无弃续鸾胶

梅开二度花复艳
月缺重圆光更明

珠帘月影重辉夜
锦阁花香两度春

断弦已续音不旧
宝镜重圆光更新

前情谅解都如梦
后景欢娱总是情

鼓瑟鼓琴鸾胶新续
宜家宜室尘梦同甘

两情鱼水雅歌复咏
百岁鸳鸯宝镜重圆

锦瑟再调依旧调羹称素手
红丝再续定然举案效齐眉

贺续弦

其新孔喜
庆溢鸾胶

鸾胶新续推双美
凤翼齐飞庆百年

鼓瑟鼓琴鸾胶新续
宜家宜室熊莺同甘

传芳新酒酌
调绮旧诚心

桃开苑里花仍灼
柳放江头絮又新

柳毅传书终谐龙女
陈基继配幸续梅卿

月既缺而又圆
花复开而并蒂

调羹定识威姑性
洒翰应增吕子书

洛浦重逢昔年子建
天台又到前度刘郎

华堂奠雁灯如昨
绣幕窥鸾镜再圆

玉梅再探香初绽
锦瑟重调声自和

嘉耦重谐弦已续成风更韵
华妆如故镜仍合处月同圆

喜　幛

白头偕老　百年好合　百年嘉偶　百年偕老　比翼双飞
冰心洁意　常伦念笃　赤绳永结　春暖璇闺　椿萱含笑
丹桂生香　凤凰来仪　凤吉熊祥　凤麟起舞　凤祉麟祥
凤翥鸾翔　奉迓金莲　福缘鸳鸯　关雎乐事　桂馨兰芳
海盟山誓　海燕双栖　合卺之喜　户拱三星　吉庆祺祥
佳偶天成　金声玉振　金石之盟　金屋同春　举案齐眉
君子好逑　奎壁联辉　兰馨一室　蓝田种玉　郎才女貌

礼开奠雁	莲结同心	莲开并蒂	良辰美景	梁孟高风
麟吐玉书	龙凤呈祥	鸾凤和鸣	梅柳迎春	鸟乐同林
蓬门始开	乾坤交泰	秦晋之联	琴剑知音	琴瑟永偕
琴瑟友之	青梅竹马	情深似海	情同连理	情长意重
情真意切	情重鸳鸯	雀屏中目	鹊桥欢渡	如鼓琴瑟
瑞霭蓝田	瑞木交柯	三星在户	芍结双花	笙磬同谐
胜友如云	诗题红叶	诗咏关雎	天作之合	天成佳偶
文定厥祥	西阁画眉	喜成连理	喜结秦晋	喜鹊登枝
喜同登科	相敬如宾	箫彻秦楼	心心相印	燕尔新婚
宜室宜家	银河双渡	应赋桃夭	永结同心	永偕伉俪
有凤来仪	鱼尚比目	玉树琼枝	鸳鸯比翼	月明金屋
云天比翼	之子于归	珠联璧合	紫燕双飞	螽斯衍庆

第六章　贺生育联

通　用

雄声震屋
喜气盈门

绿竹生嫩笋
红梅发新枝

玉槐征国瑞
窦桂兆家祥

充闾增喜气
惊座试啼声

弄璋欣有喜
产凤庆生辉

玉喜蓝田种
珠从赤水来

风和桃结子
日暖凤生雏

瑞云千里应
玉树几枝新

桂子呈祥多厚福
兰孙毓秀兆嘉征

凤毛夸济美
燕翼善诒谋

世德钟麟趾
家声毓凤毛

海上蟠桃多结子
月中仙桂喜长枝

光生珠在掌
梦兆燕投怀

试声初得桂
培德更征兰

室中已见祥云绕
梦里独闻王者香

兰馨征国瑞
熊梦兆家祥

人间英物啼
天上长庚降

万事已知今日足
五湖还待后来游

来仪征凤卜
衍庆协熊占

舞鹤衔芝降
祥麟吐玉来

月窟早培丹桂子
云阶新毓玉兰孙

贺生子

梦叶长庚
祥占才子

花前笑看獐书帖
梅下欣听鹤和声

啼声惊座知人杰
瑞气充闾十国英

青箱传业
蓝玉怀珍

净地月明生秀草
芳阶风暖长兰芽

天上石麟原有种
云中玉燕早投怀

充闾增喜气
惊座试啼声

净地月明生秀草
芳阶风暖长兰芽

庭前兰吐芳春玉
掌上珠生子夜光

奇表称犀角
清声试凤雏

宁馨生应文明运
大器育成梁栋材

喜见红梅初结子
笑看绿竹茁生孙

竹院添丁早
莲房得子多

庆获石麟绳祖武
欣占玉燕振家声

养儿望成英贤辈
生子当如孙仲谋

川媚山辉蓝玉朗
天高月满蚌珠肥

秋月晚生丹桂宝
春风新长紫兰芽

英物啼声惊四座
德门喜气洽重闱

德门喜气添一子
英物啼声惊四邻

泉流东海千层浪
日照南山万树云

玉燕怀中先兆瑞
石麟天下早呈祥

瓜瓞远绵征夏大
芝兰新茁似春初

啼声惊座知人杰
佳气充闾卜世卿

窦桂王槐门庭溢庆
荀龙恭凤家世征祥

隋珠夜光焕若列宿
兰林蕙草集其清英

天上石麟祥云绚彩
怀投玉燕吉梦应昌

一毛生凤穴啼声惊座知人杰
万里看鹏抟佳氯充闾卜世卿

王槐徽国瑞丹凤玉麟门庭溢喜
窦桂兆家祥兰林蕙草堂构增辉

世德征麟趾玉长蓝田连城异宝
家声毓凤毛珠生合清照乘奇珍

宁馨生应文明运桂子呈祥多厚福
大器培成千济材兰孙毓秀兆嘉征

穴疑丹凤起奎壁联珠会见星垣悬上座
觞泳白驹来芝兰成薮足征玉树种名园

贺生女

祥征玉胜
兆叶珠光

作掌上珍
为闺中秀

华门踵四美
甲第得千金

喜结心中伴
欣生掌上珠

今日喜生嫦娥女
他年笑看状元郎

绕庭喜有临风玉
照室欣看入掌珠

瑞应宝婺离双阙
喜见仙娥坠九天

设帨门前知有喜
摛文堂上却成双

天生丽质西施愧
地灵人杰心兰蕙

喜来绿竹抱新笋
福至红楼藏玉珍

瑶池嫩叶初呈瑞
玉树新枝正发荣

谢庭喜擢芝兰秀
周雅欣赓瓜瓞篇

兆叶鸡飞门前帨
祥征虺梦掌中珠

木兰从军巾帼不亚儿郎
昭君出塞裙钗还胜须眉

中郎有女传家业
道蕴能诗压弟昆

彩帨悬门兰质蕙心延美德
明珠入掌柳诗茗赋毓靖才

天人进寨喜得一千金
地宝降世笑曰抵万两

啼声惊座又报华夏添巾帼
佳气充闾早卜前程胜须眉

贺双生

玉刻双璋
锦挑对褓

赤水衔珠龙竞舞
丹山绚彩凤双飞

方记珊瑚成连理
乐闻家室结珍珠

双芝竞秀
璧合珠联

花萼相辉开并蒂
埙篪并奏叶双声

八士孪生祥开达适
二男并育美媲器良

琼枝花并蒂
玉树叶交柯

花生双管欣齐下
树发连枝庆并荣

白汲弟昆系绳分彩
琼华兄妹异姓同生

异香飘九陌
余庆衍双珠

玉种蓝田征合璧
树栽碧海喜交柯

两美同生祥开达适
二难竞秀瑞过纪谌

双喜临门第
孪生降世间

德门喜气添双子
英物啼声惊四邻

玉叶延芳柯交蒂并
瑶源衍泽璧合珠联

贺生孙

桐生于峄
兰茁其芽

重闱掷果
老子含饴

祖武重光
孙枝挺秀

凤毛夸济美
燕翼善诒谋

桐有孙枝看满树
庭培阴德种三槐

月地早培丹桂子
云阶新毓玉兰芽

瓜瓞诗赓绵世泽
梧桐春到长孙枝

华堂益寿开饴座
梓舍承欢进晬盘

君福应过范乔祖
家庆何让子仪孙

喜见红梅新结子
笑看绿竹又生孙

英物啼声惊四座
德门喜气洽重闱

绕膝分甘王逸少
点头示意郭汾阳

桂子呈祥征福厚
兰孙毓秀兆嘉祥

有道明时兰为贵
无涯福气竹生孙

济美凤毛兰荪茁秀
谋诒燕翼瓜瓞绵长

声美凤雏绳其祖武
诗赓燕翼诒厥孙谋

梦叶熊罴子夜灯光频结蕊
誉推骐骥孙枝汤饼乍开筵

贺生曾孙

一门绕五福
四代庆同堂

乔木于今开四叶
兰荪又喜茁重枝

一门五福呈箕范
四代同堂庆瓞绵

分杯汤饼倍重庆
拄杖桑榆乐再孙

欣看乔木多余荫
喜见兰荪又茁芽

美济凤毛家有令子
谋诒燕翼孙又添丁

喜见桐枝开四叶
福陈箕范祝三多

天赐石麟祥开四叶
夜投玉燕瑞霭一堂

四世喜同堂螽斯衍庄
一门臻五福燕翼诒谋

喜 幛

贺 生 子

弧悬异彩　熊梦征祥

弄璋志喜　荀龙薛凤

射矢洗砚　英声惊座

棠棣职辉　玉燕投怀

天赐石麟　螽斯叶吉

贺 生 女

虺梦得宝　弄瓦志喜

辉增彩帨　设帨凝辉

庆衍龙女　喜比螽麟

明珠入掌　祥瑞弄瓦

女界增辉　缘凤新雏

贺 生 孙

瓜瓞延祥　秀茁孙枝

金兰茁玉　孙枝启秀

兰阶添喜　桐枝衍庆

乐享含饴　燕翼贻谋

绳其祖武　饴座腾欢

第七章　贺筑屋迁居联

贺新居落成

大启尔宇
与德为邻

禧凝燕贺
庆肇鸿图

庭辉联树彩
檐影接云光

红日舒辉临吉宅
春风送暖入华堂

门焕奎壁
栋接云霞

竹苞松茂
鹄峙鸾停

文明开景运
栋宇绕彤云

宏图大展兴隆宅
泰运长临富裕家

山环水绕
人杰地灵

风和新居暖
日丽甲第安

祥光浮紫阁
喜气绕朱轩

华构落成千年计
小筑安居四时春

堂开昼锦
里号鸣珂

鹤舞千年树
凤鸣百尺楼

云霞成五色
彩焕映三台

华堂建就六亲力
玉宇落成百匠功

堂连绿野
室接青云

甲第崇高闳
天文焕紫微

肇启文明运
宏开富有基

华堂聚秀帘凝瑞
奎壁联辉户纳祥

庭栽松竹
室挹芝兰

群材成大厦
彩凤宿高梧

玳瑁连云开甲第
霜毫摛藻富春华

华堂耀日燕争巢
大厦连云凤隐栖

物华焕彩
天宝呈祥

天开黄道日
地接紫微辰

栋拂云霞绕紫气
家传浩声足春风

华构生辉福满户
新居焕彩喜盈门

画栋倚云昭大壮
华堂映日焕中孚

画岭烟霞生画栋
东山云树掩门庭

甲第鼎新容驷马
华堂钟秀毓人龙

江山聚秀归新宇
奎璧联辉映书堂

旧畲云礽绵世泽
新居奕叶壮鸿图

兰室犹然仍旧址
槐堂又喜庆新居

鸟革翚飞麟凤起
竹苞松茂桂兰香

日月光华临画栋
山川环拱映雕栏

日照新居添锦绣
花栽院圃吐芬芳

三阳日照平安地
五福星临吉庆家

山水朝宗依旧日
堂前集瑞霭新居

水为奠基绕玉带
山因落成列翠屏

堂构初成千载业
垣墉已筑万年基

堂构森严绳祖武
天葩彩发焕人文

五色云祥笼甲第
三多景福集门闾

祥云环绕新门第
红日光临喜人家

新厦落成增秀气
华门安居进财源

秀宇层明光日月
朱堂高辟大帡幪

一帆风顺年年好
万事如意步步高

玉堂金马家声老
画栋雕梁物色新

云栋尽书金碧宇
瑶阶并种吉祥花

凤鸣九霄祥云五色
鲲游七泽锦浪千层

桂馥兰馨子孙永葆
竹苞松茂天地皆春

合天时祥云连画栋
得地利峻岭对新庭

画栋雕梁齐称杰构
德门仁里共庆安居

甲第宏开肯堂肯构
壬林作颂多福多男

美奂美轮大启尔宇
肯堂肯构长发其祥

南望飞云雕梁画栋
西来爽气玉宇琼楼

何须玉宇琼楼方称杰构
即此德门仁里便是安居

堂构新开光生梓里
栋梁高建彩焕根基

甲第弘开永向苍穹斗日
门间轩敞堪容北海风云

新居落成祥云绕室
华堂集瑞旭日临门

川媚山辉筑室既成灵秀聚
门高衢广克家定卜子孙贤

依山傍水景中胜境
坐北朝南画里新居

春风暖万家迎来新居焕彩
杨柳绿千里更添华屋生辉

华堂入云江山添一景
大厦落成农户乐三春

喜临宅地瑞气缭绕百事顺
乐建新居祥光普照万代昌

近市太嚣尘应更爽垲
卜居多水石倍挹清芬

映日红标五色云中飞彩凤
凌霄画栋万花丛里耸虬龙

建禹锡陋室能贤毕至
效元三教子福泽长流

煜耀画堂新后昆得所承天泽
图治齐家本方兴未艾启宏图

开百世鸿图龙蟠虎踞
启千来大厦凤起蛟腾

山河发奇观彩凤金龙旋上轴
庭阶生瑞气玉兰宝树茁天葩

大地钟灵肇成文明之运
华堂瑞霭弘开富贵宏基

杰构地偏幽水如碧玉山如黛
高人居不俗凤有高梧鹤有松

贺上梁

竖千年柱
架万代梁

花发立柱日
鸟歌上梁时

金梁光耀日
玉柱力擎天

人和大梁正
世盛家业兴

祥天福地
丽日清风

画锦来三凤
奎光聚八龙

堃正奠新业
基实撑大梁

上梁喜鹊叫
竖柱彩霞飞

旭日悬顶
紫微绕梁

基石奠新业
栋梁擎雄心

梁起户聚瑞
瓦铺门纳祥

竖柱遇吉日
上梁逢良辰

柱直梁正
心顺风清

吉星照佳地
紫气拂新梁

龙腾日有吉
凤舞云呈祥

玉柱擎红日
金舆入紫微

夯基符地利
上梁合天时

坚贞瞻柱石
巩固庆苞桑

青龙绕玉柱
白虎架金梁

择吉日奠基
值黄道上梁

定磉欣适大好日
上梁正遇幸运时

花开富贵人开眼
日上中天屋上梁

吉日立柱凝百瑞
良辰上梁集千祥

栋起祥云连北斗
堂开瑞气焕春光

黄道安门添百福
紫微当户纳千祥

金梁灿灿光耀日
玉柱巍巍力擎天

耿直为梁千秋业
忠诚作柱万代基

基实奠定千秋业
柱正撑起万载梁

旧时燕垒初更换
今日鸿基已奠成

千秋事业原非易 万代根基由来深	星耀紫微辉生画栋 日占黄道喜建雕梁	日升月恒天赐百福 竹苞松茂地发千祥
紫微高接三台瑞 室砌祥辉五色云	吉日甚吉大梁宜举 良辰皆良根基固坚	兰桂联芳祥呈胜地 椿萱并茂喜溢高堂

贺迁居

安居乐业 足食丰衣	门庭多福 日月重光	莺迁乔木 凤集高冈	凤穴雏皆好 龙门客又新
安土重迁 乐郊是适	青峰对我 绿水环居	莺迁仁里 燕贺德邻	凤移金谷舞 鹏自北溟抟
卜云其吉 奠厥攸居	禧凝燕贺 庆肇鸿图	车马虽嫌僻 莺花不厌贫	楼台新气象 诗礼旧人家
和风甘雨 景星庆云	祥光西起 紫气东来	出谷来仁里 迁乔入德门	平安传二字 和乐在三春
华堂昼永 乔木春深	祥麟臻圃 鸣凤栖梧	春临新宅第 福载善人家	迁宅吉祥日 安居大有年
良辰安宅 吉日迁居	一门瑞气 万里和风	玳梁欣贺燕 乔木早鸣莺	山谷莺声旧 来仪凤羽新

松菊陶潜宅
诗书孟子邻

择里仁为美
安居德有邻

丽日楼台花似海
清风杖履客如仙

太平居有后
安东福无涯

重阳及宅第
金菊镶华堂

龙门旧列金张贵
莺谷新迁碧落飞

庭辉承月彩
檐影接霞光

卜筑应同蒋诩径
藏书将拟邺侯家

满座珠矶光旧胄
几车书籍重新迁

五云蟠吉地
三瑞映华门

地无寒舍春常在
居有芳邻德不孤

门对青山千古看
家居旺地四时新

祥光临福地
喜气满新居

洞天福地斯为美
仁里德邻无所争

门迎春夏秋冬福
户纳东西南北祥

燕喜开新第
莺迁转上林

范少伯三迁致富
宋季雅百万买邻

鸟革翚飞腾喜气
莺歌燕歌驾高迁

莺鸣乔迁喜
燕衍筑巢泥

房后淡烟无墨画
檐前疏雨有声诗

平安竹种新宅院
富贵花开和睦家

莺迁仁是里
燕喜德为邻

黄菊移来三径好
绿杨分作两家春

乔第喜迁新气象
换门不改旧家风

再祥占福运
昶适乐安居

里有仁风春色溥
家余德泽福星临

人杰地灵有福气
物华天宝呈祥光

人寿宅安居新室
酒香心悦庆乔迁

莺声到此鸣金谷
麟趾于今步玉堂

金屋玉堂固称杰构
德门仁里自是安居

庭前细雨东坡竹
池上清风茂叔莲

择处三迁居不易
开门七件事最难

廉让之间其风肆好
吉祥所止与日俱长

燕入高楼传喜事
莺迁乔木报佳音

自昔贤邻思孟氏
于今仁里绍申侯

乔迁喜天地人共喜
新居荣福禄寿同荣

瑶阶兰桂春秋茂
玉砌椿萱雨露香

吉日迁居万事如意
良辰安宅百年遂心

唯德成邻莺迁燕喜
以文会友霞蔚云蒸

贺迁居切时令

春

春光入户
燕语垂帘

梅因雪放
鸟为春歌

春光溢庄户
喜气入重帘

上林春色早
乔木知音多

福临吉第
春满华堂

燕贺新禧
莺歌阳春

户外春风暖
堂前午日长

莺迁金谷晓
花报玉堂春

华堂永昼
乔木春深

莺迁乔木
燕舞春风

佳地春风暖
新居燕语喧

玉堂映画锦
华屋霭春晖

春风丽日开画栋
绿柳红花掩门庭

华堂翠幔春风至
绮阁金屏曙色开

瑞映画堂多喜色
吉临新宅焕春光

新屋落成逢新岁
春风送暖发春华

燕喜新居春正暖
莺迁乔木日初长

梅蕊春开香分座上
兰芽日丽秀毓阶前

檐前柳色分外绿
窗外花枝借助春

帘卷春风重门燕喜
堂开画锦高第莺迁

庭树花开莺声送喜
阶兰秀茁燕翼诒谋

夏

荷开五福宅
鹊架七夕桥

翠梧久待朝阳凤
碧树初鸣山谷莺

新居朝迎喷薄日
小院晚挂荷花灯

家居绿水畔
人在红花间

华堂昼永书香满
乔木夜深蛙鼓多

珠帘暮卷西山雨
荷花香里开新屋

帘卷杨柳谱
廊题桑榆诗

槐花落处生瑞气
阳雀啼时入新居

宝气光辉屏开翡翠
玉堂风静帘卷珊瑚

青山云外鸟
绿水案前书

日暖阶前生玉树
莺娇堂上茁兰芽

廉让之间其风肆好
吉祥所止与日俱长

堂前蕉叶翠
阶下榴花红

庭前芳草皆生意
树上流莺作比邻

日永华堂祥光四射
云连夏屋气象一新

雨洗宅得润
霞飞门呈祥

夏屋新迁莺出谷
华堂彩焕凤栖梧

映日红标诒谋清白
凌峦画栋美胜山川

明月当空照水光涌阶阶添彩
牡丹争艳开花色满门门增辉

秋

门含紫气
室染秋香

玉堂映曙色
珠树发秋香

堂凝瑞气云追月
栋染谷香秋胜春

山川纳绿
凤凰来仪

重阳及门第
金菊镶华堂

玉树琪花香作锦
水光山色翠连云

雁鸣秋色
凤栖高梧

蟾宫玉兔拭明月
新宅金菊带谷香

中秋明月拂碧宇
当院紫微绕朱轩

风移金谷舞
乔木好音多

栋宇翚飞光梓里
阶除玉砌耀华堂

明月当空吐银泻玉
艳阳临阶涌金流霞

菊开五福宅
霜染一叶秋

好鸟啼月歌后院
飞花送酒舞前檐

琪树瑶花迁自莺谷
琼楼玉宇高想蟾宫

冬

白雪凝瑞
朱轩纳祥

春讯悄入户
金鸡早叩门

门庭多喜气
家室驻早春

檐垂寒意
梅吐奇香

留云笼竹叶
邀月伴梅花

迁居逢瑞雪
开户见祥云

室有迁莺处
门多吐凤才

气象宜人天坠玉
家庭雍睦地生金

院内红梅戏飞雪
门前翠柳舞春风

祥云笼甲第
福景聚新门

淑气和风光栋宇
银花玉树染门庭

紫燕衔来千里暖
红梅开出百家春

冬去矣祥光入室
春来也喜气盈门

岁寒三友添新色
春风满堂聚德光

光耀丹楹喜占旺相
诗赓白雪先得阳春

横 额

安居乐业	财源广进	春风化雨	春风及第	春风绣宇
春驻新居	大展宏图	地利人和	栋接云霞	栋宇辉煌
栋宇重光	否去泰来	福喜盈门	福蕴新居	高天厚土
国强富民	国治家齐	好事临门	虎踞龙蟠	华厅咸宁
吉祥如意	吉星高照	金莺出谷	金玉满堂	龙光燕喜
美轮美奂	门焕奎璧	民泰国安	鸣凤栖梧	千秋大业
人杰地灵	日升月恒	瑞气临门	山环水绕	四季平安
堂开燕禧	五福临门	五世其昌	物华天宝	祥麟臻囿
心想事成	旭日东升	择处得仁	主恩盈屋	紫气东来

第八章　哀挽墓碑联

挽　联

通　用

悲歌动地
哀乐惊天

泪倾太岳
痛断黄泉

寿高德望
子孝孙贤

苍松长耸翠
古柏永垂青

常怀典范
寄托哀思

流芳百世
遗爱千秋

音容宛在
笑貌长存

高风传乡里
亮节照后人

慈颜已逝
风木与悲

名留后世
德及乡里

音容已杳
口泽犹存

高风传梓里
亮节昭后人

恩泽四海
功高九天

千秋忠烈
百世遗芳

哀歌动天地
浩气贯长虹

鹤梦归何处
猿啼在此间

花落水流
兰催玉折

清白磊落
正大光明

安危谁与共
风雨忆同舟

户听凄风冷
楼空苦雨寒

花凝泪痕
水放悲声

秋风鹤唳
夜月鹃啼

百年三万日
一别几千秋

落花人已去
残月夜难圆

美德垂千古
忠魂上九霄

欲祭疑君在
无语泪沾衣

终生辛勤劳动
一世淳朴为人

寿终德望在
身去音容存

转眼人千里
销魂梦一柯

白花遍野泪成雨
哀乐谱天思凝云

寿终德望在
身去音容存

赤心光照日月
清名永世长留

白马素车愁入梦
青天碧海笑招魂

素心悬夜月
高义薄秋云

陇上犹留芳迹
堂前共仰遗容

悲音难挽流云住
哭声相随仙鹤去

痛心伤永逝
挥泪忆深情

绿水长吟芳德
青山永志雅风

不作风波于世上
别有天在非人间

徒饮千行泪
只增万斛愁

美德堪称典范
遗训长昭子孙

彩云易散秋无迹
旧梦难寻心有香

星离成恨事
云散奈愁何

身逝音容宛在
风遗德业长存

朝云暮雨难觅影
高山流水少知音

一生留美德
半世树嘉风

一生刚直无邪
终身清白光明

从今不复闻謦欬
此后何堪忆笑容

雨洒天流泪
风号地放悲

友思今成永别
笑绪已为悲端

翠竹当窗空有影
绮花落地寂无声

风吹秋水起悲浪
雨沐春山落哀愁

花间双蝶成残梦
镜里孤鸾哭断肠

流水夕阳千古恨
秋风春雨百年愁

风号鹤唳人何处
月落雁啼霜满天

化鹤何心归世外
骑鲸无信到京东

露冷三山添鹤泪
霜寒一夜听猿啼

风号万树子规啼
雪积重门白马咽

江山有恨风霜冷
天地无情草木凋

绿水青山悲陈迹
落花啼鸟泣化身

扶桑此日骑鲸去
华表何年化鹤来

九原有泪流知己
万户同声哭善人

梅吐玉容含孝意
柳拖金色动哀情

古同松柏清同竹
言可经纶行可邻

看山兴悲愁碧汉
望月垂泪染丹枫

年登九十从来少
寿未期颐总堪伤

翰书犹有云霞彩
诗句常留金石声

蜡炬痛心频滴泪
纸花解语倍伤情

凄凉云树愁千里
惆怅春风恨隔年

翰书犹在锦书断
鸳梦难寻蝶梦醒

朗月清风怀旧宇
残山剩水读遗诗

岂敢言葬之以礼
亦唯求入土为安

恨添黄水三层浪
愁锁条山一片云

老泪无多哭自己
苍天何遽丧斯人

气数不言仁者寿
性情犹见古之愚

红消豆蔻三春梦
香断梅花一缕魂

良操美德归华表
亮节高风照云天

千山不语齐俯首
万水呜咽共吹箫

青山不老音容在
绿水长流风落存

剩有寒沙留鹤篆
尚余流水作琴声

夕阳流水千古恨
春露秋霜百年愁

青松枝头花似雪
白玉栏杆泪如霜

寿星风范千秋永
仁者慈心万古垂

想见音容空有泪
欲闻教训杳无声

屈指西游才几日
回首东去已三年

数雨无欢春自冷
五更有恨月仍寒

一曲衷肠凄雨悲
满天血泪寒风哀

人间未遂青云志
天上先成白玉楼

桃花流水杳然去
明月清风何处游

一世精神归华表
满堂血泪飞云天

瑞雪铺就瑶池路
春雷震开玉殿门

天上列星沉处士
山中霖雨及苍生

一夜顶风堆白雪
三年泪水滴红冰

三更月暗鹃啼苦
万籁声寂鹤唳哀

天上星辰伤已渺
人间花木喜长存

云悲雨泣风哀挽
水啸山呼草动情

三更月冷鹃犹立
万里云空鹤自飞

完来大璞归天地
留得和风惠子孙

云低远浦杳黄鹤
月冷寒窗泣紫鹃

山川有恨风霜凛
天地无情草木愁

万端遗恨皆须补
一掬慈容何处寻

终年未尽平生志
遗言唯斯后来人

剩有寒梅筛月影
空余瘦竹度琴声

卧黄地泪如秋雨
喊苍天声似春雷

壮怀犹在风云上
诗卷长留天地间

追思言笑空中去
欲睹形容梦里来

海阔天空忽悲西去
乌啼月落犹望南归

青山黛影泉飞泪花溅
碧血素雨悲风子规啼

纵能哭透三寸木
终难唤醒九泉灵

烟径云迷风凄翠柳
石阶露冷雨泣黄花

群山披素玉梅含哀意
诸水悲鸣翠柳恸伤情

福寿全归音容宛在
齿德兼隆名望常昭

忠厚待人人尽怀念
存心济世世留芳名

无语听时泪流不敢信
欲言止处心碎难再全

情切切九天迸泪倾盆雨
意绵绵八方啜泣裂金石

烟雨凄迷万里名花凝碧血
音容寂寞千江流水助哀声

鹤驾难回终隔云山家万里
猿肠易断哪堪风雨月三更

男挽通用

骑鲸仙去
化鹤归来

玉楼一记
华表千秋

埋玉树于土中
爇漆灯于冢内

山颓木坏
雾暗云愁

杜梁悲落月
鲁殿圮灵光

白马素车愁入梦
青天碧海怅招魂

神归太素
魂返佳城

庾公楼月冷
处士里星沉

称觞尚忆登堂事
挂剑难为过墓情

大雅云亡梁木坏
老成凋丧泰山颓

兰亭少长悲陈迹
玉局风光叹化身

素车有客悲元伯
绝调无人继广陵

地下又添高士伴
生前原当古人看

朗月清风怀旧宇
残山剩水读遗诗

幽兰空觉香风在
宿草何曾泪雨干

风骨真超双鹤上
语音犹在五云中

墨云香冷来琴馆
薤露寒生赋鹏文

大雅云亡空怀旧雨
哲人其萎怅望醇风

扶桑此日骑鲸去
华表何年化鹤来

骑鲸去后行云黯
化鹤归来霁月寒

菊径荒凉乔阴莫仰
蓉城缥缈仙驭难回

剑空宝匣龙应化
云锁丹山凤不来

骑虬夜冷湖边月
驾鹤朝栖岭上云

未弭前思顿作永别
追寻笑绪皆为悲端

江管春归花不发
周窗雨冷草空青

史册应登耆旧传
乡闾顿失老成型

世事已无常空留尘榻
音容何处觅怅望人琴

齿德俱尊犹执谦恭敦族谊
形神虽逝尚留清白著乡评

兰砌蔼清芬方拟小山丛桂
蓉城速先召相将一束生刍

大雅云亡绿水青山谁做主
老成凋谢落花啼鸟总伤神

烟雨凄迷万里名花凝血泪
音容寂寞清溪流水是哀声

高谊难酬风雨鸡声偏结憾
幽思莫解屋梁月色愈关情

月照寒枫空谷深山徒泣泪
霜凝宿草素车白马更伤情

道其犹龙乎剑水云横嗟去渺　　何处可招魂检箧尚遗玄草在
君今化鹤矣花亭月暗恨归迟　　尊君欲挂剑登堂空忆白云留

女挽通用

慈颜已逝　　音容宛在　　妇德幽贞见　　永怀风木感
风木与悲　　懿德常存　　人言内外符　　应废蓼莪诗

兰摧玉折　　白云悬影望　　画荻踪难觅　　日碧魂依蔓草
花落水流　　乌鸟切遐思　　扶桐泪欲倾　　雪红泪洒桃花

寿终内寝　　风木有余恨　　蓬岛归仙驾　　婺宿光沉北极
鹤驾西天　　瞻依无尽时　　萱帏想母仪　　云軿驾返西池

宝瑟无声弦柱绝　　花落胭脂春去早　　绮阁风凄伤鹤泪
瑶台有月镜奁空　　魂销锦帐梦来惊　　瑶阶月冷泣鹃啼

蝶化竟成辞世梦　　画堂省识春风面　　勤俭相夫征挽鹿
鹤鸣犹作步虚声　　环佩声归月夜魂　　义方训子显丸熊

风吹蕙帐萱花落　　了无遗恨留闺阁　　身似芳兰从此逝
月冷吴江杜宇悲　　自有余徽裕后昆　　心如皓月几时归

忽报风凄三楚地　　泪残秋雨遗罗袜　　西池驾已归王母
怕看云黯半边天　　肠断春风陨玉娇　　南国辉空仰婺星

细语柔言情宛在
凄风苦雨恨偏长

雨霖杏蕊流红泪
雪压松梢戴素冠

绮阁风寒伤心鹤唳
绣帏香冷空仰徽音

香消夜月梅花寂
韵冷苍天鹤梦寒

雨泣黄花应有恨
风凄翠竹更堪悲

胸有绀珠贤推巾帼
星沉宝婺悲到丝萝

绣阁花残悲随鹤唳
壮台月冷梦觉鹃啼

青鸟传来王母归时环佩冷
玉箫声断秦娥去后凤楼空

烟径云迷风凄翠竹
石坛露冷雨泣黄花

凉月写凄清环砌秋声听倍惨
慈云归缥缈空庭落月恨何如

南浦羁愁明月梅花空有影
西池返驾凄风慈竹不容春

夜月冷荀帏尚有余芬留德曜
秋风鼓壮缶不堪清泪洒安仁

挽曾祖

奉杖无从爱日绵绵成往事
含饴不再悲风瑟瑟妥先灵

百年能几许有守有为四代儿孙托燕翼
一笑意长归无忧无虑随身杖履赴龙华

太祖母善行孔烈可泣可歌画荻犹为劳白发
再孙儿孝思有亏缺甘缺旨陈情哪得诉黄泉

挽祖父

辞尘祖去空留像
投笔人回不见颜

执父杖频添血泪
扶祖灵倍动伤情

一夜秋风狂催祖竹
三更凉露泪洒孙兰

无病而终修是福
太父旋亡泪欲枯

祖父魂归无依靠
儿孙饮泣尽含悲

群山披素玉梅含孝意
诸水悲鸣杨柳动伤情

风起云飞室内犹浮诫子语
月明日黯堂前似闻弄孙声

乌养未终区区怕读陈情表
鸾骖顿杳茕茕犹作痛心人

祖德本堪传耕种书田共荷谋诒燕翼
先芬徒泣诵抚摩磐石何以虑竭乌私

挽祖母

带去暮年残岁
留下厚德芳名

看山兴悲愁碧汉
望云垂泪染丹枫

梅吐玉容含笑意
柳拖金色动哀情

他年爱孙曾提抱
今日代父抱勋劳

慈训长昭谨守燕谋毋或失
深恩未报情陈乌哺永难忘

祖母目瞑天上宿
莲花香现佛前身

祖母云亡未报深恩徒涕泪
嫡孙承重还从何处觅音容

挽父

惨目灵椿生意老
伤心慈竹泪痕多

守孝不知红日落
思父常望白鹤飞

多感佳宾来祭奠
深悲严父去难留

春风有恨垂疏柳
晓露含愁看早梅

慎终不忘先父志
追远常存孝子心

屋内儿哭慈父逝
门前吊客履霜来

两行热泪悼慈父
满地秋霜伴灵台

痛失严椿千古恨
悲兴嫩桂百年愁

倚门人去三更月
泣杖儿悲五夜寒

隆冬寒雪催椿萎
冷夜凄风促鹃啼

只见三秋多苦雨
谁知九月别严亲

音容未远悲愁昔
杖履空存忆老成

念遗言垂为家训
悲去日适隔春风

无路庭前重见父
有时梦里听呼儿

孝事伤心梅花欲白
啼良泣血枫叶成舟

深恩未报惭为子
隐憾难消忝做人

一天雨雪凋椿树
满目云山惨棘人

泪洒三秋之露灵椿已杳
怆增半榻之书手泽徒存

训忆趋庭无望闻诗闻礼
谋贻作室倍伤肯构肯堂

亲厌尘纷寿终正寝归蓬岛
儿悲手泽眼流双泪滴麻衣

鹤驾云遥屈指四顾悲莫释
乌私未效椎心长泣痛难陈

穗帐云封天涯望断亲何在
空堂月冷血泪声干梦不成

愁思向谁宣空想胪欢承菽水
终天成永诀枉教泣涕进羹汤

大义是难明无言复诲空流泪
深恩非易报有像徒存只恸心

挽母

寒风摧萱萎
瑞雪托哀思

此身空洒高榆泪
何日能申寸草心

泪滴竹根空有笋
心伤水底岂无鱼

萱萎草堂暗
春光大地明

户外不闻慈母语
帐中唯有哀儿声

莫报春晖伤寸草
空余血泪泣萱花

宝婺云迷妆阁冷
萱花霜萎绣帏寒

稽颡有哀频抢地
瞻颜无依但号天

玉洁冰清归泉路
孙贤子孝哭灵台

慈母一朝辞故里
白云千载荡清风

惊春花染杜鹃血
倚门深得子规啼

看月瞻云慈容在目
期劳戒逸母训铭怀

慈竹当风空有影
晚萱经雨不留香

罔报难酬慈母德
挥毫莫罄此儿情

绮阁风寒伤心鹤唳
兰台月冷陨涕萱阴

冰霜高洁传幽德
圭璧清华表后资

直骨尤超古鹤上
慈教仍存青云中

望母归仙忍闻女哭
嗟余弱息永感姑恩

无路庭前重见母
有时梦里一呼儿

良操美德千秋在
高节亮风万古存

慈母如母贵父之命也
顾我复我鬻子之闵斯

声咽丧帏肠断秋风鹤泪
泣残蕙帐血枯夜月鹃啼

杜宇伤春泣残雪泪悲花老
慈乌失母啼破哀声夜光寒

酒进晨昏怎教儿一滴一泪
香焚朝夕唯祝母如生如存

祸及贤慈当年顽梗悔已晚
愧为逆子终身沉痛恨靡涯

苴杖欲同扶又惧以恩掩义
蓼莪深抱痛终难为礼夺情

陟岵痛前年方祝萱堂长白发
辞尘当此日忽悲菽水隔黄泉

慈母东来绕膝慕深萱草碧
彩云西去献觞悲断菊花黄

乌养昔犹亏树背冀能延晚年
黄泉今永诀草心恨莫报春晖

荻画依然念鞠我酬思无地
橘杯宛在痛棘人抱恨终天

挽太岳

北斗翘瞻愿效陈诗歌祖德
东床幸选忍陪捧砚泣孙行

姻好附孙枝当午空怀千尺影
贞操同祖竹未秋先陨一庭霜

甥馆竭来时入侍重闱藉闻祖德
慈辩归去后流芳千古共仰女宗

孙婿仰鸿谟教养频沾叨与芝兰绕膝下
太岳惊鹤化典型顿失空挥血泪洒阶前

挽岳父

列岳乍崩
南宫致痛

大雅云亡梁木坏
老成凋谢泰山颓

丁年病入黄家路
午夜惊颓太岳峰

峰顶大人嗟已矣
膝前半子痛何如

丈人峰屺瞻如昨
半子情灰怅在兹

之子于归甥馆有托
吾将安仰泰山其颓

泰岳无云滋玉润
东床有泪滴冰清

樛木同瞻幸分椿荫
泰山莫仰怅绝兰阶

座列东床恩承两代
星沉南极泪洒三春

白圭读罢惊耗问之忽来
丹旐悬虚怅岳宗之旁陨

德范堪饮惟冀泰山常荫婿
鹤龄方祝孰期冰鉴顿捐尘

挽岳母

慈竹影寒甥馆月
昙花香杳佛堂云

凄凉甥馆慈云黯
缥缈仙乡夜月寒

泰水失源难苏涸辙
瑶池皈座遽隔婿乡

劳燕遗雏恩未报
春蚕化蛹恨难留

婺星西陨恩无继
泰水东流泪与俱

忆半子昔日乘龙东床有幸
痛岳母今朝驾鹤北堂无依

半子荷深恩玉镜台前承色笑
一朝悲怛化璇闺堂上失慈晖

获选喜乘龙犹忆东床初袒腹
游仙今驾鹤那堪堂北杳慈颜

挽外祖父

悲遗梨枣
荫失梧桐

传琴书而未逮
闻丝竹以增哀

忝附茑萝重荫全资外大父
徒贪梨枣半生自愧小娇孙

痛外孙早失严君风木空余半子泪
谓家公同称祖父麻衣应吊六月霜

挽外祖母

宅相难成终负分饴之德
慈亲失荫忍闻衔恤之声

若兹鹤发龙钟王母胡为邀天上
想是桑田沧海神仙久住厌人间

萱幄喜长春视外孙如孙慈恩未报
莲台已仙去随老母哭母痛泪难干

挽伯叔父

铜盘感德
玉树怀惭

英风已邈
河水谁怜

怀世父之夙爱
令犹子之长哀

伯父魂消哭泪眼
侄儿心痛泣断肠
（挽伯父）

鞠爱过所生恨莫争名同次道
文章兮谁擅除非入梦见坡仙
（挽伯父）

季父有英风安石东山同属望
宗亲失遗老仲容北道有谁怜
（挽叔父）

叔父早魂飞梅岭云寒未知何年还鹤驭
比儿常泪湿枫江月冷怕逢薄暮听鸟啼
（挽叔父）

挽伯叔母

溯慈因原同吾母
愧犹子莫报深仁

贤劳分得恩情乃犹子
缥缈更谁孤苦念零丁

痛失慈萱花落竹林春去早
悲兴犹子魂归地府夜来寒

抚侄逮深恩爱过所生自愧比儿难报德
延年乏妙术仙归莫挽徒令阿买不胜哀

挽舅父

愧非越石
痛绝羊昙

向渭阳而泪血
恨宅相之虚期

夙荷矜怜敢同谢重
陡传耗回徒哭羊昙

源绝碧潭谁滋涸溜
林凄落月徒望宁家

明月不长圆桂子香时舅已逝
高风安可仰菊花开后甥方来

挽舅母

舅娘一去杳无影
怜甥千声唤不回

云断渭阳难为予舅
风凄外宅哀及诸甥

止断渭阳云慈荫销沉增太息
怀惭宅相誉生涯拓落负心期

挽姑父

回首望建伶竟同隔世
嗣宗如元澹足慰先灵

礼数内宾每忆诲言怀秦晋
恩同犹子不忘戚谊话潘杨

齿德兼尊荫茂乔松托萝茑
音容顿杳声凄禽笛黯门楣

盛德沐庞鸿每感视予犹子
哀吟悲别鹄哪堪问我诸姑

挽姑母

诸孙安问
门楣风冷

怅义姑之已逝绝望慈云
闻贤母之长归伤心父党

情仰先姑门棚仰慈荫
恩深犹子萝茑寄哀断

谊属先姑光耀门楣叨慈荫
恩深犹子诗赓萝茑寄哀思

挽外甥

舅犹父也平时面命耳提总望成龙成凤
甥可表乎此去人亡物在难免怨地怨天

学富才优正鼓箧殚勤拭泪魏舒深有望
天违人愿奈修文赴召呕心李贺竟无年

挽姨父

处世不阿此老似浑金璞玉
洁身自好其风如山高水长

旧谊托邢谭每忆恩勤从母训
至情联吴李难忘姻娅外亲贤

公似崔侍郎见知谬比袁甥秀
我惭黄鲁直忍听哀操姨母琴

冯子琮忝属葭莩停云常忆亲故旧
袁肇修素承知赏永诀难忘姨丈人

挽姨母

赠图索歌竟成故事
抚桐献桂怕忆当年

鹤驾遽西归痛姨音容从此杳
雁行竟中断伤予手足何以堪

母党仰慈云亲戚往来情话邢谭雅谊
沉疴闻累日膏肓攻达术穷和缓良医

喜丹桂连枝勉效古人曾向北堂陈寿酒
听孤桐绝响追怀我母徒瞻西竺奠离觞

挽妯娌

女宗先逝敦叙徒怀
冢妇云亡夕朝莫请

贵不陵贱邈矣夫人
和能息争哀哉少娣

挽姐

煮粥燃须我惭李绩
簪花学字姊乏卫恒

伯姊疾难瘳愧未焚须同李勣
女媭今已逝忍教洒泪等灵均

萝茑昔攀依差喜女媭得所
门楣今落寞更教弱弟如何

鸣凤正胥偕奈梁案春融遽报星娥飞陨
骖鸾应未远趁穗帏朝奠大呼月姊归来

挽妹

兄妹永离情戚戚
春秋长忆恨悠悠

人羡陆家姑万事补缝能爱弟
我怜张玄妹一时荣秀不留春

咏雪输才何期不禄
临池洗砚相继无人

宅相未离怀忍抛夫婿随姑去
诸昆幸无恙还期吾妹告亲知

佳偶似周郎差幸天涯能作合
中途亡鲍妹可怜雷岸更无书

挽姐妹夫

女媭薄命
左妹悼离

右军先逝凄绝郗愔
徐悱早亡难堪孝绰

逝者如斯太息女媭命薄
魂兮来佑庶期宅相早成

挽亲家

蒹葭失倚
萝茑含悲

风片雨丝萧飒忽摧女贞荫
莺啼燕语凄凉偏杂子规声

属儿女亲惊闻溘逝
为婚媾谊忍尔长离

寥落数晨星鹤驾云中偏去远
凄凉忆旧雨蟀吟床下不成声

幸托丝萝荣分椿荫
悲歌蒿薤空奠椒浆

戚谊托葭莩愧我稚儿谬当袒腹
悲歌传蒿薤忍君爱女长此衔哀

挽夫

花为春寒泣
鸟因肠断哀

鸾飞镜里悲孤影
凤立钗头叹只身

欲殉难抛黄口子
偷生勉事白头翁

每思田园共笑语
难禁空房悲泪流

燕阵残斜孤月冷
箫声吹断白云愁

鲲鹏云断声千里
杜鹃声哀月一轮

碧水青山谁做主
落花遗孀总伤情

生前记得三冬暖
亡后思量六月寒

裂肺撕肝小寻老
捶胸跺足妻哭郎

今宵杵捣蓝桥去
何日笙吹白鹤来

无禄才郎长夜不醒蝴蝶梦
伤心少妇深宵悲听子规啼

郎果多情楼上冀迎萧史凤
妻真薄命冢前愿作舍人鸯

万里怏鹏飞独憾翳云悲失路
一朝惊鹤化我独弱息云招魂

亲老家贫负担忍付称孤子
行修名立诔词悲作未亡人

哭望天涯愿到黄泉痛洒大乔泪
限如春水谁言世人唯独小青悲

挽妻

镜奁空影
宝瑟绝弦

梦征炊臼
歌忍鼓盆

针线徒存
铅华谁御

窗竹鸣秋雨
床琴断夜弦

春风闲楚管
明月断秦箫

云深竹径樽犹在
雪厌芝田梦不回

南极无辉寒北斗
西风失望痛东人

念重泉兮怅望
视孤月兮低眉

泪残秋雨遗罗衫
肠断春风殒玉娇

穗帷忍读安仁句
椎髻难忘德曜风

宝瑟无声弦柱绝
瑶台有影镜奁空

梦游蝴蝶飞双影
血泪杜鹃泣孤身

卿似孟光毕生荆布
我惭潘岳冥想帷屏

糟糠难继应尔伤神
斋奠并营不堪回首

亲老儿雏乌哺心情期汝助
天寒夜永牛衣劝勉有谁怜

不合时宜唯有朝云能识我
独弹古调每逢暮雨倍思亲

梦断北堂春雨梨花千古恨
机悬东壁秋风桐叶一天愁

炊臼梦成粉悴脂憔金阁冷
断弦情切鸾孤凤只绣帏寒

无缘话永诀知音来时泪泣血
有期解相思苍鸟啼处梦传神

挽　子

只望曾参养曾晳
谁知颜路哭颜渊

知汝太聪明原非寿相
使余多烦恼常念佳儿

痛子情深尚有尔母
藐躬德薄累及吾儿

生平无大罪孽乃竟不禄此我故也
幼年具善知识或当有后唯汝佑之

挽媳

人无闲言是贤媳妇
汝当食报有好儿孙

去岁来归洗手已谙姑食性
今朝去速伤心永别婿乡尘

妇道克全綦屦衿缨犹在目
人寰遽弃蒿歌薤诔不堪听

占凤出清门枣栗克虔修妇职
育麟辜凤望桑榆未遂抱孙心

挽女

攀慈航而莫逮
报母德以无从

弄玉结仙缘神女应归天上有
掌珠遭物忌奇珍未许世间留

小女早死我后死望汝等待
老娘未送你先送教吾奈何

桃实赋宜其方冀花开多结子
葛覃歌浣否哪知叶落竟归根

挽婿

云气初呵诗题桐叶庭前绿
天台永别泪染桃花洞口红

快婿羡乘龙傅粉方欣光晋殿
仙人长跨凤吹箫终不返秦楼

天上玉楼成长怅东床人去远
冢边华表立莫教西域鹤来迟

弃尔子并弃尔妻此际殊多不了事
哭吾婿即哭吾女从今永作未亡人

挽 兄

雁阵霜寒悲折翼
鸰原露冷痛孤翔

训弟课儿一生辛苦今犹在
持身涉世十分忠厚古来稀

不图花萼终联集
何忍雁行各自飞

云路仰天高谁使雁行分只影
风亭悲月冷忍教荆树萎连枝

手足难分终别我
青寰莫起竟辞尘

鹤骑夙贻诗还里犹常怜弟瘦
雁行竟失序陟冈无复望兄回

挽 弟

鹡鸰音断
鸿雁影孤

棠棣联枝嗟失一
雁行折翼泣无全

弟竟决然弃尘世
兄将何以慰高堂

原上春深鹡鸰音断魂千里
林梢夜静棣萼花分月一轮

春草池塘犹入梦
秋风鸿雁不成行

同气遽分途原隰秋风魂不返
异时谁共被池塘春草梦难通

挽 嫂

纱悬自昔曾听讲
帏彻从今孰解围

欲制裘则谁为躬织
虽施障而孰与解围

兄如潘岳忍令悼亡
我愧闰娘亦当泣血

忝作小郎此后议围难遽解
谁制大被欲求躬织已无从

回想幼年时绕膝相依如我母
难疗今日病伤心何以慰吾兄

自愧不才此后汉围难遽解
敢忘懿惠于今家政复谁操

挽弟媳

春江桃叶莺啼湿
夜雨梅花蝶梦寒

与我季共挽鹿车久传郝法
奈王母倏催鹤驾想伴何仙

挽表兄弟

阮琴歇响
苏社罢吟

中表最情亲方幸年来同健在
亲朋多物故何图寿骨也衰颓

素属情亲何堪死别
本伤病眼难禁泪零

至亲无间往来情谊相孚不殊昆季
旧事那堪回溯交游如昨倏隔人天

挽内兄弟

郎舅惨离
闺帏增痛

气谊洽醇醪忍使衰年悲北海
恩勤铭积悃不胜儿辈恸西州

沙哥仙逝
黔娄悲深

麈尾想风流愧我不才难随君座
鲸踪归沧海与翁想遇莫道婿贫

挽 任

少者殁长者存数诚难测 宗悫乘风平生许破万里浪
天之涯地之角情不可终 昌黎具奠此日空悲十二郎

锦字成文粹掌居然呼不栉 极目成天然兰玉交香闻上苑
玉台断咏招魂何处拾明珠 化身还自在竹林老泪洒重泉

挽 连 襟

讣来姻亚 姻娅关系不殊兄弟 袂本相连陡成断袂
悲到丝萝 人天永隔空羡邢谭 襟其犹在泪洒沾襟

雅谊托邢谭姻娅交通联至戚 同作馆中甥每晤丰仪若饮醇醪尝自醉
名医求和缓膏肓攻达讵无灵 岂真天上乐陡闻仙逝可堪襟袂竟长分

挽 文 士

人间方遂青云志 东壁陨文光一星炯然果应此老
天上遽成白玉楼 西园剩遗墨四方学者徒仰斯人

倚马试言空怀太白 地下赴修文追踪颜子卜商相偕为侣
悲鹏作赋徒悼长沙 社中传耗问回忆韩潮苏海其谁与归

挽商人

感旧有怀同向秀
招魂何处失陶朱

商业界中又弱一个
货殖传后相继千秋

有长者风无市侩气
离浊尘世登极乐天

齿德兼尊犹执谦恭延后辈
典型具在尚留声望属商家

具端木材利而行之四海广交称巨子
从赤松去忽焉没矣五湖何处觅陶公

挽医生

慈心待人人尽怀念
良方济世世留芳名

恨百草竟无救汝药
念一生常怀爱人心

种杏成林是良医也
采药不返其殆仙乎

挽师

哲人其萎
师范长存

筑室未能如子贡
心丧聊以学檀弓

大道为公徒存手泽
因材而教顿失心传

对春风而一哭
怀化雨兮千秋

心丧三年徒循古礼
寸心一瓣空奠遗灵

秋水蒹葭溯洄往哲
春风桃李想象斯文

真不幸满院苗株伤化雨
最难堪一门桃李哭春风

一世风流赢来桃李遍华夏
几番磨炼铸就丹心颂舜尧

萎矣哲人无复典型式我
迥然名德待看福报自天

秉烛照千秋秾李夭桃齐俯首
文星光万里忠肝义胆见师心

问字感当年重谒玄亭空洒泪　　桃李悼良师从今不复闻讲授
传经珍此地载瞻绛帐暗伤心　　教工伤益友忆昔徒嗟失音容

挽学生

谈经乏侣　　若斯人乃有斯疾　　不厌不倦何有于我哉
入室无人　　不为之恸而为谁　　斯人斯疾亡之命矣夫

枯坐蓬门谁怜雪夜　　一载卧沉疴李贺床头呼阿奶
诵书帷帐孰慰烽烟　　十年问奇字扬云门下失侯芭

挽友人

哭君今天离去　　三径菊荒人迹少　　竹影摇窗身影在
盼友再世重逢　　一炉香烬篆纹寒　　墨花带血泪花飞

一世深交堪难得　　千里吊君唯有泪　　契合拟金兰情怀旧雨
九泉有知念旧情　　十年知己不因文　　飘零悲玉树泪洒凄风

何处听琴流水高山成古调　　管子天下才公论当年青史在
特来挂剑清风明月想遗徽　　鲍叔知我者故交此月白头稀

挽同窗

万卷诗书我还读　　千秋女学开蓝缕　　学富雕龙文修天上
一时风月向谁谈　　一脉师承重典型　　才雄倚马星殒人间

茗赋柳诗为同学冠
兰摧蕙折贻我辈忧

追往昔仙君与吾结笔砚之好寒窗共度
抚今日挚友向汝表手足之情悲泪独流

挽邻居

睦邻美德永留遗范
家室新风昭及后人

风雨催归看山虚扫陈蕃榻
淡泊明志卜宅曾邻诸葛庐

一陌纸钱灰惊飞化蝶
几声邻笛曲哀咽流莺

隔院借乔阴呼吸相通仁里德邻欣有托
遥天沉极耀典型共仰巷歌春相寂无声

墓碑联

德泽后辈
炳耀千秋

白发知公老
黄衣卦杖行

洞天引金凤
福地兆玉麟

虎山脉吉地
龙像绕仙灵

功德无量
青史永垂

百子天地寿
万孙日月长

福田祖上种
心地子孙耕

黄土护严灵
青山藏盛德

功昭后人
德炳丹青

椿萱挺而健
芝兰清且香

福星光万代
寿域庆千秋

积德培麟趾
传善起凤毛

前世典范
后人楷模

德贯天人际
气穿日月光

父恩深似海
母德重如山
（父母合葬）

佳山千古秀
松柏万年青

望云思亲
天人同悲

德行感桑梓
品节昭后人

高风袭祖训
正气遗荪枝

静时疑水近
高处见天阔

立德齐古今
藏书教子孙

骑龙腾空去
驾鹤朝西归

山水风光秀
子孙世泽长

一生行好事
千古留芳名

灵山昌百世
宝穴旺千秋

千秋常祀典
万代绍书香

寿同松柏茂
福共海天长

一生心性厚
百世子孙贤

面山如对画
玩水爱临池

前辈安吉地
后代启荣昌

松柏春常在
芝兰德自馨

重山朝吉地
叠水颂佳城

名山藏玉墓
浩德蔚人文

乾坤皆一体
日月照千秋

松苍浇胜地
柏翠护佳城

吉人眠吉地
佳偶奠佳城
（夫妻合葬）

名山多秀色
福地永光辉

勤俭敦夙好
耕读秀群英

桃李成蹊径
兰竹光画图

银女凤凰福地
金童龙虎仙山
（夫妻合葬）

名山千古秀
福地万世昌

青山常作伴
松柏永为邻

天和随所寄
风气若无怀

案朝福海千秋盛
地接桃津万代兴

南山千古香
东海万年春

青山处处美
子孙代代昌

通古今文史
育天下英才

百世昌隆赖先辈
千秋功德垂子孙

牛眠生紫气
龙耳发祥光

青山芝兰茂
碧海翰泽长

先人德望在
后辈业绩高

报效先辈唯修德
希冀儿孙当尽忠

奇峰朝福地
秀水育贤人

青山长福寿
玉水旺财丁

祥云笼吉地
瑞气绕佳城

操如松柏清如竹
言可经纶行可师

操如松柏清如竹
言可经纶行可师

湖海星峰拱北斗
梦笔生花产栋梁

灵山宝穴千古秀
瑞彩祥云万年昌

茶品千秋风雨韵
花开万代桂兰芳

佳城永固千秋在
吉日常照万代荣

岭上梅花香五里
墓前明月照三更

常观碧水流源远
永佑后人福泽长

家风远播起祥光
世泽永绵浮瑞霭

流水千秋共瞑目
叶落万年同棺眠
（父母合葬）

此地山川添秀色
升天紫气佑儿孙

教子相夫称美德
节俭勤劳存懿范

龙台福地卧真穴
子孙世代福无休

地连八斗文光聚
峰拱大湖瑞气盈

近智近仁近孝悌
希贤希圣希显达

龙旺穴真发富贵
砂青水秀子孙兴

发不同青心同热
生同濡沫死同穴
（父母合葬）

来山必然发甲第
去水定主获贞祥

龙盘福地祥云绕
凤眠宝山熙风长
（父母合葬）

高卧名山多福荫
长眠福地永光辉

牢记礼为孝之本
莫忘道以德而宏

漫步龙山随缱绻
畅游福岭任逍遥

龟岭凭栏餐秀色
龙山揽胜浴清风

良山贵向乘生气
玉水藏风永吉祥

美德常齐天地永
嘉风久伴山河存

后环青山千古秀
前抱绿水万代昌

灵安福地卧真穴
子孙世代福无休

母仪千古留桑梓
长记慈惠传后世

蓬山此去无多路
瑶池迎母小玉挽

四面紫气霭吉地
八面灵龙拥洞天

祖德宗功征祥瑞
子孝孙贤迎腾达

青山源远护吉地
碧水长流霭瑞气

他山石借佳城固
懿德碑铭福泽绵

传家不外为善两字
教子只在积德一端

清白家风泽后嗣
忠孝礼训继前贤

旺龙真穴千秋富
砂水朝抱万载昌

蹈德咏仁路无不畅
正身履道乐以相传

茹苦含辛抚儿女
厚德载福荫子孙

祥光灿烂照先祖
瑞气蒸腾裕后昆

得山水情其人不朽
怀凌云志儿孙必贤

山川饱含千古秀
椿萱长占四时春

严慈合墓千年旺
考妣同碑万代兴
（父母合葬）

德沐桃李名高金鼎
功裕芝兰节映冰壶

山环水抱聚紫气
虎踞龙蟠呈吉地

一生正气垂青史
两袖清风贯长虹

福地洞天先贤独得
近山流水后辈共怀

慎终须尽三年礼
追远常怀一片心
（父母合葬）

依水傍山大福地
步云攀桂有缘门

盖世功名不矜不伐
存心道德在敬在诚

寿比千年龟鹤永
福荫后代子孙贤

英灵已作蓬莱客
德范犹励后代人

剪月裁云深恩长在
问晴课雨美德永恒

水色山光衬吉地
花香鸟语颂鸿恩

欲见严容何处觅
唯思良训弗能闻

取静于山寄情于水
虚怀若竹清气若兰

仁义自修君子安乐
勤俭传家后代利贞

念前辈克勤克俭创业
勉后裔课耕课读振家

山川豪气元龙高卧
英灵遐想仙鹤常游

日月星辰三光呈异彩
春秋冬夏四季浴清芬

山辉川媚光华相映
子贵孙贤仁寿同登

天马映佳城大德必受
金龟排福地长发其祥

五里巨梁长留浩气
灵安仙山永慰英灵

佳城福地慰父母一生艰辛
青山绿水荫子孙万代兴旺

一生辛勤德传梓里
终身节俭范式亲朋

身卧福地始成大朴归天地
魂泊灵山更留和风惠子孙

一世清名英年早逝
半途福寿壮志未酬

传家维孝悌岩留云盈福地
养性在忠良架护海拥新天

懿德长存子孙托福
非份莫求世代永昌

承家多有德北斗钟灵征吉地
继代有仁风湖山毓秀兆佳城

祖考贻谋唯勤与俭
孙苗长乐既翁且眈

立德齐今古祖德千秋常祀典
存厚传子孙儿孙万代绍书香

风范亿万年长传后代
典型千百世永驻人间

紫气盈福地山接桃峰增福寿
祥云拥洞天案朝竹屿兆平安

挽幛

挽男

悲凋硕果	悲失典型	大雅云亡	典型安仰	殿记灵光
恩深似海	福寿全归	驾返蓬莱	跨鹤仙游	老成凋谢
良操美德	梦成千古	名远德高	南极星沉	蓬岛归真
清白一世	松柏常青	硕德流芳	仙驭难回	一乡失望
仪型足式	音容宛在	英灵随鹤	哲人其萎	忠厚流思

挽女

宝淑星沉	宝婺星沉	慈帏摧足	慈颜永存	慈云失仰
德门寿母	妇德无愧	驾鹤西归	阃范难忘	壶范常存
鸾影西归	名传女史	名耿百世	母仪千古	母仪足式
女宗失仰	淑德一生	淑德卓哲	彤管流芳	温恭淑慎
婺星云迷	瑶池赴宴	瑶池日落	懿德永昭	懿范永存

挽岳父母

半子失恃	东岳陨坠	教诲难忘	年高德邵	泰山其颓
泰水其寒	泰水西流	望泰水寒	雾隐泰山	瑶池永乐
永怀泰岳	永怀岳母			

挽叔伯母

视吾犹子　梅冷云寒　遗徽长在　竹林风寒　安息仙乡
眷顾深思　推思犹子　遗容宛在　慈训夙亲　婺焕弧南
觞晋椒樽　百世流芳

挽舅父母

痛切渭水　神伤渭水　泪洒州门　慈容顿杳　懿训难忘

挽姑父母

常怀典范　遗德长存　嘉风永传　诗赓蓼莪　驾鹤西天

挽兄弟

雁行失序　愁系竹林　泪弹荆树　雁阵折翼　林梢夜寂

挽外祖父母

痛切含饴　寿高德望　子肖孙贤　厚德芳名　驾赴瑶池

挽姨父母

村称典范　里赞楷模　音容遽渺　顿失慈容　缅怀遗训

驾鹤西归　驾返蓬莱

挽姐妹

手足分离　骨肉解剖　雁行折翼　飞去一凤　患难失顾

挽孀妇

柏舟节操　冰清玉洁　清白终身　冰亮两面　懿德堪夸

挽师长

良师楷模　学生师表　后人典范　教育英才　壮志千秋

挽同窗

一脉师承　兰摧蕙折　壮志未酬　鹤唳九皋　星陨人间

挽友父母

教子有方　德泽难忘　风凄秦地　云暗半天　笑貌犹存

挽邻居

芳流梓里　德及梓里　乡村典范　诚逾手足　睦邻遗范

第九章　行业联

民政机关

百里春风回草野
四时和气及苍生

做事须求能事者
治民要有爱民心

在官言官议事以制
隆礼由礼各敬尔仪

当官期于物有济
凡事求其心所安

察吏安民可行唯恕
兴养立教为政在人

政通人和百废具举
风调雨顺万象回春

吏民莫作官长看
法律要与诗书通

举要治繁务先大体
鸿风懿采瞻彼前修

发政施仁哀此茕独
敬老慈幼率由典常

敏则有功公则说
威面不猛恭而安

三年有成岁不我与
一行作吏民具尔瞻

与百姓有缘才来到此
期寸心无愧不负斯民

花竹一庭亦是中人十家产
轩窗四面可无广厦万间心

昔有龚黄千古名传循吏去
贤如廉范一麾我步后尘来

怀哉唯清勉到此间须刻鹄
勤将补拙敢云余暇可参鸾

以是藐诸孤举目无亲谁与相保
亦各言其子存心宜恕忍不为援

财政机关

经纶垂宇宙
黼黻大文章

生财有大道
美利本无差

利用厚生成善政
裒多益寡务平施

开源节流财乃不匮
量入为出用之者舒

寓抚字于催科民乃不扰
理财赋以裕国道在无私

食足货通国实民富
风清弊绝大法小廉

足国先在足民须保存三分元气
悖入必将悖出怎忍把一网收罗

惜民时厚民生藏富于民岂曰小补
筹国计偿国债理财为国是用大谋

司法机关

戢兵先禁暴
除莠乃安良

使民纳于轨物
及时明其政刑

折狱在得情勿喜
盈庭皆法治之言

吕刑申五罚
萧律本三章

警游民而为良善
察宵小以保治安

作士五刑能弼教
掌邦三典用申威

皋陶明允之德
苏公式敬之心

烈日严霜三尺法
迅雷疾雨一庭春

卫国安民文经武纬
诘奸禁虣秋肃春温

执法无颇今不异古
律身有度公尔忘私

秋月镜高悬堂上森严三尺法
春风香绕篆庭前隐约七弦琴

讼则终凶涉讼何如无讼好
官非易做法官更比别官难

无贵无践无富无贫莫敢不法
毋意毋必毋固毋我允执厥中

教育机关

陶冶庶类
镕范贵游

开政化之本原
凿生灵之耳目

棫朴作人传雅化
菁莪造士荷陶钧

树人师管子
掌教绍司徒

辅世长民莫如德
经天纬地谓之文

玉尺量才储才报国
金针造士取士求贤

建国先宜兴学
掌教古属司徒

千古丝纶归国土
百处礼乐属春官

大学中学小学教有序
德育智育体育集其成

学者当以天下国家为己任
我能拔尔抑塞磊落之奇才

桃李蔚新英尽属公门培植
梗楠储伟器咸归大匠准绳

行政监察机关

法不徒行
施于有政

统群纪之指挥
作各部之枢要

鹰鹯本能逐雀
獬豸可以触邪

庶绩其凝斯无阙事
百揆咸叙乃不负民

预算决算之成数赖以钩稽
不忠不法之行为从兹敛避

农 业

八家同井
千耦其耘

瞻蒲劝穑
望杏敦耕

幽窗日透桑麻影
老圃风来黍稷香

仓庚乍啭
布谷初鸣

讽诗陈稼穑
把酒话桑麻

虞舜本历山之农子
伊尹乃莘野之耕夫

火耕水耨
东作西成

田园真乐地
耕读旧家风

东作西成农夫具庆
南阡北陌馌妇偕来

或耘或耔
是蓘是穮

暇日耕耘足
丰年雨露深

夫耕妻耘庞公偕隐
我负子戴祝牧兴歌

纳稼筑场
遗秉滞穗

岁计莫如树谷
力田不如逢年

莘野躬耕阿衡养晦
岘山偕隐夫妇如宾

三时不害
九扈斯殊

铸剑戟为农器
负耒耜而耦耕

诸葛躬耕南阳避乱
常林妇饷西魏传名

沾体涂足
服田务耕

耕田食凿井饮
利秋实望年丰

鸡犬桑麻自得田园乐趣
烟霞泉石藉存隐逸遗风

花坞春长烟火千家都入画
桃源路近桑麻十里尽成荫

渔　业

半篙春水
一笛晚风

江湖双桂棹
风雨一蓑衣

几树斜阳晴晒网
一篷凉月夜吹箫

沧浪鼓枻
剡曲披裘

清歌沧浪水
闲访武陵源

清风晓月随流水
村曲轻舟载锦鳞

礼乐为钩
仁义为饵

三石王公处
千秋范子陂

桃花夹岸迷归路
柳浪翻风触钓矶

詹公钓鲤
尚父得璜

千秋范子之陂
三处王公之石

万里烟霞凭啸傲
半江云水作生涯

磻溪留钓叟
汉水隐蒙庄

探石室而烟迷
访桃源而洞杳

虞舜尝渔于雷泽
蒙庄独钓于汉陂

林　业

遍山松柏树
满园桃李花

一排春柳绿
千里菜花黄

每存游息名山念
常具支持大厦材

笋尖破土出
春风迎面来

春林明媚李桃绽
芳圃清幽莺燕飞

以外岂无桢干品
此中大有栋梁材

牧　业

尔牧来息
备腯咸有

六牲载周礼
五羖忆秦贤

少康以牧正中兴
陶公以畜产致富

华阳归马
桃林放牛

乌金可以富家
黄耳偏能传信

卜式牧羊输财助国
公孙牧豕待老治经

职人掌刍
莱夷作牧

乘田期牛羊之壮
负羁扞牧圉之劳

刍牧辛勤诗赓九十
牲牷肥腯史载千双

麾肱来尔牧
应梦庆维鱼

谷量马牛由货殖
庭留鸡犬亦神仙

养马日蕃非子开国
牧羊岁久苏武全忠

工　业

公输削墨
离娄督绳

化八材而用饬
因五雉而名官

金可冶而木可攻
形成上而艺成下

审曲面势
得手应心

唯居肆以成事
能运斤而成风

鲁般作木鸢而击楔
孔明造流马而运粮

物曲有利
人官有能

智者创巧者述
方为矩圆为规

器非求旧贵日异而月新
巧不可阶竟出神而入化

器无苦窳秉至德之化甄
利在坚贞合大和以埏埴

毋或不良春审五库之量
攻致为上禄受三倍之盈

设色刮摩贵因材而器使
腾虚缘木见巧匠之呈奇

象形惟肖傅岩得版筑之贤
龟手无虞宋世善澼絖之业

矿　业

巴妇丹穴
邓通铜山

天地为炉钟
阴阳为燔燧

荆扬之贡唯三品
商崖之地置十炉

地不爱宝
山自溢银

卝人载诸周官
铜官传自汉史

金生丽水玉出昆冈
珠起赤野银产朱提

交通运输业

往来同轨
联络周行

懋迁有无商如云集
交通来往利似川流

推而行之无远弗届
居是邦也攸往咸宜

四通更八达
六合为一家

若网在纳有条不紊
如支接干无脉不通

展布远猷利溥水陆
经营新政化及梯航

执笫而麾功同缩地
绝尘而去效过追风

四政握纲维邮电路航资整饬
万方大和会官民商旅庆交通

因亦可宗百货转输凭委托
利有攸往万商称便广经营

借列缺以施鞭瞬息遍传无不到
仗化工而制器灵光普照几如神

邮　局

平安劳远报
消息喜常通

消息从天降
音书逐电来

消息瞬通九万里外
往来不过一须臾间

日送千家信
时通万里心

从此谈心有捷径
何须握手始言欢

四海五湖无远弗届
九州万国有钱可通

声音原可贮
呼吸亦相通

千里春风劳驿使
三秋芳诉寄邮人

商　业

通　用

百符一马
六耦三奇

居货曰商
多钱善贾

厚生资利用
和众兆丰财

小市风云合
仙都日月开

计然工算
端木鬻财

有无相通
懋迁致利

陶朱新事业
端木旧生涯

以义为利也
则财恒足矣

善观万货之情
用深三宝之贮

逐什二以为务
得千百之厚资

洪范八政次言货
大学十章半理财

通四方之财贿
操百货之奇赢

财如晓日腾云起
利似春潮带雨来

胶鬲以贩盐为业
灌婴以鬻缯起家

经营不让陶朱富
贸易常存管鲍风

莫道鱼盐无大隐
须知货殖有高贤

经之营之财恒足矣
悠也久也利莫大焉

雷陈结契胶投漆
管鲍同心利断金

无半点市井习气
是专门经济学家

其交以道其接以礼
同声相应同气相求

满怀生意春风蔼
一点公心秋月明

五湖寄迹陶公业
四海交游晏子风

牵车服贾孝养有资
怀宝函珠交易而退

贸易常存君子道
公平浑似古人风

亿中自饶经济略
谋生聊展绪余才

市廛所会万商之源
质剂以平八方共信

交以道接以礼一团和气
近者悦远者来四海春风

读理财书半是经营半是学
作治生计即为商贾即为儒

信义相交和气迎门增百福
经营有道春风入户纳千祥

米业

谷乃国之宝
民以食为天

九百不辞为宰粟
十千维耦是农田

只求公道常平价
未敢私存遏籴心

两歧歌乐岁
九穗兆丰年

菽粟稻粱如水火
有无通易见权衡

斯仓斯箱五谷所聚
如墉如栉万囷皆盈

中医药业

岐黄事业
菩萨心肠

杏林春暖
橘井泉香

人识韩康市
书传许迈家

所言皆药石
立意尽慈悲

青囊春暖
丹霞烟浮

艾早三年蓄
功堪百病除

是乃仁术也
岂曰小补哉

五品天青褂
六味地黄丸

是乃仁术
必为良医

青囊千古泽
红杏一林春

夙擅轩岐术
全凭药石灵

杏林春日暖
橘井水泉香

杏林三月茂
橘井四时春

妙手扫除千岁瘴
银针换驻百年春

熟地偏栽益母草
常山新种孩儿茶

冰壶久贮长生药
丹灶唯烧不老方

囊中悉系延年剂
架上都成不老丹

虽无刘阮逢仙术
祇效岐黄济世心

但愿人间人无病
何愁架上药生尘

青囊久积长生药
丹鼎犹存不老方

细考虫鱼笺尔雅
广收草木续离骚

久病苁蓉真没药
严寒豆蔻半沉香

山耕宜让孙思邈
市隐何惭韩伯林

一阵乳香知母到
半窗故纸防风来

橘井流香三世业
杏林飞雨万家春

深明佐使君臣礼
远萃东西南北材

早晚带云锄芍药
秋高和露采芙蓉

芝草带云拈去绿
橘泉和月掬来春

知母白头当附子
人参青黛早使君

橘井泉香杏林春暖
芝田露润蓬岛花浓

松径竹栏尽堪壶隐
花香鸟语别有洞天

红娘子上重楼连翘百步
白头翁坐常山独活千年

金液银丸均是活人妙剂
灵枢玉版无非济世良方

业擅岐黄利泽百年三世业
学参中外源流一贯万家春

盐业

调羹和味
取精用宏

胶鬲芳踪原隐市
管生遗术在输邦

欲知鼎鼐调和手
聊作陬隅市隐人

皎洁如凝雪
晶莹似结冰

品重盐梅调鼎鼐
赋资军国利民生

积雪凝霜同此皎洁
熬波煮海取其精华

煮海能供国
居市可润家

一脔异味供肴馔
四海珍奇任取求

胶鬲生涯桓宽名论
夷吾煮海傅说和羹

油业

滑酥不让凝脂美
风味难教食肉知

入世岂宜如此滑
增辉最爱自然明

欲把声名充宇内
先将膏泽布人间

酱业

瓮香浮芍药
鼎宝配虀盐

金鼎酸咸皆适口
玉缸滋味好充肠

莫使微生劳转乞
须知孔圣未尝离

金鼎酸咸庖人利用
玉缸滋味食谱评量

芍药酱记美汉宫辞成枚叔
桃花酸见重唐俗语本晋公

茶业

春共山头采
香宜竹里煎

九曲夷山采雀舌
一溪活水煮龙团

雀舌未经三月雨
龙芽先点一时春

玉盏霞生液
金瓯雪泛花

林隐士曾吟谷雨
党家姬罕见清风

瑞草抽芽分雀舌
名花采蕊结龙团

竹粉含新意
松风寄逸情

茂陵堪解相如渴
巫峡曾经陆羽评

扫雪应凭陶学士
辨泉犹待陆仙人

翠叶烟腾冰碗碧
绿芽光起玉瓯青

南峰紫笋来仙品
北苑春芽快客谈

素雅为佳松竹绿
幽淡最奇芝兰香

花间渴想相如露
竹下闲参陆羽经

嫩色新香堪疗渴
金英绿片悉名珍

玉碗光含仙掌露
金芽香带玉溪云

陆羽谱经卢同解渴
武夷选品顾渚分香

谱合蔡家六班名著
品来顾渚一室香生

酒 业

此处有欢伯
何人封醉侯

画栋前临杨柳岸
青帘高挂杏花村

糟醨好劝灵均醉
曲蘖争传傅说材

朱箔迎风卷
青帘映日斜

青天一幕刘伶醉
明月三杯李白歌

座中月满侵红友
篱边客醉咏黄花

春雨杏花虞学士
酒旗山郭杜司勋

仙醴酿成天上露
香风占到世间春

曲部多材督邮从事
糟邱有主仪狄杜康

浩歌不觉乾坤小
酣饮方知日月长

一楼风月当酣饮
万里溪山豁醉眸

贮有黄娇留住洞庭春色
饷来红友喜闻玉井秋香

参 业

灵根固本
仙草延年

大造英年毓珍品
太和元气产灵苗

红芽瑞茁蓝田玉
金线香分紫石英

糖 业

食蔗高年乐
含饴稚子欢

颐养助人供甘旨
嗜好与俗殊咸酸

稼穑作甘箕畴可证
芝兰同气蔗境常佳

绣　业

机逐回文巧
花依锦字明

金剪裁成丹凤舞
银针引出彩鸾飞

手上云霞成锦绣
胸中黼黻吐文章

花随玉指添春色
声引秋丝逐晓风

入门尽是经纶客
满座皆同锦绣春

四时织就天孙巧
五色描成国士欢

染　业

丝纶满腹文章美
云锦当春花鸟妍

五色云霞绾作艳
三江锦浪濯来鲜

裕乃身彰施五彩
和其色绚染三春

五色文章能配合
千般锦绣亦鲜明

欲待春花明锦绣
先从晓日焕丝纶

近朱者赤近墨者黑
彩受以白青出于蓝

服　装　业

室罗艳服
衣被苍生

云里天孙锦
人间黼黻文

浣纱溪上成翚雀
濯锦江边制鹔鹴

辉煌新服制
衣被满苍生

敢谓金针能度世
莫夸玉尺可量才

金针度处工夫密
铁剪裁来体制新

衣人德自暖
被世岁无寒

寒衣熨出春风暖
彩线添来瑞日长

美锦亦云能学制
成章敢谓已知裁

贤士不嫌衣敝服
故人且喜赠绨袍

愿将天上云霞服
换作人间锦绣衣

秾纤得中修短合度
寒衣具备春服既成

一代文明成服制
四时花样具身章

在笥尽堪供卒岁
章身不必自谋新

制锦多劳服之无斁
成章有自知所以裁

为公子裳缓带轻裘均合度
称佳人体凌霞曳绮倍增妍

布 业

功通同菽粟
寒庇见经纶

须知机杼好
可结布衣交

通功易事无余布
纬地经天具大材

精粗分物理
冷暖作人情

春暖藏衣被海内
秋深挟纩满中原

蕉葛含风绉绨迭雪
橦花晕碧竹子浮青

温暖如人意
缠绵动客心

风人有咏安且吉
君子之表质而文

暑往寒来功用皆备
棉温葛软表里咸备

丝 绸 业

此中皆锦绣
以外无文章

素具经纶志
徐披锦绣心

于今已掌丝纶美
他日还看黼黻奇

七襄昭物采
五色焕文章

南国机丝堪黼黻
中天云锦焕文章

运筹欲展经纶业
组织还成锦绣文

志在经纶方少伯
情耽湖海效元龙

缫记三盆沤经七日
染凭五色运达重洋

蜀锦吴绫经纶五彩
齐纨赵縠机轴一家

宫锦标奇满架光明齐日月
物华绚彩盈笥灿烂艳云霞

金 融 业

白镪远招千里至
青蚨还认故人来

商业机关凭币制
财源命脉系金融

子母相权周策善
重轻为制管谋奇

轻重相权皆获利
方圆有制亦通神

太史一篇论货殖
周官九府重钱刀

一纸风行生财有道
万商云集获利无疆

典 当 业

缓急人常有
权衡我岂无

以质得财亲疏无异
因贫生息尔我相安

扶人之危济人之急
以其所有易其所无

纸 业

薛家新制巧
蔡氏旧名高

展开秦岭月
题破锦江云

古纸硬黄临晋帖
新笺匀碧录唐诗

报 业

纵谈中外事
洞彻古今情

欧风美雨通情语
国事民情备见闻

日试万言无宿稿
风行四海尽新闻

自来水厂

利同占井养
远异溯河源

张博望得源流所在
范柏年居廉让之间

挹彼注兹运机自便
扬清激浊提瓮无劳

燃气公司

气可燃煤制
光休凿壁偷

贯气居然能引火
生光原不借焚膏

月府星桥居疑天上
银花火树常似春初

电力公司

化机分正负
大地得光明

光耀九天能夺月
辉腾一室胜悬珠

似优昙花开来顷刻
借丰隆镜放出光明

印刷厂

心情相印处
精神振刷时

不失本来真面目
依然如此旧葫芦

錾金映出千行锦
点石刊成五彩文

笔底能出千样彩
机中可绽万般花

莫笑文章多印板
从知大雅贵扶轮

光彩鲜明丝毫不爽
神情活泼巨细无遗

山货店

出山志自远
此货奇可居

利擅官山开富术
货输都市聚财源

品罗万有货财殖
山出诸珍宝藏兴

荟萃山珍传名四面
聚集干货飘香八方

涧果溪毛兼收并蓄
山南岭北近悦远来

春笋秋菘星移物换
魁栗仙芋并蓄兼收

海货店

味自重洋隽
珍尤列食多

时新并入鲭厨品
珍错来随鹢首风

予取予求海物惟错
或远或近奇货可居

水果店

冰桃雪藕
绿橘黄橙

交梨火枣
沉李浮瓜

千金价重
一品名传

尝来皆适口
咽去自清心

李桃交谊笃
橘柚及时登

沉李浮瓜添雅兴
雪桃蜜枣佐清谈

仙果赐来人益寿
珍盘纷列客尝新

未登瑶池宴
已成蟠桃仙

橘绿橙黄皆应节
藕丝菱角尽称珍

火枣交梨无非仙品
春华秋实悉属丰珍

掷来潘岳之车
编就王生之谱

未尝葡萄一窝蜜
喜吃甘蔗两头甜

绿橘红柑奇香可挹
鸭梨大枣仙品同珍

饭店

多矣嘉矣
炮之燔之

食不厌精
老而尚善

大烹养贤圣
君子远庖厨

巧做千家菜
温暖万客心

平津脱粟
仙洞胡麻

司问膳夫
恩怀漂母

烹煮三鲜美
调和五味羹

闻香须止步
知味且停车

寻常无异味
鲜洁即家珍

美味偏招云外客
清香能引洞中仙

旨酒嘉肴迎上客
软菘碎薤待行人

一枕黄粱熟
三餐白粲香

屈醒陶醉随斟酌
春酒秋莼入品题

春酒秋莼虽饶风味
陆珍海错备极馨香

到门都是佳客
八座皆为高朋

五侯鲭盛传汉客
七宝羹记美陈思

列座冠裳膏粱竞劝
筵陈水陆珍错纷罗

领略家乡风味
难忘故土人情

迎来最爱廉颇健
到此何愁臣朔饥

枵腹而来充肠而去
既饱以德如愿以偿

尽多风味开琼宴
常有冰心在玉壶

鱼羹鸭臛肴同进
竹叶梨花酒细斟

粒粒辛苦盘中餐弃之可惜
口口香甜杯内酒酌量而饮

面馆

饼名五福
糕赐重阳

影留月殿
名称花林

银丝细借吴刀切
玉液香先洛酒淘

红绫巧束
白练比姿

抽条皆就绪
努力劝加餐

绪等抽丝备鲭厨品
谋高借箸策麦丘勋

一盂银线
十字琼肌

丝丝如意真慎久
碗碗顺心知味香

玉叶翻盘尽堪果腹
银条成缕可以乐饥

茶　馆

尘虑一时净
清风两腋生

玉盏霞生液
金瓯雪泛花

泉香好解相如渴
火候闲评坡老诗

莽芽霜片白
兰叶露花浮

金鼎浪翻螃蟹眼
玉瓯暖刷鹧鸪斑

松涛烹雪醒诗梦
竹院浮烟荡俗尘

香分花上露
水汲石中泉

烹雪应凭陶学士
辨泉好待陆仙人

陆羽谱经卢仝解渴
武夷选品顾渚分香

肉　铺

过门容大嚼
入社要平分

虽多未必防胜食
称鄙何曾害远谋

宰割甚均陈平为宰
方寸有失陆母有方

鱼　行

物未龙鳞化
品同熊掌珍

享鲜无待临渊羡
食脍何须缘木求

尝遍四海三江水中鲜
享尽五岳九州人间福

胶鬲芳踪隐阛阓
陶朱远志在江湖

交易信孚宁同缘木
小鲜供养无事寻罾

市隐作贩夫业同胶鬲
生涯在水畜术媲陶朱

莫看我在此摆卖
跃龙门必定成龙

鱼香如意年年有余
行来富贵日日进财

豆腐店

用尽磨砻力
方成精细工

用尽磨砻多气力
致令渣滓得消融

君子淡交禅参玉版
僧家真味品重香厨

玉屑凝成淡不厌
银泥厚积净无尘

斗柄斡旋转移月令
江河鼓荡滚沸雪花

制始刘安得成素食
文稽虞集别号来其

烟花爆竹店

名驰四海
声震九霄

炼锤自昔成坚性
激烈临时见热肠

花团铺地彩凤舞
炮仗冲天巨龙飞

爆竹声声传喜讯
腊梅点点吐清香

截来淇上平安竹
开到人间顷刻花

花团锦簇江山添异彩
炮仗轰鸣华夏震声威

书店图书馆

采取文章富
标题甲乙分

架上图书润
室内翰墨香

六艺文章华国宝
五经才调治安书

藏古今学术
聚天地精华

漱六经芳润
储二酉精华

玉轴牙签唐李泌
琅函金笈晋张华

大块能相假
名山不独藏

欲知千古事
须读五车书

远求海内单行本
快读人间未见书

翰墨图书皆成风采
往来谈笑尽是学人

玉检金泥山通宛委
琼编秘籍地接琅嬛

聚典籍精华嘉惠后进
汇中西学术乐育新民

文具店

囊中脱颖
梦里生花

兔毫推赵国
麟管锡张华

铦锋梳尽山中兔
蘸墨惊飞海上鱼

挥毫列锦绣
落纸如云烟

九迁官至中书令
五等爵封不律侯

五色艳争江令梦
一枝春暖管城花

以上笔

乌云藏偏好
黄金换未当

制传乌玉玦
香羡紫霄峰

云烟落纸光华耀
胶漆和香气味馨

云霞成异彩
兰桂起香风

华阳墨水和丸妙
蜀国乌煤落纸香

上党隃縻盛传汉制
金华笏样夙尚陈玄

以上墨

金花玉屑
翠色冷光

硬黄仿古制
匀碧制新笺

铺金销玉挥毫如意
含章蕴藻美品可珍

价为三都贵
名因十样新

价高只为三都贵
名重还因五色新

潭近百花自多佳制
楼夸五凤好助添修

薛家新制巧
蔡氏旧名高

尚书旧用裁天诏
内史新将写道经

以上纸

芳名留鸲鹆
妍影动龙蛇

瓦藏铜雀古
水浥玉蟾新

以纯为体以静为用
如玉之坚如砥之平

贵妃曾捧过
学士任磨穿

良田喜得耕无税
美质如斯磨不磷

质本贤贞频经攻错
体昭温润好与研磨

乐山仁者寿
饮水圣之清

质分蕉叶和烟断
洁并梅花带雪香

以上砚

窗下展开秦甸月
笔端题破锦江春

华阳墨水和丸妙
蜀国乌煤落纸香

片纸能缩天下意
徽砚可溶古今情

扇店

明月堪持赠
仁风待奉扬

举处随时消酷暑
动来常伴有清风

羲之五字增声价
诸葛三军仗指挥

清风生掌握
爽气满襟怀

却将妙质因风剪
为出新裁对月圆

明月入怀团圞可喜
仁风在握披拂无私

影动半轮月
香生一握风

太傅挥时人自好
右军题后价方高

花木店

匠心随所欲
着手便成春

竹开霜后翠
梅动雪前香

春兰秋菊芳吐艳
夏莲冬梅花添锦

春随香草千年艳
人与梅花一样清

剪月裁云花四季
穿林叠石景一盆

一池碧水映圆月
九州花木浴春风

淡如秋菊何妨瘦
清到梅花不畏寒

日丽鲜花含淑气
晴烘芳树蔼春晖

富水园林平泉花木
春风桃李秋雨芭蕉

放鹤去寻三岛客
任人来看四时花

笑看秋菊心地宽
乐对冬梅花添锦

色香俱全花草风度
形神皆备松柏气质

胭脂菊上擎霜红颜傅粉
翡翠松间挂月铁爪拿珠

桃李花开一树胭脂一树粉
柑橘果熟满枝翡翠满枝金

雪里白梅雪映白梅梅映雪
风中绿竹风翻绿竹竹翻风

杂　货　店

万物我皆备
千金利自充

零零碎碎分南北
七七八八是东西

事与人便人称便
货招客来客自来

休嫌生计小
聊备不时需

罗列珍奇供日用
流通货物注财源

货纵零星百挑不厌
物无大小一应俱全

货通南北般般有
价售东西件件公

七事预存供客急
一般常备解君忧

源源而来生涯日盛
多多益善用物云屯

画 廊

挥毫蓄意
泼墨传神

笔端通造化
意表出云霞

丹青工设色
变化妙通神

天地入胸臆
文章生风雷

山河一统
松雪四家

藏古今珍品
聚中外精华

丹青饰山水
金碧绘楼台

墨海千帆竞发
书林万卉争芳

辋川诗画
赤县风尘

窗几穷幽致
风云入壮怀

三绝诗书画
一身归去来

安石风流元亮酒
辋川图画峄山诗

大地山川生笔底
九州人物绘毫端

天机所到都成趣
人力非关别有神

水上纵毫范山松石
雪中缀景摩诘芭蕉

丹青夺造化之工
粉黛染山川之色

许多丘壑胸中贮
无数烟云笔底生

铁画银钩刚柔互济
通神穷态粉墨一新

片纸能缩天下意
一笔可画古今情

逸少经文怀素草
辋川图画鲁公书

坠石崩云藏锋舞剑
吟诗作画写物传神

碑 帖 店

残碑留古迹
妙墨焕新华

历代遗碑留古迹
名人妙墨焕新华

草圣遗传词林欣赏
兰亭秘本学海珍藏

六文开玉篆
八体耀银书

升平润色淮西颂
翰墨因缘宝晋斋

有迹可寻摹传墨本
无体不备意在笔先

装裱店

表章笺锦艳
衬托墨花鲜

丹青古美留真迹
翰墨因缘壮大观

宋锦吴绫工绚饰
魏碑晋帖善装潢

细笔平熨帖
大笔濡淋漓

点缀烟云邱氏锦
装潢书画米家船

割十样笺裁五尺锦
黏东坡像展周昉屏

刻字店

六书传四海
一刻值千金

刻鹄能成称巧手
雕龙亦足见文心

铁笔能书千家号
刀工可琢万户名

得心应手工剞劂
铁画银钩锓枣梨

事业如今同刻鹄
文心自古重雕虫

铁笔常操功成刻鹄
金章可琢艺进雕虫

古玩店

陈其宗器
积有古香

壶炉夸魏晋
国史录羲轩

价重连城隋珠和璧
光腾满室夏鼎商彝

一室珍品
千古奇观

人皆能好古
器岂必求新

残碑遗墨流传至今成瑰宝
夏鼎商彝罗列博古属奇珍

从来多古意
可以赋新诗

玩物岂真能丧志
居奇原只为陶情

影楼

摄将真影去
幻出化身来

若把端身对宝镜
自然真相摄莲池

秦镜高悬须眉毕现
庐山在此面目留真

抬头客在镜
拍掌眼无花

体态须眉都活泼
心神毫发不参差

体态形容栩栩欲活
须眉巾帼色色俱彰

悟得幻中幻
现来身外身

现出庐山真面目
留住秋水旧丰神

镜中留真容绘声绘色
画外得形神惟妙惟肖

照相于今日
留念在百年

绘色绘香绘声绘影
有水有山有物有人

钟表店

挈壶输巧
刻漏嫌愚

周官挈壶氏
汉室浑天仪

刻刻催人资警省
声声劝尔惜光阴

权衡日月
橐籥乾坤

定一十二时标准
作三百六旬循环

能于细处求精确
惯与时间较短长

可取以准
勿失其时

非从朝暮观时刻
要识光阴等箭梭

万千星斗心胸里
十二时辰手腕间

制法巧于记里鼓
定时妙胜报更筹

按部就班有条不紊
继日以夜无懈可攻

功胜铜龙有条不紊
声搀铁马无懈可攻

制胜当年记里鼓
灵于清夜知更鱼

定一十二时之标准
作三百六旬之循环

归三百六旬于掌握
罗二十八宿于心胸

乐器店

伶伦制律
师旷正音

弦中参妙理
曲里寄幽情

五曲九引皆古制
一唱三叹有遗音

五声以叶
八音克谐

韵出高山流水
调追白雪阳春

传喜讯管弦歌盛世
庆升平清风送好音

和声鸣盛世
鼓乐庆升平

白雪阳春传雅曲
高山流水觅知音

流水高山俟诸知己
金声玉振集其大成

玩具店

具内寓智慧
玩中长精神

剪纸团纱小智慧
肖形象物巧心思

物本无知供人玩弄
翁真不倒勉力支持

频劳工匠巧
博得小儿欢

看巧匠无双手段
博儿童整日心欢

吹吹打打敲敲般般好玩
白白红红绿绿色色精工

恩物最宜开智慧
神工尽力作精裁

博得儿童大家欢喜
造成物具小巧玲珑

刀剪店

光照天边月
寒凝涧底泉

翠柳摇风燕剪柳
窗花争荣蝶恋花

淞水半江可裁而得
并州双剪其快如何

不历几番锤炼
怎成一段锋芒

跃碧波剪代青鲤
开翠海刀刻红莲

佳制金刀赛银超镍
好将玉手镂月裁云

抽刀断水水更流
举剪裁花花愈发

最宜绣阁裁云锦
恰好银炉煅雪锋

名重并州推为利器
裁成蜀锦赖此新硎

眼镜店

明察秋毫
日月重光

春风常识面
秋水惯传神

江山澄气象
冰雪净聪明

胸中存灼见
眼底辨秋毫

悬将小日月
照彻大乾坤

好句不妨灯下草
高年能辨雾中花

心地光明尘不染
品质优良灿无瑕

欲穷千里目
须助一层光

如用之皆自明也
苟合矣不亦善乎

秋水澄清菱花七出
春山淡冶柳叶双舒

察及秋毫如照烛
看来老眼不生花

入户有春花秋月
隔窗望山色湖光

借明镜玻璃秋毫必察
补昏蒙眸子质量犹精

瓷器店

彩瓷成器皿
优质利民生

绮席美含千古色
名花艳到四时春

一日三餐交道不浅
十盆八碗绮席争辉

淡妆浓抹调新色
顽绿痴红发古香

古帝生涯运思虞代
陶人职业上溯周官

规模在竹汇金熔而外
声价居鲁壶秦缶之间

七宝铸铜熏鸭绿
千金瓷翠斗鸡红

品绿评红用资润色
调朱和素增益光华

伞店

赖君驱雨伯
护我胜波臣

郭圃夜随剪韭客
程门时伴听经人

喜雨喜浇缺雨地
新伞新遮用伞人

醍醐难灌顶
庇荫赖当头

往来宛若祥云覆
出入何嫌微雨沾

与时偕行宜晴宜雨
无行不利可卷可舒

烟草

多烟火气
留兰茝香

种原吕宋
名号巴菰

停云积雪芝兰室
吸雾餐霞烟火仙

吞云吐雾
服气餐霞

幽兰君子德
香草美人心

酒后茶余根诸燧氏
华风大启化及粹儿

理发店

头等事业
顶上功夫

来如张飞再现
去若周瑜重生

到来尽是弹冠客
此去应无搔首人

刹那客颜换
瞬时面目新

虽然毫末技艺
却系顶上功夫

进店来乌云秀士
出门去白面书生

但教身入座
且免发冲冠

不教白发催人老
更喜春风满面生

去垢涤污新面目
整容净发识英雄

浴室

共沐一池水
分享四季春

温凉恰好称泉浴
寒暑相均胜天池

濯垢香泉洗心涤虑
去污春水浴德澡身

荡漾香汤和气脉
淋漓津汗长精神

一池清水洗洁身
满面春风展笑容

优待名贤礼同熏沐
招来热客洒脱风尘

石池春暖人宜浴
水阁冬温客更多

振衣弹冠遗老语
澡身浴德大儒风

中介所

到处但凭喉舌费
为君曲尽挽推功

有志瞻韩愿为荐引
逢人说项雅善揄扬

鞋袜店

八绷工裁缟
千重巧制罗

才人可壮青云步
台辅能安紫阁登

未必安行皆白足
可能平步上青云

步月能飞舄
登云可代梯

赤舄应留元圣度
绿华可步列仙班

自昔制形资鹿革
于今加饰步龙墀

洛水凌波去
云衢踏月来

洛水出时尘不染
花蹊踏处缕凝香

踵纳香尘登堂入室
履行大道步月凌云

由此登堂入室
任君步月凌云

桥边堕去留侯取
天半飞来叶令归

制仿鲁风珍夸楚客
光生玉步英映香尘

履和蹈贞颂遗曹植
凌波微步赋美洛神

梯上青云此处可称发迹地
诗赓赤舄个中应有救时人

珠宝店

光华能照乘
声价重连城

洪范五行曾列次
维扬三品共称珍

四时恒满金银器
一室长凝珠宝光

精光射天地
宝气吐虹霓

积珍珠装成宝树
聚美玉摆出银花

天上明河银作水
海中仙树玉为林

昆池明月满
合浦夜光回

金柳若摇莺欲语
银花如绽蝶疑飞

银花娇衬云鬟艳
宝钿新添雾鬓妆

掌上珠应求合浦
市中品独识波斯

海市云深鲛人衔宝
蓝田日暖龙女量珠

丽水生来光成百炼
楚山产就品重十流

珠树一林皆隽品
宝山片石亦奇珍

金钏玉环随时巧制
珠花宝髻尽态极妍

玻璃（镜）店

当窗尘不染
出匣月同明

但愿得来心共照
自然看去眼同明

秋水为神纤尘有染
寒冰作骨皓月同明

台上冰花澈
人间日影清

光明铸出千秋鉴
气冷凝成一片冰

水月镜花别开生面
山川草木蔚为大观

乍来清净地
如履水晶宫

瑶台未必如斯洁
玉宇何曾若此明

珠玉腾辉琉璃焕彩
天中皓月海外明星

帽店

看书狂欲脱
得路喜频弹

楮皮雅称高人服
竹箨偏宜散客簪

风落孟嘉不妨舍旧
雨逢郭泰大好更新

四海同元服
三加进达尊

对镜掠鬓宜丽质
簪花抹额助新装

翠羽明珰掠鬓助艳
绥蝉冠范弹鬓添妆

有冠真出色
此帽最宜人

孟嘉会向风前落
靖节闲从醉后歌

宾馆酒店

共对王樽酒
相看万里人

过客相逢因止宿
征途到此便为家

三月莺花游子梦
五更风雨旅人心

其来有远客
且住为佳宾

计日客来非不速
闻风宾至宛如归

烟外暮钟催倦鸟
林间残照促归人

相逢皆萍水
小住息风尘

茅店月明鸡唱早
板桥雪滑马行迟

宾至如归少安毋躁
客来不速小住为佳

风尘小住计亦得
萍水相逢缘最奇

萍水相逢如挚友
停车且住似归家

中彦西英望门投止
南来北往扫榻相迎

踪迹息风尘满地江湖仆仆
萍蓬征会合一肩行李匆匆

既来则安过客相从应止宿
无远弗届征夫到处便为家

开业贺幛

财阜得意　财源广进　财运亨通　筹算无遗　邸禧骈集
福茂德隆　鸿猷恒焕　货财殖焉　吉庆满盈　骏业鼎新
骏业顺风　开业大吉　客邸延禧　利路亨通　利有攸往
旅祺宏集　懋迁有庆　门市吉庆　囊盈泉贝　青蚨万贯
荣业维新　商德昭世　商路畅通　生财有道　事业弥荣
四通八畅　万商云集　万事如意　新张骏业　信誉通神
业崇财裕　周旋悉洽　诸务顺怀

第十章　祠庙戏台联

家庙宗祠通用

春秋匪懈
继序不忘

长绵世泽
丕振家声

礼乐衣冠第
仁慈孝友堂

宗祖规模远
儿孙绍述长

祭则受福
享于克诚

昭假烈祖
佑启后人

丕烈追先绪
鸿庥启后人

本支百世不易
烝尝万古如斯

慎终追远
积厚流光

典祀千年重
绵延百世昌

世代源流远
孙枝奕祀长

昭穆明其礼教
俎豆荐以馨香

祖灵穆乎不远
旧德焕若其新

教孝教忠开世德
且耕且读振家声

秋霜春露怀先泽
霞蔚云蒸启后人

祖宗凭依在德
子孙对越惟诚

借谈数典知有祖
富辰小忿不忘亲

身范克端绳祖武
家规垂训翼孙谋

不忘孝友为家政
还冀诗书著祖鞭

灵祉迭从新岁月
好花都发旧根株

绳其祖武惟耕读
贻厥孙谋在俭勤

箕裘勉绍先人业
夙夜无忘孝子心

启后人诗书执礼
光先绪孝悌力田

先代贻谋由德泽
后人继述在书香

孝友传家绳祖武
诗书继世翼孙谋

祖砚父田垂燕翼
阶兰庭桂肇鸿图

黍稷馨香嘉荐既飨
文章德业洪祚载辉

孝友悌恭皆学问
诗书礼乐尽修齐

僾见忾闻孝思不匮
秋尝春礿祀事孔明

尊祖敬宗孝孙有庆
敦诗说礼明德维馨

雅言不外诗书礼
家教无非孝悌慈

奉之以乐安之以礼
敬其所宗爱其所亲

春露秋霜本支衍百世
蘋繁藻洁俎豆祝千秋

俨若思孝孙有庆
祭如在明德惟馨

继序不忘昭假烈祖
春秋非懈佑启后人

凡今之人不如我同姓
聿修厥德无忝尔所生

一堂孝友敦雍睦
千载烝尝报本源

立爱惟亲立敬惟长
事死如生事亡如存

修身齐家不外纲常大节
继志述事毋忘孝友先声

祖宗忠厚留遗可谓远矣
岁时蒸尝祭享可不敬乎

先代有贻谋肇基端由勤俭
后人宜续绪务本只在读耕

春祀秋尝遵万古圣贤礼乐
左昭右穆序一家世代源流

要好儿孙须从尊祖敬宗起
欲光门第还是读书积善来

继祖宗一脉真传克勤克俭
教子孙两行正路惟读惟耕

兄及弟矣式相好矣无相犹矣
神之格思不可度思矧可射思

勤俭持家农工商贾各居业
文章华国祖考高曾乃慰心

春露秋霜遵戴礼遗规钦崇祀典
父慈子孝式文公懿训笃念伦常

禅　林

静坐观众妙
端居味天和

塔影悬青汉
钟声度白云

展经猿识字
听法虎知非

岂能尽如人意
但求无愧我心

乾坤容我静
名利任人忙

以诗为佛事
肄业有儒风

庄严三宝地
接引十方人

圣人食道映物
贤者澄怀味象

干净地常来坐坐
太平时早去修修

无我无人观自在
非空非色见如来

贝叶成文慈云永护
天花散彩法宇宏开

石室夜为禅影瘦
松堂虚壑讲声园

五夜跏趺僧入定
三生了悟佛如来

翠竹黄花群沾法雨
长松细草普荫慈云

万籁无声参佛性
一尘不染证惮心

座拥莲花超净土
经翻贝叶写华经

大慈大悲救苦救难
不生不灭是色是空

人世风波自生自灭
佛家岁月无古无今

无眼耳鼻舌身意一尘不染
如梦幻泡影露电万法皆空

石证三生眼观千古月
云浮万里脚带九州烟

暮鼓晨钟警醒迷途尘外客
谈经说法唤回苦海梦中人

超四海以为王功能配地
迈群龙而立极德可参天

藤杖一条提得起才放得下
禅门两扇看不破便打不开

十年河东十年河西切莫放年华虚度
一脚门里一脚门外可晓得脚步留神

佛 殿

身心圆妙　示真实相　法轮光大地　法雨流琼树
功德庄严　发妙明心　宝筏渡迷津　慈云护宝幡

鸟聚疑闻法　百千万劫菩提种　云归古殿闻龙气
龙参若悟禅　八十三年功德林　月照空池见佛心

祥云笼宝盖　云藏佛塔光犹暗　座拥金莲开法界
慧日耀金轮　树近禅窗老更奇　经翻贝叶礼空王

开清净门大地众生归正觉　证三乘贝叶真经身心圆妙
示慈悲相普天世界证菩提　参九品莲花法座功德庄严

禅 堂

金刚扫地　三千开世界　掩关忘世味
弥勒同龛　十二证因缘　开卷悟禅心

布金真佛地　社修莲品性　慈云法雨参诸偈
剩果落禅床　性定菜根香　暮鼓晨钟了一生

灯传三世火　心花拈一笑　片石孤云窥色相
字译五天书　面壁悟三乘　清池皓月照禅心

七重宝树团金界
一片冰心在玉壶

雪山童子应前世
金粟如来是后身

丈室琴书多逸趣
禅房花木慰幽情

悟来大道无多事
勘破禅机总是空

眼前色相皆成幻
世上浮名总是闲

禅本有机心即是佛
超以象外得其环中

经　堂

开卷有益
化人无量

敲鱼敲檀板
念佛念弥陀

谈法惟闻鸟
栖身不买山

妙声深远
空性虚通

水绕禅窗静
经翻贝叶香

谈经留夜月
补衲剪春云

案上梵经皆贝叶
尊前卷石亦青山

帘影静坐闲翻贝叶添新藏
磬声徐歇自剪芭蕉写佛经

斋　堂

所食胡麻饭
更调玉笋羹

三时造就人天供
六味调和般若香

斋僧莫托六前钵
待客休敲饭后钟

用耳不如用目
斋口却要斋心

五叶花光丛法宝
十方饭粒等珍珠

五观若明千金易化
三心未了滴水难消

帘前飞鸟施余食
窗外落花秀可餐

一粒米中藏世界
半边锅内煮乾坤

讲　堂

讲经鱼出听
悟道鸟知机

发菩提心施广长舌
说生公法散天花女

善恶两途惟君自择
男女大众听我道来

潮声自演大乘法
塔影常圆无住身

罗什翻经散花弄影
生公说法顽石点头

僧　房

宝花香散维摩室
金刹光摇大觉仙

空山云湿龙归钵
古屋松低鹤到床

石室夜灯伊蒲馔
一树梅花贝叶香

窗外团蕉围石室
涧边修竹护禅房

流水空山相与静
片霞孤月一般闲

洗钵频分蕉上雨
弹琴时引竹间风

几片白云铺草榻
一轮明月浸蒲团

流水自深花自落
空山为己石为屏

洗钵有时延上客
无缘定不到寒山

观音殿

福荫后昆
恩衍宗嗣

爱民保赤子
为国护苍生

紫竹林木佛
白莲台上仙

育婴保赤
怀燕送麟

香灯照莲台
法鼓振苦海

白莲台上慈悲主
紫竹林中观世音

出南海金樽引路
坐莲台玉女随身

甘分杨柳枝头露
香散莲花座上风

西方竹本千年翠
南海莲皆九品香

法云广荫无遮会
慧日高悬有相天

身骑青牛安天下
手执如意定乾坤

心怜赤子来东土
身架慈船渡众生

南海非遥转念慈航即渡
西方自在遐观法海皆春

音亦可观方算聪明无二用
佛何称士须知儒释有同源

随处化身莲花座上春风暖
寻声救苦杨柳枝头甘露香

真实不虚大慈悲度一切苦厄
意识无界空色相现五蕴光明

药王庙

历代医宗
起死回生

妙药扫开千里雾
金针点破一天云

仙室频开方济世
龙宫不秘道传人

几味君臣药
一片圣贤心

默向人间施药饵
不教世上患膏肓

妙药医愈山中虎
神金济生海外龙

橘井潜龙吟夜月
芝田伏虎啸春风

旁通医理拯民命
普济人生作圣王

蛟龙北海波澜静
剑老西山铁影寒

天地本好生得此神功参化育
王侯为不仕传来道法起沉疴

药物素有灵苦无奇方医俗病
王侯高不仕独操仁术救人危

财神庙

掌人间之宝钞
通天下之财源

铁面扬威能点铁
金鞭耀武自堆金

兴家立业财源主
治国安邦富贵神

白镪驮来资宝马
青蚨飞入引金龙

铜山久种无边树
金谷时开得意花

摇钱树金银满挂
聚宝盆昼夜生财

怀宝无心常济世
点金有术可通神

锡福允增千倍利
酬神敬献一炉香

通天下财源普沾吉庆
掌万民福泽永锡丰盈

有道生财不必压钱金坞
无私惠我何须铸尽铜山

富果可求一部奇书夸少伯
穷如能送千秋佳话颂昌黎

富亦可求当念生财有大道
惠而不费益知造物无尽藏

只有几文钱你也求他也求给谁是好
不作半点事朝也拜晚也拜教我为难

土地庙

百灵滋景祚
万土庆维新

冠金木水火
旺春夏秋冬

五行居其末
三才位乎中

福地人民庆
丰年俎豆登

圣德被万姓
神威镇一方

五行土为首
三才地居中

土厚德载黎庶
地灵人荐馨香

一方清泰蒙神佑
四序康宁叨圣扶

正直为神视民有赫
平安锡福惠我无疆

枌榆共乐升平日
井里咸歌大有年

神灵哉不威自畏
公老矣有德而尊

福降自天尔苟求之多感应
职司兹土吾虽老矣不糊涂

弥勒殿

三思过有限
一笑益无垠

处己何妨真面目
待人总要大肚皮

法雨霏空标七净
慧珠照海启三明

遍七处而恒演
历九会以同宣

大大肚能容万物
微微笑看破群生

灵山我数阿罗汉
佛海人参大肚僧

凡事付之一笑
于人无所不容

大肚能容天下事
善心不染世间尘

人世大难开笑口
肚皮终不合时宜

笑不了古今事
看得见去来人

大肚皮包藏千古
一笑后度灭人天

绳床上坐全身活
布袋中藏两大宽

布袋原空容甚物
跏趺半坐笑何人

大肚中包藏世界
一笑后吐出乾坤

坦腹笑容摄海众
分身散影示时人

吃亏者岂无大肚
笑杀人不肯回头

但有袒怀大欢喜
不嫌成佛后如来

我笑有因真可笑
你忙无甚为谁忙

大肚能容忘情岁月
开口便笑得意春风

肚肠宽肥容世界大大大
心肺冷静笑人生哈哈哈

大肚能容天下难容之事
开颜便笑世间可笑之人

华藏庄严等太虚而为量
遮那妙体遍法界以为身

当门等个人来望穿眼孔
此地能同我坐练定性根

弥勒真弥勒分身千百亿
时时示时人时人自不识

城隍庙

此地难通线索
当年枉用机关

但愿回头便是岸
何须到此悔前非

是非不出聪明鉴
赏罚全由正直施

御灾捍患神功著
福善恶淫天道昭

善报恶报迟报速报终须有报
天知地知尔知我知何谓无知

暗室亏心未入门已知来意
自家作孽欲免罪不在烧香

欲诚其意毋自欺何必问吉凶祸福
获罪于天无所祷早宜辨义利公私

龙王庙

出龙宫风调雨顺
入海藏物阜民康

密云常护三千界
甘雨均沾亿万春

能吸风云兴瀚海
偏敷霖雨惠苍生

惟德动天龙之为灵昭昭也
其功在水神之格思洋洋乎

田鼓祝桑麻丹荔蕉黄隆肸蚃
云旗回岛屿珠宫贝阙奠灵长

东岳庙

阳世奸雄违天害理皆由己
阴司报应古往今来放过谁

倚势欺人人或容神明不恕
瞒天昧己己未觉造物先知

阳是阴非在尔心还想欺饰
假善真恶到此地难讨便宜

云行雨施不崇朝而遍天下
地大物博祖阳气之发东方

孽海茫茫叹人世无多一误岂容再误
轮回辘辘仰圣贤有赫今生要想来生

地藏殿

孝可格天凭至理
铎能振地发慈心

一颗珠光天性觉
半声铎响地魂惊

于诸佛中出一头地
是造物者之无尽藏

现慈悲法身多方济渡
作幽冥教主到处津梁

风神庙

扬仁惟偃草
协律不鸣条

解愠阜财而清穆
顺时布气以昭宣

五日丰年欣协律
几番花信总因时

圣世不鸣条默佑湖河占利涉
神功常应律潜调寒燠叶休征

火神庙

坎离既济　五行司火德　位镇南离大焕文明之色
行仁如春　八卦正离宫　时当朱夏职司长养之功

缅思上古圣殿四时钻燧　三昧灿琼花永护南天法界
请看太平气象万户炊烟　五通昭火德长扶中土生灵

赫声濯灵火德中天昭日月　左祝融右回禄同秉赫赫明明之德
居离司夏炎方一柱镇乾坤　峙丹山流赤水永靖嘻嘻咄咄之灾

雨神庙

得志当为天下雨　德泽宏施古时曾解九年旱
此身合是地行仙　恩膏广被盛世应遵十日期

雷神殿

穆穆在下明明在上　造物董生成须知雷霆雨露无非教
赫赫厥声濯濯厥灵　畏威只愚下犹当戒慎恐惧所不闻

百里蒙庥山川大神享于此　出地奋三春仗此严威纵属英雄犹失箸
万方多难云雷君子意如何　当头惊一棒告将大众先从屋漏自扪心

尼　庵

小涧香为刹
春窗月伴眠

别是人间开世界
居然林下有家风

心地光明惟有月
性天咫尺浮无尘

柏子香清熏玉骨
梅花月冷映冰姿

春风常伴花枝暖
夜月不惊玉兔寒

扫地焚香泼去胭脂归净土
长斋绣佛抛残镜匣对诸天

半潭秋水心同静
一卷经书手自抄

现女人身而说法
作比丘相以参禅

色相本空恶念忘来深是佛
菩提无种善根培处即为因

道　院

水隔人间世
云回洞里天

鹤舞千年树
云生四面山

金炉承道诀
宝案读仙书

林密红尘远
山灵紫气高

云霞仙路近
松竹草堂深

井水丹砂看尽赤
药炉火候已纯青

一瓣心香通碧落
半生手笔写黄庭

日里青松影影
夜间明月依依

阆苑清风仙曲妙
石潭秋水道心清

一径入云多鹿迹
众仙同日咏霓裳

交神即有长生术
寿世何须不老丹

三更明月长松影
一片闲云野鹤心

紫盖山中骑白鹤
朱砂鼎里炼金精

秋水一泓鱼游自乐
松风半榻鹤梦同清

人静玉箫清夜月一壶黄鹤舞
云深丹灶冷春风几度碧桃开

鹤观栖踪静诵黄庭万卷
鱼书入化欣传丹篆千年

石洞白云封驯鹿衔花春有迹
珠帘红雨润仙禽拂树夜无声

精　舍

石室烟霞锁
金丹雨露丸

半窗梅月仙机静
一枕松风午梦清

仙缘证定三生果
火候功成九转丹

玉壶传绮席
金牒秘香城

数竿修竹三间屋
一片闲心万里心

满室生春石榻晴岚倚枕梦
一尘不染铜瓶纸帐卧梅花

老君祠

花暖青牛卧
山空碧水流

青牛气迴处处函关辟宇宙未辟之天地
飞龙行空人人天国开世界未开之大同

玉炉烧炼延年药
正道修行益寿丹

紫气满前程从函谷关来闻道者非徒尹喜
丹经流妙说上昆仑山去尽头处乃号天尊

三官殿

圣德垂恩远
三元锡福多

一气逢春转
三元锡福多

爵列三曹多善恶
神随六合显灵通

乾坤大内清流湛
罪危业中百福臻

太极本从无极始
三元还自一元生

万年枝上看春色
三素云中望玉宸

三元庇佑恩光大
万善同归福泽长

天地水三官大帝
上中下一体同尊

魏魏冠冕分三座
皎皎清虚共一心

罪危消时即是福
清宁极处不扬波

天常清地常宁水常平一人有道
福分锡罪分赦危分解三圣无私

天官地官人官只在心官不昧
求福锡福获福还须积福为先

天官地官水官三官之灵纲纪造化
上元中元下元一元之气今古流行

玉皇殿

功启三皇五帝
心存万类群黎

击金钟群仙聚会
敲玉鼓万神来朝

无言妙化资元始
不已神功运穆清

帝座星辰环紫极
仙阶鸾鹤捧红云

万道祥光归紫府
千条瑞气贯黄庭

元功佑辑横流定
大德拼资兆姓安

奠来十里金汤固
监在诸方玉食丰

巍巍乎惟天为大
荡荡哉无民能名

道统上天功启三皇五帝
春回下界泽流万户千门

大哉乾元统山水土而覆冒
皇矣上帝系日月星以照临

卫列勾陈枢奠紫垣尊帝座
清符太乙化司元橐统仙灵

尊尚玄穹步清虚而登九五
圣称无极居太上以遍三千

道极尊德极贵巍巍万天圣主
教至广法至大荡荡诸佛神恩

系日月走雷霆乾健四时不息
振江河负泰岱坤继万古常安

三清观

日丽瑶台
云飞画栋

展太极图不外九宫与八卦
施大法力能教一气化三清

香凝宝殿
乐奏钧天

具极大神通一气三清宏法力
看无边无景千红万紫见天心

施大法力能教一炁化三清
展太极图不外九宫与八卦

宝殿巍峨睹金相庄严已接三清法界
具极大神通一气三清拯尽四洲黎庶

道贯三才成始成终成万物
德尊太极至高至大至三尊

天吾缥缈觇玉容整肃如游九府神宫
显无边法力离龙坎虎修成万劫金仙

孔　庙

德配天地
道冠古今

作范百王
师表万世

天下文官祖
历代帝王师

高深莫赞
广大无疆

圣何可及也
文不在兹乎

生民来未有夫子也
知我者其唯春秋乎

与天地日月鬼神合其德
继尧舜禹汤文武作之师

春祠秋尝俎豆懔遵宣圣训
左昭右穆源流追溯礼经仪

文昌庙（祠）

司文天上
种福人间

上则星辰下河岳
昔为循吏今儒林

文星照耀英才济济
昌盛光华俊士彬彬

道气远超天地外
文光直射斗牛边

天开参井文章府
星焕山河孝友师

宇宙大文章源从孝友
古今名将相来自诗书

布福禄于人间但求有德
握权衡在天上总出无心

桂殿飞鸾衔来蝌蚪三千字
蕉窗炼笔挥就烟霞五色书

紫极权尊默宰灵枢开万化
玉衡光灿宏开景运翼斯文

天唯阴骘下民止于仁止于敬
帝乃诞敷文德作之君作之师

斗柄高悬九天运握操元轴
笔花初灿列宿光联映壁辉

见一十七世宰官身继帝王而宣化
为万千亿年斯文主参天地以同流

关帝庙

两间正气
万古忠心

丹心悬日月
大义在春秋

大节至今昭日月
英明亘古振纲常

允文允开
乃圣乃神

旧宫宁该汉
遗恨失吞吴

浩气同乾坤比寿
精忠与日月齐光

九伐威名襄夏政
千秋正统懔春王

三人三姓三结义
一君一臣一圣人

义存蜀汉三分鼎
志在春秋一部书

赤面赤心扶赤帝
青灯青史映青天

万古勋名垂竹帛
千秋义勇壮山河

英雄几见称夫子
豪杰如斯乃圣人

马到五关思兄弟
花开三月想桃园

五夜何人能秉烛
九州无处不焚香

志在春秋功在汉
心同日月义同天

气挟风雷无匹敌
志垂日月有光芒

昔为汉室忠良将
今作人间福禄神

治乱扶危不忧不惧
居仁由义至大至刚

青龙偃尽千秋月
赤兔追余万里风

一代精忠悬日月
千来正气壮山河

义勇腾云一朝兄和弟
忠心贯日千秋帝与王

兄玄德弟翼德威震孟德
师卧龙将子龙偃月青龙

慷慨一言成忠骨二心臣子愧
艰难百战识君臣同袍弟兄羞

至大至刚是集义所生者
宜兄宜弟其为人之本欤

匹马斩颜良河北英雄皆丧胆
单刀会鲁肃江南文武尽寒心

秉烛春秋大节至今昭日月
满腔忠义英风亘古振纲常

先武穆而神大汉千古大宋千古
后文宣而圣山东一人山西一人

忠义著神威耿耿丹心贯日
春秋尊正统巍巍峻德参天

岳王庙

南渡君臣轻社稷长城自毁
北征将士竭忠贞青史遐传

正气炳人寰风雨灵旗一抔土
苦忠溯往迹湖山俎豆万斯年

万里坏长城南渡朝廷从此小
一抔留古墓西湖烟水到今香

奉诏班师怅南宋偏安结此一局
尽忠报国壮西湖遗迹范我千秋

遗迹镇栖霞酾酒重瞻新庙貌
大旗悬落日撼山愿学古军容

问南渡忠臣父子何曾见湖山遗庙
秉中央日月星辰若所谓天地同春

禋祀崇湖山文武圣神光日月
典型昭河洛忠孝节义冠古今

天下太平文官不爱钱武官不惜死
乾坤正气在下为河岳在上为日星

于谦祠

丹心托月
赤手擎天

两袖清风昭万世
一轮明月跃三台

双手扶明光日月
一心救国壮山河

清风来六面
明月转三台

日月双悬于氏墓
乾坤半壁岳家祠

坐觉心胸绝生俗
要留清白在人间

公论久而后定
何处更得此人

少时大策魁多士
晚节忠风愧后人

天地为心是真豪杰
圣贤作则及大丈夫

忠骨瘗三台湖山增色　　守经达权是社稷之臣也
宏图兴两浙泉壤开颜　　知来藏往以神明其德乎

中流砥柱独挽朱明残祚　　赖社稷之灵国已有君自分一腔抛热血
庙容永焕长赢史笔芳名　　竭股肱之力继之以死独留清白在人间

武侯祠

功盖三分国　　伯仲之间见伊吕　　梁父吟成高士志
人当万里城　　指挥若定失肖曹　　出师表见老臣心

学为帝师才推王佐　　运帷幄之筹谋小心谨慎
风高儒将绩著名臣　　本圣贤之学问一德始终

成大事以小心一生谨慎　　心在朝廷原不论先主后主
仰风流于遗像万古清高　　名高天下何必辨襄阳南阳

勤王事大好儿孙三世忠贞史笔犹褒陈庶子
出师表惊人文字千秋涕泪墨痕同溅岳将军

史公祠

一代兴亡关气数　　梅岭梅香梅含泪　　史册留芳虽未灭奴犹可法
千秋庙貌傍江山　　可法可史可咏魂　　洪恩浩荡未能报国反成仇

生有道来文信国　　骑鹤楼头难忘十日　　佩鄂国至言不爱钱不惜死
死而后已武乡侯　　梅花岭畔共仰千秋　　与文山比烈曰取义曰成仁

心痛鼎湖龙一寸江山双血泪
魂归华表鹤二分明月万梅花

时局类残棋杨柳城边悬落日
衣冠复古处梅花冷艳伴孤忠

江潮如吼打孤城百世犹闻杀敌声
今日危倾如昔日梅花岭上访先生

天后宫

坤仪配地
水德参天

度出众生不学佛
恩周四海直同天

受天地之中以生一曰水
有功德于民则祀谓之神

天监厥德
后来其苏

覃恩浩荡常流海
后德巍峨独配天

水德配天海国慈帆并济
母仪称后桑榆俎豆重光

天监有赫
后德无疆

英风远届江天外
坤德长垂泽国中

自神禹后一人盛德在水
由大宋来千古崇祈配天

有美一人中夜闻五铢环佩
遗世独立下游俯两点金焦

大海茫茫到无岸无边观于天天高在上
飘风发发正可危可惧徯我后后来其苏

月老祠

愿天下有情人都成了眷属
是生前注定事莫错过姻缘

此老最多情不独管婚嫁两事
凡人得如意要知有因果一层

顾五茎华结宿世缘我佛何尝昧因果
作七经纬著未来事通灵毕竟是文章

花神庙

祀因秋实春华举
神在风情雨意中

翠翠红红处处莺莺燕燕
风风雨雨年年暮暮朝朝

蕙带荷衣偃蹇姣服
兰撩桂楝芳菲满堂

转移草草光阴开遍万千红紫
职掌花花世界愿瞻十二神明

戏　台

发扬风雅
歌舞太平

此曲只应天上有
斯人莫道世间无

假笑啼中真面目
新笙歌里古衣冠

传神真宝镜
写意大文章

讽世文章宜雅静
感人情性在形容

借虚事指点实事
托古人提醒今人

古今真乐府
天地大梨园

父老闲来消白昼
儿童归去话黄昏

金榜题名虚富贵
洞房花烛假姻缘

舞台小天地
天地大舞台

格外文章圈外注
水中明月镜中天

妙手写生须道子
出场做戏有周郎

传来往事留金鉴
演出高歌彻紫霄

古往今来只如此
淡妆浓抹也相宜

讴风美雨成佳话
白雪阳春谱好音

三五步行遍天下
六七人百万雄兵

声为律吕身为度
云想衣裳花想容

逝者如斯未尝往
后之视昔亦犹今

瞬息间前朝后代
方寸地万水千山

舞台方寸悬明镜
优孟衣冠启后人

弦歌清音宜德泽
宫商雅韵颂神庥

虚弄干戈原是戏
又加装点便成文

眼前色相皆成幻
曲里笙歌不厌新

有口无口口代口
是人非人人舞人

有声画谱描人物
无字文章写古今

欲知世上观台上
不识今人看古人

做戏何如看戏乐
下场更比上场难

把往事今朝重提起
破工夫明夜早些来

古今人何遽不相见
天下事当作如是观

故意装腔炎凉世态
现身说法游戏文章

能令公喜能令公怒
歌也有怀哭也有思

情节新奇出人意料
机关巧妙娱我胸怀

是耶非耶其信然耶
秦欤汉欤抑近代欤

先代衣冠从新出演
今人面目仿古妆成

出场去俨然君臣父子
入帘来不是儿女夫妻

一曲阳春唤醒古今梦
两班面目演尽忠奸情

东西汉南北宋人物备考
山海经水浒传今古齐观

居然谈古说今有甚说甚
任是扮文装武演谁像谁

把酒临风试问英雄安在
吹豳息蜡须知古道犹存

六礼未成顷刻洞房花烛
五经不读霎时金榜题名

你一枪我一刀虽杀未恼
轿上来马上去非走不行

随事传情笑语弦歌皆趣味
扬风抱雅周旋舞蹈尽精神

文唱武打台上一片巧技
旧事新演戏中都是真情

想当年那段情由未必如此
看今日这般光景或者有之

文文武武出出吹吹打打
男男女女人人看看听听

遇事强出头此中大有人在
登场便抽脚天下其谓公何

闻弦歌之声贤者亦乐此
见羽旄之美乡人皆好之

凡事莫当前看戏何如听戏好
为人须顾后上台终有下台时

嬉戏非真瞬夕人移面目
仁慈惠远千载香喷乾坤

看不懂莫吵请问前头高见者
站得住便罢须留余地后人来

邪正忠奸尽是现身说法
悲欢离合无非夙世因缘

人物借身装装出来千形万状
车骑凭步走走遍了四海九州

一兵一卒即是千军万马
半时半刻已经十载百年

虚迹谈实事莫闲看镜花水月
假象传真情须认就暮鼓晨钟

顾曲小聪明当日可怜公瑾
挝鼓大豪杰至今犹骂曹瞒

演离合悲欢当代岂无前代事
观抑扬褒贬座中常有剧中人

看我非我我看我我亦非我
装谁像谁谁装谁谁就像谁

要看早些来大文章全凭起首
须观完了去好结果总在后头

英灵自有真养成元气超凡品
古调谁与偶独奏水弦待赏心

莫坏良心极恶巨奸转眼终归失败
请看好样忠臣孝子到头毕竟团圆

台上笑台下笑台上台下笑惹笑
看古人看今人看古看今人看人

弄假传真随地演来无非扬清激浊
移宫换羽自我听去都是教愚化贤

愿听者听愿看者看听看自取两便
说好就好说歹就歹好歹只演三天

或为君子小人或为才子佳人登场便见
有时欢天喜地有时惊天动地转眼皆空

唱字两个曰曰喜怒曰哀惧无非借口传话
戏字半边虚虚山河虚社稷谁知动干闹戈

文中有戏戏中有文识文者看文不识文者看戏
音里藏调调里藏音懂调者听调不懂调者听音

第十一章　箴言联

处　世

淑身涉世
学古服官

说根心话
作本色人

待人三自反
处世两如何

海阔从鱼跃
天空任鸟飞

栽培心上地
涵养性中天

知足者常乐
能忍之自安

政惟求于民便
事皆可与人言

处世不言人所短
临文期集古之长

尽前行则地步窄
向后看斯眼界宽

立言立功并立德
希圣希贤可希天

每临大事有静气
不信今时无古贤

敏则有功公则说
淡而不厌简而文

能受苦方为志士
肯吃亏不是痴人

事能知足心常惬
人到无求品自高

无求便是安心法
不饱真为却世方

眼下留有余地步
胸中养无限天机

欲知世味须尝胆
不识人心且看花

知足是人生一乐
无为得天地自然

居安思危处治思乱
小人怀惠君子怀刑

本无事而生事是谓薄福
强不知以为知此乃大愚

不体物情一生俱成梦境
好言人过举足尽是危机

惜食惜衣非为惜财但惜福
求名求利但须求己莫求人

花繁柳密处能拨开方见手段
风狂雨骤时可立定才是脚根

滋味浓时减让三分人同嗜
径路窄处特留一步我莫行

贫贱似敝衣若勤俭斯能脱卸
富贵如传舍唯谨慎可得久居

友肯规予自肯助予务要清心听受
人能媚我必能害我固应加意防闲

节　操

风流清范
豁达襟期

青松共爽
白云同悠

澡身浴德
矩步规行

汪汪若万顷波
恢恢有君子度

国家伟器
名教完人

商山四皓
竹林七贤

竹中高士
岩下老人

许邵渊渟岳峙
巨源玉璞金浑

彭泽归来
庐山不起

漱石枕流
妻梅子鹤

行成为廊庙器
和峤为栋梁材

望之如泰山北斗
仰之若耸壑凌霄

威可畏而仪可象
言有物而行有恒

临剡水而垂纶子陵高洁
隐云溪而醉酒种放优闲

偃息乎诗书之门
游观乎道德之域

效巢父之洗耳不慕虚荣
闻接舆之佯狂无非避世

申屠蟠味道过真不以穷达易节
田游岩膏肓痼疾性以泉石盟心

临喜临怒见涵养群行群止见品格
大事难事看担当逆境顺境看襟怀

修 己

寡欲故静
有主则虚

过要细心检点
怒宜实力消融

一人知己亦已足
毕生自修无尽期

群居守口
独坐防心

端祥步履由中道
恬淡胸襟养太和

海纳百川有容乃大
壁立千仞无欲则刚

愿闻己过
求通民情

人有不为斯有品
己无所得可无言

洗心曰斋防患曰戒
循法无过修礼无邪

有容德乃大
无欺心自安

舍事功更无学问
求性道不外文章

涵养冲虚便是身世学问
省除烦恼何等心性安和

择交以求益
改过而全身

相知固不在形迹
修己岂可殊初终

何虑何思居心当如止水
毋荒毋怠求学譬诸为山

珠藏泽自媚
玉韫山含辉

修身岂为名传世
做事惟思利及人

居处必先精勤乃能闲暇
凡事务求停妥然后逍遥

事事难上难举足常虞失坠
件件想一想浑身都是过差

读书即未成名究竟人高品雅
修德不期获报自然梦稳心安

气忌躁言忌浮才忌露学忌满
胆欲大心欲小智欲圆行欲方

戎之在斗戒之在色戒之在得
职思其居职思其外职思其忧

清真冷淡功修历久愈有意味
热闹荣华境遇一过辄生凄凉

闲暇出于精勤恬适出于祗惧
无事必先能虑大胆必先小心

学

傍百年树
读万卷书

开卷有益
温故知新

无欲最乐
有书便佳

藏古今学术
聚天地精华

杯浮梅蕊
诗凝雪花

妙墨悬漏
雄才吐珠

五车诗胆
八斗才雄

都无做官志
唯有读书声

曾三颜四
禹寸陶分

敏而好学
乐以忘忧

学知不足
事留有余

读书不知味
不如束高阁

读古人书
友天下士

勤能补拙
学可医愚

砚磨雾起
笺染云生

读书贵有用
树德莫如滋

功深百练
才具千钧

为善最乐
读书更佳

长河有岸
学海无涯

攻城不怕坚
读书莫畏难

解经以理
校字如仇

闻鸡舞剑
借萤读书

辨古今议论
取天下聪明

书中乾坤大
笔下天地宽

屠龙非世资
学问求自得

欲知天下事
须读五车书

为官心存军国
读书志在圣贤

养心莫若寡欲
至乐无如读书

闻鸡晨舞剑
借萤夜著书

求学将以致用
读书先在虚心

未能一日寡过
恨不十年读书

有志宜师逸少
多才肯效班超

长行何惧千里
恒学焉畏万册

但将忠厚培元气
惟有诗书发异香

过如新竹萎难尽
学似春潮长不高

知不足者好学
耻下问者自满

读书才恨知识浅
观海方知天地宽

好书不厌百回读
佳客来时一座倾

最要莫若教子
至乐无如读书

读书当观其气象
交游求益于身心

黑发不知勤学早
白首方悔读书迟

板凳要坐十年冷
文章不写一句空

读书已过五千卷
此墨足支三十年

几番磨琢方成器
十载耕耘自见功

博古通今斯为上
经天纬地谓之文

读书众壑归沧海
下笔微云起泰山

荆树有花兄弟乐
书田无税子孙耕

才如湖海文始壮
腹有诗书气自华

非关因果方为善
岂羡功名始读书

久病始知求药误
衰年方悔读书迟

窗前白发催愁镜
烛底苍头劝读书

观书到老眼如月
得句惊人胸有珠

老去愈知学不足
春来弥觉物增妍

立志宜为真豪杰
读书须尽苦功夫

书卷多情似故人
晨昏忧乐每相亲

博观万卷才识豪迈
纪述百家文翰昌明

帘外五更风雨冷
案头三尺笔墨浓

无尽波涛归学海
长春花木在词林

登高而尽四野所有
著书以成一家之言

练达人情皆学问
洞明世故即经纶

学海无涯勤是岸
云程有路志为梯

积文十箧可谓备矣
读赋千首乃能为之

论古不外才识学
博物能通天地人

有关国家书常读
无益身心事莫为

开卷一瞥教益非浅
破书万卷造诣必深

世间唯有读书好
天下无如吃饭难

愿乘风破万里浪
甘面壁读十年书

天之生民有物有则
学无常师乃一乃精

事要研求皆学问
言堪持赠即文章

纸上得来终觉浅
心中悟后始知深

逐鹿山原捷足先登
寻宝江海博士取胜

书从疑处翻成悟
文到穷时始有神

至乐无声唯孝悌
太羹有味是读书

喜有两眼明多交益友
恨无十年暇尽读其书

教耶多术精讲多练至要
诲也不倦长善救失宜切

风雨一庐即此是儒生本色
琴书半榻羡甚么富贵傥来

学如逆水行舟不进则退
心似平原放马易放难收

古今来许多世家无非积德
天地间第一人品还是读书

世上几百岁旧家无非积德
天下第一件好事还是读书

咬成几句有用书可以充饥
养培数竿新生竹直似儿孙

言易招尤对朋友少说几句
书能益智劝儿孙多读数行

座右遍书名论格言斯志趣特别
门内罕闻嬉笑怒骂其家范可知

谦

居盈念损
履贵思冲

劳谦乃能有终
退让所以明礼

一谦而数益具矣
三让而至德昭焉

木能交让
水亦流谦

天道亏盈而益谦
人道先恭而后让

入瑶树琼林中皆宝
有谦德仁心者为祥

让为礼宗
谦能受益

尧以克让而成圣
禹以不伐而彰功

崔右史匿楹间以自晦
冯将军屏树下而不争

谨

覆车易轨
暗室整冠

罔谈彼短
靡恃己长

朝为乾而夕为惕
舍其旧而新是谋

临深履薄
毖后惩前

虑滞以处遇
戒冲以守盈

集古今之家诫书于屏风
见行事有时家录诸座右

敬

居处以恭
执事惟敬

肃恭事厥神人
笃敬行于蛮貊

同寅有协恭之谊
鞠躬为表敬之仪

恭为德之基
敬为礼之本

文王翼翼小心
周公匔匔如畏

慎乃百年提撕紧钥
敬为千圣授受真源

安祥恭敬乃教小儿方法
公正严明是做家长规模

行己恭事上敬郑国侨曾全四道
内曰恭外曰敬汉刘向夙演五行

恕

量包川薮
度比江湖

大着肚皮容物
立定脚跟做人

犯而不校颜子之仁
政在克宽成汤之德

一襟和气
万斛宽胸

居乡恕乡乃睦
治家严家斯和

直不犯祸和不害义
宽以待人严以责身

处事须留地步
责善切戒尽言

谦卦六爻皆吉
恕字终身可行

世事让三分天空地阔
心田培一点子种孙收

解马而不加辨令彼自惭
遗犀而仍召还宥其误失

文潞公休休有容请还唐介
范许国恢恢有度不憾章惇

廉

不贪为宝
纤尘勿污

子产辞六邑
鲁连却千金

杨公乃清白之吏
侯子为修洁之人

心贞昆玉
志烈冰霜

庄周宁游污渎
颜烛独矢清贞

耳过秋风富可逃而甘隐
心如白水门如市而何嫌

忠

不欺暗室
独具真诚

气壮山河
光照日月

英气连霄汉
忠诚贯斗牛

诚贯皎日
节励严霜

松筠雅操
铁石深衷

为国忘家宁死不屈
皇天后土可表此心

孝

事亲为大
养志宜先

黄香扇枕温床
石建浣巾洗厕

考叔遗羹而著考
孟宗哭笋以彰诚

孝为天理
亦为地义

尽为尽思之可许
全受全归之难忘

莱彩有娱亲之乐
芦衣无怨母之心

诗废蓼莪恐伤王裒怀抱
礼遵菽水犹怀孔圣遗言

孝莫辞劳转眼便为人父母
善毋望报回头但看尔儿孙

仁

四德为首
万民常怀

既广爱而推恩
亦好生而布德

效张公多书忍字
法司马广积阴功

得慈祥而示化
敦惠爱以为心

扬满扇之好风
被一车之甘雨

家佩惠君户蒙慈义
人呼杜母邻仰羊公

义

国所以立
人所以生

笃始终于寒暑
辨义利于几微

程婴存赵氏而匿孤
王成携李燮而避祸

易言利物
语云纪宜

解骖见齐婴之好士
指囷由鲁肃之疏财

干木逾垣文侯过轼
冯驩焚券孟尝留名

陈氏累世同居义门望重
范公置田赡族义产留芳

旋乾转坤大经纶自临深履薄处得力
青天白日真节义从暗室屋漏中培来

礼

定亲疏决嫌疑
别同异明是非

修身践言为礼之质
道德仁义非礼不成

国有四维礼居其首
仁有四目礼为之经

释回增美措则正施则行
正心修身动思恭静思济

不知礼无以立趋庭有圣训之贻
毋不敬俨若思曲礼有开宗之语

智

洞若观火
明可测天

穷神观化
应变知微

鉴天地者惟圣人
识时务者为俊杰

行所无事
见于未萌

瞻山知璞
临水知珠

精研九事厥旨尽明
微喻五言其应如响

奇计莫若陈平终能兴汉
妙算无如诸葛卒以扶刘

智珠在握自有先见之明
智囊足称独具广长之舌

闻一可以知十回也不愚
告往即能知来赐也果达

多智慧人才情决然弗露
有作用者器宇定是不凡

信

本文之孚
为国之宝

豚鱼可格
金石为开

脱剑挂徐君之墓
把臂铭朱生之心

秉心真实
矢口贞诚

毛遂片言九鼎
季布一诺千金

阻江湖而千里必至
冒虎狼而久约须寻

丹书作誓
白马申盟

指山河而不改
为甲胄以常贞

范巨卿鸡黍之会不负友人
郭细侯竹马之期毋违童子

勤

鸡鸣戒旦　　汤爱尺日　　敬姜有劳逸之箴
雀噪知更　　禹惜寸阴　　陶侃有优游之戒

民生在勤　　栉风沐雨　　季子引锥刺股流血
君子无逸　　戴月披星　　钱王警枕熟睡即欹

勤能补拙　　传家万事皆宜忍　　年少而志不廉知青春之匪懈
俭以养廉　　教子千方莫若勤　　垂老而夜不废叹白首之弥敦

俭

抱素怀朴　　蒋钦母疏帐缥被　　静以修身俭以养德
安性约身　　王良妻裙布曳柴　　入则笃行出则友贤

即以制度　　晏子一裘三千年　　荻堪为障何妨窥见室家
俭为德共　　李公一食十八种　　柳可作亭无须竞高门第

衣缊袍而不耻　　创业维艰守节俭　　容膝无过卅步何庸家产田园
鄙锦绣而不施　　守成不易戒奢华　　巢林聊寄一枝奚恤颓垣败壁

善

每思于物有济　　勿施小惠伤大体　　勿缘小嫌疏至戚
常愧为人所容　　毋以公道遂私情　　毋以新怨忘旧恩

善为至宝一生用不尽
心作良田百世耕有余

事事培元气其人当寿
念念存本心厥后必昌

心术不可得罪于天地
言行要留好样与儿孙

乐与人善即只字片言皆为良药
悯济困穷虽分文升合亦是福田

平居寡欲养身临大节斯达生委命
治家量入为出干好事则仗义轻财

第十二章　集古联

通用集句

白云怡意
清泉洗心（《叶有道碑》）

三橘连理
九禾同茎（《南史》）

晨凫夜鲤
早雁初莺（《南史》）

所思不远
录造自然（《诗品》）

防满则退（《北史》）
恐富求归（《南史》）

为尔寂寂（《南史》）
对此茫茫（《世说新语》）

斧藻其德（《法言》）
竹柏之怀（《水经注》）

我犹箭耳（《北史》）
圣如柱耶（《世说新语》）

国师国宝
文祖文宗（《北史》）

性不耐杂（《南史》）
禄岂须多（《北史》）

看日早晚
与时浮沉（《南史》）

载瞻星气
如写阳春（《诗品》）

可人如玉
落花无言（《诗品》）

暗水流花径（杜　甫）
清风满竹林（崔　峒）

草木含清色（储光义）
岩廊挹太猷（高　适）

积照涵德镜（孟　郊）
素怀寄清琴（权德舆）

从来多古意
可以赋新诗（杜　甫）

汲古得修绠（韩　愈）
开怀畅远襟（褚　亮）

地迥云偏白（高　适）
亭香草不凡（张　祐）

即事已可悦（杜　甫）
赏心还自怡（刘方平）

跌宕孔文举（储光义）
风流贺季真（李　白）

江山澄气象（高　适）
冰雪净聪明（杜　甫）

端居喜良友（韦应物）
独立占古风（孟　郊）

江山助磅礴（陆　坚）
文物照光辉（许景光）

短歌能驻日（宋之问）
闲坐但闻香（王　维）

接垣分竹径（张道济）
微路入花源（储光义）

高松来好月（李　白）
野竹上青霄（杜　甫）

结交指松柏（孟浩然）
述作陵江山（李　白）

隔沼连香芰（杜　甫）
缘岩覆绿萝（李德裕）

径隐千重石（杜　甫）
园开四季花（周　繇）

荷锄修药圃（王　维）
煮茗就花栏（喻　凫）

酒香留客住（白居易）
诗好带风吟（姚　合）

朗抱开晓月（孟　郊）
高文激颓波（韦应物）

颇得湖山趣（刘长乡）
不知城市喧（吴　筠）

柳深陶令宅（李　白）
日静庾公楼（杜　甫）

琴将天籁合（赵冬曦）
幔卷浪花浮（杜　甫）

騄骥致千里（《南史》）
凤凰度三桥（《齐书》）

邱壑趣如此（钱　起）
鸾鹤心悠然（李　白）

美花多映竹（杜　甫）
乔木自成林（孟浩然）

深情托瑶瑟（贾履平）
逸兴横素襟（李　白）

名香播兰蕙（岑　参）
雕藻迈琼琚（褚遂良）

声华满冰雪（高　适）
节操方松筠（储光义）

名香泛窗户（许　浑）
远岫对壶觞（钱　起）

诗思竹间得（元　稹）
道心尘外逢（岑　参）

墨研清露月（李　洞）
琴响碧天秋（许　浑）

谁知大隐者（王　维）
乃是不羁人（韩　愈）

鹏鹗励羽翼（储光义）
龙鸾炳文章（李　白）

松风清耳目（孟　郊）
熏气袭衣襟（张子寿）

披云炼琼液（李群玉）
坐月观宝书（李　白）

苔石随人古（张子寿）
山花拂面香（李　白）

文章辉五色（李　白）
心迹喜双清（杜　甫）

蕴真惬所遇（杜　甫）
振藻若有神（储光义）

溪静云生石（姚　合）
窗虚日弄纱（李商隐）

长笑对高柳（李　颀）
贞心比古松（李　白）

心同孤鹤静（吕　渭）
节效古松贞（沈佺期）

知音在霄汉（郎士元）
高步蹑华嵩（孟浩然）

学业醇儒富（杜　甫）
文章大雅存（韩　愈）

智勇冠当代（卢　湛）
卓荦观群书（左　思）

雅琴飞白雪（杜正伦）
逸翰怀青霄（高　适）

读书不求甚解（陶渊明）
鼓琴足以自娱（《庄子》）

野翠生松竹（李　亦）
潭香闻芰荷（孟浩然）

人在书屏中住
客依明月边来（苏　轼）

渊松寒转直（王　绩）
碧海阔逾澄（杜　甫）

洒扫竹闲萝月
吟哦琴里松涛（倪　瓒）

愿持山作寿（武三思）
常与鹤为群（杜　甫）

孙又孙无穷极（《列子》）
我与我久周旋（《世说新语》）

阅古宗文举（卢允言）
临风怀谢公（李　白）

我宿命应得雨（《南史》）
季居处常有云（《史记》）

作字腕中百斛
吟诗天外片心（范成大）

供米家少因添鹤
送酒人多不典衣（陆　游）

傍花行酒发新唱（蔡君谟）
解带量松长旧围（朱　熹）

几多怪石全胜画（詹中正）
无限好山都上心（余紫芝）

藏书万卷可教子（黄庭坚）
买地十亩皆种松（梅圣俞）

惊风乱飐芙蓉水
秋月空悬翡翠帘（柳宗元）

常爱此中多胜事（刘长卿）
更于何处学忘机（周　朴）

可以累心处都尽（《世说新语》）
令人怀古情更深（《北史》）

川原缭绕浮云外（卢允言）
台榭参差积翠间（薛　逢）

括柏豫章栋梁气（《南史》）
珊瑚碧树枝交柯（韩愈文）

窗含远树通书幌（李长吉）
风飐残花落砚池（高九万）

林花经雨香犹在（寇　准）
芳草留人意自闲（欧阳修）

蹙踏鲍谢跨徐庾（苏　轼）
网罗秦汉近唐虞（傅　察）

林罅忽明知月上（陆　游）
竹梢微响觉风来（真山民）

樊深讲书多门户
柳虬论文无古今（《北史》）

名高北斗星辰上（王廷珪）
诗在千山烟雨中（张孝祥）

更筑园林负城郭（王安石）
先安笔砚对溪山（陆　游）

轻鸥白鹭定吾友（黄庭坚）
绿竹高松无俗尘（刘公是）

日消残醉闲吟里
梦入青藤古木间（朱　熹）

文学纵横乃如此（宋人句）
义理短长竟在谁（《北史》）

三过五钞左氏传（《南史》）
一日千里王佐才（《北史》）

吾山自信云舒卷（陆　游）
片心高与月徘徊（范仲淹）

缫成白雪三千丈（王安石）
扫净清风五百间（苏　轼）

闲看秋水心无事（皇甫冉）
静听天和兴自浓（刘禹锡）

是处登临有风月（陆　游）
略无踪迹到波澜（贾　牧）

胸中已无少年事
门外犹多长者车（黄庭坚）

树影悠悠花悄悄（曹　唐）
愁云漠漠树离离（窦　庠）

阳羡春茶瑶草碧（钱　起）
兰陵美酒郁金香（李　白）

四野绿云笼稼穑（杜荀鹤）
一庭红叶掩衡茅（雍　陶）

养气不动真豪杰（陆　游）
居心无物转光明（朱　熹）

松持节操溪登性（李　洞）
山展屏风花夹篱（李　白）

朱阁簟凉疏雨过（许　浑）
玉楼歌断碧山遥（张　祜）

松间明月长如此（宋之问）
身外浮云何足论（白居易）

闭户自精开卷有益（任彦升）
垂露在手清风入怀（柳宗元）

万卷藏书宜子弟（黄庭坚）
三田聚宝真生涯（苏　轼）

冰生于水而寒于水（《荀子》）
云出其山复雨其山（《毛诗疏》）

步履园林诗酒自适（《南史》）
运用吐纳风流转佳（《世说新语》）

门户英英有人继起（《南史》）
文学镞镞无能不新（《世说新语》）

激扬硕学诱接后进（《南史》）
甄明政术晓达公方（《唐书》）

鸟啭歌来花浓雪聚（庾　信）
云随竹动月共水流（陈后主）

春水两派晴山数曲（《大隐赋》）
朱轮十乘紫诰千篇（《幽居赋》）

平理若衡照辞若镜
动墨横锦摇笔散珠（《文心雕龙》）

弹豪珠零落纸锦粲（《北史》）
繁文绮合缛旨星稠（《宋书》）

器重南金才横东箭（《顺陵残碑》）
辨雕春囿德莹秋天（《唐书》）

德有润身礼不愆器（颜延年）
玉韫庭照兰生室香（庾　信）

如此风神惟须饮酒（《北史》）
既佳光景当得剧棋（《南史》）

行道有福能勤有继
居安思危在约思纯（《左传》）

乳兽含牙苍鹰垂翅（《北史》）
云鹈竦翼海鲽咏流（《宋书》）

经耳无遗触目成诵（《南史》）
虚衷纳是吐诚诲非（《世说新语》）

湑露飞甘舒云结庆（谢　庄）
贞筠抽箭润璧怀山（王　融）

经纬区宇弥纶彝宪（《文心雕龙》）
抑扬人杰雕绘士林（《契芯明碑》）

山水有灵亦惊知己（《水经注》）
性情所得未能忘言（庾　信）

抗心希古任其所沿
舍毫命素动必依真（姚　察）

谁能共裴使君并立
我欲与扬子云周旋（《北史》）

弯弓拓弦作霹雳响（《南史》）
扬桴拊鼓有金石声（《世说新语》）

缨绂有窗珩佩流响（《隋书》）
璆悬凝会琄珠伫声（《宋书》）

望杏开田瞻榆秉耒（《隋书》）
坐棠听讼攀桂摛词（《北史》）

泽雨无偏心田受润
慈云既拥智海亦深（梁简文帝）

魏伯起能举人日典（《北史》）
徐君蒨尤长丁部书（《南史》）

杖策寻山负帙沼水（《北史》）
披林听鸟临水观鱼（《南史》）

小窗多明使我久坐
入门有喜与君笑言（《易林》）

芝洞秋房檀林春乳
桂深冬燠松疏夏寒（庚　信）

修风晓逸德星夕映（谢　庄）
祥禽辈作瑞木朋生（鲍　照）

脂粉简编冠缨图史（李商隐）
糠粃礼义锱铢功名（王　绩）

薜引山菌荷抽水盖（王　勃）
琴号珠柱书名玉杯（庚　信）

壮思风飞逸情云上（谢　朓）
朗姿玉畅惠风兰披（孙　康）

亦速亦工才兼枚马（《南史》）
既精既博学综崔刘（《北史》）

缀响兰深缉言琼秘（谢　庄）
沉思泉涌华藻云浮（卞　兰）

音律书酒少壮三好
儒玄文史太始四科（《南史》）

以下集《诗品》

碧山人来幽鸟相逐
金尊酒满奇花初胎

流莺比邻如有佳雨
晴雪满竹泠然希音

神化攸同控物自富
性情所至着手成春

碧苔芳晖如有佳语
绿杉野屋良弹美襟

录机其微是有真宰
远引莫至忽逢幽人

水流花开晴雪满竹
柳阴路曲过雨采蘋

红杏在林疏雨相遇
碧桃满树清露未晞

落花无言幽鸟相逐
可人如玉清风与归

帨帽看书生气远出
杖藜行歌录造自然

画桥碧阴观化匪禁
绿杉野屋幽行为迟

明月要时金尊酒满
风日水滨碧山人来

蓄素守中所思不远
返虚入浑其声愈希

娟娟群松上有飞瀑
萧萧落叶人闻清钟

如气之秋窈窕深谷
犹春于绿荏苒在衣

夜渚月明所思不远
柳阴路曲妙造自然

以下集《昭明文选》

布藻垂文雅好博古
禀道毓德允迪中和

蹈德咏仁神无不畅
正身履道卑以自居

桂树冬荣华藻繁缛
兰膏明烛齿气延长

超然远览渊然深识
泊乎无为澹乎自持

雕堂绮栊圭璋特秀
金彩玉璞孔翠群翔

华草锦繁金楹齐列
飞采星烛瑶台降芬

乘云颉颃随波澹淡
环林萦映光藻昭明

飞文染翰气若幽兰
冠伦魁能蔚彼高藻

华幔长舒瞻星北婺
兰肴兼御望月方娥

焕若列宿炳若缛绣
蒸以灵芝润以醴泉

庆云应辉浮彩艳发
甘露嘉醴灵草冬荣

宣德以诗导气以乐
包乾之奥括坤之区

惠风如熏甘露如醴
和氏之璧夜光之珠

散耀垂文理瞻其奥
希高慕古翰动若飞

询道求中志在守璞
资忠履信思若养神

开荣洒泽味道之腴
摛藻为春立言必雅

是滋是培其本乃立
不刚不柔厥德允修

养素全贞粲心渊塞
含忠履洁与道翱翔

朗咏长川遒文两藻
受精皎月流影扬辉

受爵传觞允怀多福
颐性养寿屡获嘉祥

懿乎其纯确乎其操
泳之弥广挹之弥冲

立行可模置言成范
朗心独见逸志不群

隋珠夜光符采照烂
璇渊碧树绮组缤纷

玉润碧鲜蔚彼高藻
兰林蕙草集其清英

灵精烛银昭光振耀
珊瑚碧树含芬吐芳

温恭为基孝友为德
礼乐是悦诗书是敦

云精烛银玩尔清藻
风篁成韵错以瑶英

通用集字

以下集石鼓

博师大陆
策马平原

多贤乃乐
惟古是师

华事驱我
渔子识君

里古树栗
雨余射花

道子工写
康乐好游

花好六出
辞高一鸣

康乐深秀
渊明朴真

柳高出户
华大若盘

求彼同好 乐吾多贤	树华晓秀 田禽朝鸣	我惟求是 人多好贤	棫朴可树 射竦是安
时禽亚若 古树橰棕	四时可乐 众庶如归	小吏好古 大朴乐天	员树出天 方舟载花
识真君子 敬求如来	惟求其是 自异于人	阴阳可櫜 天日同游	众花忧雨 一禽乐天

以下集《泰山经石峪金刚经》

不处下流 自然上达	从小知大 受重著轻	金经度世 白眼观人	老树若卧 微波如罗
不解事汉 真读书人	但用我法 何畏人言	金轮持世 宝典应时	

以下集《毛公鼎铭》

德唯取友 善在尊师	龚黄善政 许史大家	命非人造 事在自为	人猿共族 内外一家
登高作赋 对廷扬休	君卿小艺 子建宏词	命为天赋 文是国光	三公太保 四史弘文
服膺朱子 师事毛公	君子不器 吉人寡辞	能立效鼎 善动若车	上智不惑 大德唯庸

王弘惠酒　小子有造　有虎在市　朱文三鼎
扬子参玄　大邦唯宁　乘马于田　玄酒一尊

无人无我　玄鸟下集　爰绍明德　作邦作对
有猷有为　朱雁高扬　用敷弘猷　在天在田

无妄乃敬　亦临亦保
不一曷专　乃武乃文

以下集《兰亭序》

畅怀年大有　风竹引天乐　惠日朗虚室　室有山林乐
极目世同春　林亭集古春　清风怀古人　人同天地春

以下集《圣教序》

波绿生春早　鹿门多大隐　有雨云生石　云霞生异彩
云归注雨迟　花洞有长春　无风叶满山　山水有清音

以下集石鼓

白水同其静　大猎古吴水　归田写吾乐　君子乐其利
黄花为我幽　用写君子花　省事惟公贤　时人囿所安

辞章写渊静　高天蜀道出　华事同所好　康乐陈时道
涉猎求异同　古柳吴宫余　水天一以清　清平具古欢

大古若昏晓　公徒人如虎　黄华有同好　乱流山下去
高贤多子孙　我庶众惟鱼　小雨来清游　长日莫时明

禽鸣原道旨
花好即天工

树为驱雉罟
水有射鱼弓

望彼夕阳处
涉来嘉树阴

小舟渔大鲤
微矢射高禽

去日极可会
远山如相亲

天开四野远
日莫群山高

我自识鱼乐
君方求马肝

一寺出深树
零花散小殴

深渊出游鲤
古树鸣归禽

天章在华省
庶事归有司

夕阳出深莽
游猎及平原

阴阳吾所具
道艺乐其天

深渊小鱼乐
微雨黄华滋

万石因山立
群流在野分

以下集《泰山经石峪金刚经》

百岁为上寿
一言乃千金

触处皆至道
及时得修名

但种千章树
不取一句金

法空宁有得
道在复何言

宝子出南国
金女在西方

此地一为别
上言长相思

道大世相触
行修名乃来

孤心坐树下
生意喻园中

宝子入北法
金刚本西来

大戒法无二
中行道不偏

德行尊有若
著作等相如

故国如何处
名园此一时

不养生而寿
处尘世亦仙

大寿不知岁
至人常无思

定国多后福
当时得众心

故人心尚尔
此别意如何

处心在能受
含意独不言

但知此心乐
宁无故国思

独坐心常净
得句尊不空

果宝三千岁
兰香十二时

果以修持得
兰多次第香

山深围作国
树老化为人

老树立如塔
清流绕作城

读书必提要
处世要通经

见闻百二国
道德五千言

身入众香国
人来独乐园

多言即少味
无欲斯有为

读书能见道
人世不求名

名世应五百
闻道来三千

声名从此大
道义为之根

坐观西山色
卧读南华经

欲无尔我见
须有老庄书

名园常足意
宝树时生香

书得花上味
人闻花下香

树上长生果
地里及第花

深思供佛句
微暗读书灯

那知此中味
还念后来人

为善无不报
无欲而后刚

是非听人世
礼乐付经生

清时最有味
白日长无为

偏从独处坐
乃见故人来

功名子孙事
天地圣贤心

畏闻人世事
高卧故山中

照暗孤灯小
乘流一筏轻

人寿百岁上
世德一经中

未成灯下句
来数园中花

种成皆宝树
道合即金兰

福寿男则百
德功言为三

日长金尊小
身老布衣高

有时而独往
无日不狂歌

荷高能得露
兰小已生香

闻知五百岁
章句十三经

三界宁无住
孤心亦何为

有花皆解语
无树不生香

高以下为体
轻乃重之根

香兰得南种
老树多西园

园中香百合 著作罗掌故
舍北树千章 声色空心经

以下集《曹全碑》

泉石从所好 风云开列纬 勋名重鼎爵 和风君子德
文章如有神 金石勒高文 风雨赋离骚 时雨圣人怀

为文宗司马 风人宗甫白 有酒且共乐 泉疏云际月
性理学程朱 理学继程朱 无钱安足忧 风动雨中山

清风开北户 清风官舍酒 云白风清际 幽怀在泉石
残叶出南山 明月故人心 廉泉让水间 好景足风云

云水在幽谷 茅亭先上月 仁孝本诸性 冰意水云际
风泉动清听 水阁易生凉 礼仪根于心 高怀山谷间

大文祖司马
直节慕史鱼

以下集《泰山铭》

九五福居首 其玉浑浑尔 惟孝蒸蒸义 臣家今高国
七十载从心 乃心休休焉 其仁浩浩天 帝德古成康

其称名者小 为道则日损 在山为宰相 道因时以立
能顺天者昌 有大而能谦 于义乃祖师 理自灭而开

以下集《秦绎山碑》

书久绎乃显　金经略成诵　乱流自起灭　昧乃明之极
理日战而长　白日长无为　远山时有无　昔者今所因

相亲维白石
所诵此金经

以下集石鼓

臣以壹经为乐　古树高出户右　流水亟鲨鱼立　清游乃逢康乐
史称万石之家　好花喜放日中　余阳微独马归　嘉好或同子猷

高人自多乐趣　好雨来则花秀　略具四时所乐　申公独求四始
君子时有深忧　旭日出有禽鸣　不争一日之长　游子不载一辞

古方用阳里子　君马黄我马白　平戎安用弓矢　寓公所董唯古
大道求白兔公　麋子鹿豕子豣　载道有若舟车　君子不流自高

以下集《泰山经石峪金刚经》

多言人莫轻信　来从华严法界　那能都如人意　有恒可以入圣
得意事不妄为　去观天下名山　要不大异我心　无欲然后得刚

尔为尔我为我　名世应五百岁　入乐国住乐土　只从实处着想
是则是非则非　善本得十三行　见异人读异书　莫谓我不如人

以下集《秦绎山碑》

臣以壹经自乐　除诵经无所作　极四时之所乐　乐山泽而之野
史称万石之家　思去日有如斯　袭六经而成书　明经义以著书

略具四时所乐　盛世不言远略　维以经史为乐　壹威仪以成德
不争一日之长　臣家自昔明经　时有山泽之思　绎经史而立言

以下集《泰山铭》

居何在仁是也　居在仁由在义　乐其乐利其利　仁者安知者利
信在诚君子哉　今与处古与稽　道非道名非名　视其以观其由

以下集《秦绎山碑》

白乐天因天而乐　古今之理尽此矣　久从山泽言辞直
王无功成功如无　山野所乐如斯夫　除去经书家具无

此日一去不可得　古书明昧久乃显　乐其所乐莫之禁
及时行乐其无辞　远山高下初如无　利不言利无能争

道理分明方及远　极尽四时之所乐　理义明时有建白
功夫长久可为山　自成一家以立言　功夫定后无思维

道在无言天自显　家无所有黔长乐　六经尽为道而作
年高有德世成亲　世尽能思白不群　群书以久绎乃明

登高因诵白也作　家有义方称长者　略诵古今成野史
立石自刻献之书　道维强立在初年　具言金石著山经

动之作之咸有道　尽日相亲维有石　清于极盛登咸世
高也明也今夫天　长年可乐莫如书　诵此无为道德经

日暮万山如无有
天高四野极分明

四时不害年可乐
数世之利书可长

无言者天此理显
有道之世其日长

戎功久著今天下
高义咸称古相臣

天年自乐今山长
帝德能书昔史臣

昔之所经极可念
今如不乐请复思

山泽高下理所著
金石刻作臣能为

为东极之五六日
著书可以十万言

以经史为无尽义
不山泽而有远思

时绎古时明古义
请从山野著山经

惟孝于亲有石建
不言所利无王戎

有无不争家之乐
上下相亲国乃康

始于在家能及远
困之为道如登高

维于经义有献可
不从时世复争长

泽以长流乃称远
山因直上而成高

书家于今称长史
作者自昔数相如

无古无今道惟一
有可有不理自明

自古以有年为乐
方今如初日之常

以下集《兰亭序》

大文世间有述作
至乐在人无古今

风人所咏托于古
静者之怀和若春

尽日山游得风趣
一生浪迹契天随

得趣在形骸以外
娱怀于天地之初

极清闲地是兰若
观自在春于竹林

流水情文曲有致
至人怀抱和无同

得山水乐寄怀抱
于古今文观异同

将合万类为一己
每以内观当外游

情文俯仰怀迁固
述作风流契老彭

人品若山极崇峻
情怀与水同清幽

随所遇时将静悟
老于文者不陈言

知足一生得自在
静观万类无人为

世情岂尽能相合
贤者所为固自殊

文生于情有春气
兴之所至无古人

追随永日情殊畅
坐领春风气不群

室因抱水随其曲
竹为观山不放长

虚竹幽兰生静气
和风朗月喻天怀

作文每期于古合
寄怀时或与天游

丝竹放怀春未暮
清和为气日初长

遇事虚怀观一是
与人和气察群言

以下集《圣教序》

八体六书生奥妙
五山十水见精神

九万里风斯在下
八千年木自为春

天机清旷长生海
心地光明不夜灯

灯火夜深书有味
墨花晨湛字生光

清华词作云霞彩
典重文成金石声

万里波涛归海国
一山花木作香城

法雨慈云窥色相
清池明月露禅心

胜地花开香雪海
妙林经说大罗天

谢傅心情托山水
子瞻风骨是神仙

黄昏花影二分月
细雨春林一半烟

书成花露朝分洁
悟对松风月共幽

珠林墨妙三唐字
金匮文高二汉风

机云才学有天趣
王谢风流本性成

松涛在耳声弥静
山色照人清不还

座揽清辉万川月
胸涵和气四时春

以下集《醴泉铭》

德取延和谦则吉
功资养性寿而安

为学深知书有味
观心澄觉宝生光

一室图书自清洁
百家文史足风流

功深书味常流露
学盛谦先更吉祥

岩前炼石云为质
槛外流泉月有声

月沼观心清若镜
云房养气润于珠

以下集《毛公鼎铭》

避人永作无怀氏
御世今惟不动尊

家乘一缄光鄂不
怀人永夕赋文无

四大已无乌有我
一尊永对不干卿

不臣不友自辟俗
曰高曰明其配天

金尊对酒永今夕
玉玦作光若有人

四方不静家难计
一艺能专国有光

不作马卿乌有赋
敢为扬子大玄经

入德服膺朱子集
参玄静对黄庭经

为文乃若静女静
入世其效方人方

出网小鱼兹有命
横天一雁已无家

入世对人誓唯唯
仰天使酒呼乌乌

畏人讵作颠车马
出世宁为人网鱼

大人为文乃若虎
君子有酒能无鱼

使事能膺唯奉世
文人无命有方干

我曰玉田词亦史
君为孙楚酒能颠

高文乃于史一显
大德有若天四包

事有是非明以智
位无大小在于勤

毋曰高高雁辟世
唯能下下鱼入玄

一静方能入大乘
小明不配参玄经

用汝作尊我有酒
以天为网人其鱼

有若汲井人乃出
其唯登天高以难

以鱼作玦取其静
使虎御车无不颠

有虎有虎毋入市
其鱼其鱼难为邦

以下集《泰山经石峪金刚经》

不解俗言千种事
皆因身在万山中

功已告成还处女
身能长寿又多男

老树分行如立界
深山围住即成城

不解养生偏得寿
颇思离世乃成名

合眼已见诸仙佛
入园即如小河山

千金白日虚言值
一老空山坐读书

从来大白何能辱
果是真金定有刚

及时上寿一大白
随时著华千碎金

清波亦可辱以足
小树也能高及肩

但求之我有定在
不得于心无妄言

解经切莫金根诳
弄性还须白堕来

人世亦能随俗住
我行最喜入山深

道大随人各有得
心平处事一无求

戒言于先言必信
明德之后德不孤

少白读书和上第
老来高卧称达尊

度众生应无虚日
凡百事可以告天

经在汉初无解释
字从斯后有真行

时歌白也微之句
一读庄子老子书

凡眼何能别兰种
仙心方得爱荷香

老树成行不见日
清流小触即成波

世上声名天付取
山中事来我平章

书有未观皆可读
事经已过不须提

昔往今来有如此
天清地旷无已时

欲解昔贤何所乐
但观今我此时心

万事随缘皆有味
一生知我不多人

心至虚时能受益
目当暗处能生明

长句未成三益至
清尊欲尽五经来

集《汉鲁峻碑》

大雅不群自宏远
盛时所乐是清平

为报春风能一石
当延明月作三人

纵览书家师内史
盛传琴德比中郎

门外有人时载月
园中无事自弹琴

自有图书生计足
长留风月举家清

春花秋月自娱乐
三山五岳常游行

不居官职征高节
惟乐图书表雅怀

自构小园称独乐
时当令节作清游

除琴书乃无长物
有花石而佐清游

不通干谒门常闭
惟守琴书案自清

自昔儒者长静穆
一时诗史广流传

高人不在百官表
远游当始三神山

王体惟为拜石绌
三公安若灌园高

休道春花无足览
能如秋月自然清

能令一家长静穆
不惟日月是清和

长物不留惟载石
清官有节是高门

何人不谒图书府
所在当称通德行

惟有孤石作雅拜
自载明月当清游

无大无小归于静
有为有守视其人

纵怀花事当春去
畅足清游载月归

雅事常留在诗史
清门所拜上花神

游人纵道五陵乐
高士自守孤山高

碑传良史廉平德
敬作中和乐职诗

儒者家风当静穆
学人体气自和平

廉静自守则长足
道德自乐乃无忧

儒者不为通一孔
史家所有是三长

集《泰山铭》

大山小山若伯仲
新植旧植称祖孙

厚地高天乐其乐
凉风明月仙乎仙

山中人惟知自乐
天下事不在多言

大文自刻会昌集
小序如见永和人

江上自来山万迭
尊前惟有月三人

事在始终中毕举
儒由天地人咸通

多福集于大度者
成功率在小心人

金石刻铭用皇象
文章典雅有相如

顺道尚烦风一至
归山惟与月同行

多言自守金人戒
稽典时开玉海编

立旗而观风顺不
举网有得月随之

顺时自有金风至
构室惟求明月金

海上日月随处见
山中积雨绝人来

立石自成小五岳
陈图而观大九州

文士成章时涉戏
山人行礼不为奇

汉史公书大著作
唐山人集小词章

前古后今有如是
天高地厚无已时

小举金尊对明月
高张石刻闻古香

合道德文章而化
如金玉锡石之储

如是我闻尽风月
多与人同惟艺文

以石为山焉用大
不风而雨也能凉

亦有小山起平地
将随明月至山川

众山自是群玉积
明月岂非七宝成

自有仙人非尽诞
由来名士亦通禅

以下集《曹全碑》

白日清泉常共隐
美人名士有童心

令子贤孙同继起
美人名士共长生

儒者承家先孝弟
学人报国在文章

白石清泉从所好
和风时雨与人同

门墙咸拜文中子
官爵仍迁乡大夫

生遭圣主贤臣世
家在廉泉让水间

不贪金章仍拜石
少疏文字复临流

名士风流咸所慕
儒生门户本常清

为爱凉风开北户
因芟残叶出南山

大圣忧乐同斯世
长史廉平报圣时

且幸风雨和圣世
常存桃李在臣门

野史所收或遗世
国风既远有骚人

分居且复修农政
兴至时还角酒宾

泉流分布从无绝
枝叶扶疏不拟芟

有钱无钱都不计
在山出山其奚殊

和乃不流有定节
敏而好学无常师

泉遭急雨因潜出
风遇余云复勒归

遇石不拜为之揖
以酒拟圣甚于贤

开泉分水山人事
剪叶芟枝童子功

日与君平学周易
不同扬子返离骚

字学近参王大令
清名本拟蜀君平

吏隐既分无造访
姓名尚在为文章

以下集石鼓

弓矢横持射人射马
归来独乐有车有鱼

栗里黄华古趣可涉
柳阴白日清游自逢

小猎平原乐吾时日
多涉古事求彼异同

乐吾硕人古道可处
泛彼流水深华自逢

深渊求鱼大罟所载
平原射虎硕弓自鸣

小雨出游吾车既好
鸣禽来止流水自深

以下集《泰山铭》

臣于三德之行咸备
书非先秦前汉不观

厥修乃来惟日不继
与人同乐其益无方

视山人居若神仙宅
开文章府亦大将坛

德者本也利者末也
礼以行之信在成之

礼乐有成乃称明备
功名不处自极崇高

顺时而行归于安宅
修德有报福在后人

风至山中无不和畅
月生海上自极高明

请观玉衡以齐其政
仍刻石鼓而纪兹文

天锡六符地贡万宝
易张十翼书陈七观

古有文章与我为戏
天将风月助有之欢

儒者有文斯称风雅
山人无事是谓神仙

图难于易为大于小
视有若无居实若虚

观五岳而知众山小
凡百川咸于大海归

山居乐事三马有庆
文章大观万象咸新

文以先秦两汉为则
居有三山五岳之图

今日云云莫大风云
我心在在表小山川

圣于伯子亦美其简
人如获也始谓之和

无岁不孰万宝之府
得月而明群玉其山

正修齐平是谓知本
诚著明动乃能化邦

著则能明明则能动
正而后修修而后齐

以下集《曹全碑》

不出门庭全收野景
相从里巷大有高人

君子修德无不获报
儒者明理奚为费辞

同人与门以辅其德
君子有谷乃兴尔家

臣门桃李遗有清景
名山金石勒其雄文

理学程朱辞章之门
德性曾闵家世金张

文德武功副是爵禄
殊方绝域惮其威名

方州郡家扬子之易
政事文学孔门所学

民和年丰感拜神赐
家给人足同乐时清

义在斯为奚让贲育
理足而止不因程朱

即济乃定是有易理
大极不动斯为神功

石不合拜止相揖尔
臣盖于酒时复中之

诸子百家不分门户
名山大河各效文章

君子处世有忍乃济
儒者属辞既和且平

所居临流亲近泉石
有人载酒商定文章

以下集《兰亭序》

崇兰一山短竹列坐
清流引带和风激弦

春至无形因时生迹
天长不老以古为年

集君人文咸古作者
有一间室与竹同之

春风感人有形无迹
后贤怀古异世同情

风日无言一觞自足
山水所会万竹犹虚

每年一集自为目录
终日万觞以娱情怀

气之所感不因情至
时有可为亦由人兴

天清地和若在古宇
情至气盛是为今文

相遇无言流水今日
不期而至清风故人

山春初和可以放带
兰气极静为之不觞

万年老竹化为与可
大地流水尽是天随

虚斯能崇静斯能永
清不至激和不至流

以下集《玄秘塔碑》

毕生所长岂在集古
闲情自托亦不犹人

今古毕陈趣生一室
人天兴感文可万言

清气若兰虚怀当竹
乐情在水静气同山

春水初生系怀左右
清风惠及盛领情文

林气映天竹阴在地
日长似岁水静于人

以下集《醴泉铭》

凤质龙文光华相映
景风淑气仁寿同登

良玉润珠精神流照
吉金乐石左右交辉

琼质金相当时之宝
颂经风纬冠世而华

甘露卿云于斯为瑞
珠辉玉照盖代之华

气淑年和君生咸集
冰凝镜澈百姓为心

以下集《秦绎山碑》

登高而思此乐万古
立言不袭自成一家

家世之盛长为称首
著作所定无不成书

乱流四下疾于夫不
古石群立作其之而

帝称其功世乐其利
及后者德定远者威

经史之泽可以及后
道德既高因而显亲

强者明者乃能斯道
尽矣极矣而复其切

山高流长请从所乐
道成德立自显于时

书无经史咸极其义
山有土石分为之辞

远在泰古乃有此乐
尽刻斯世所无之书

书斋集联

草书何太古
诗兴不无神
（杜　甫）

好诗来枕上
爽气满人间
（许有孚）

礼加徐孺子
诗接谢宣城
（杜　甫）

染翰过草圣
赋诗轻子虚
（王　维）

窗出茶烟白
炉分葑火红
（黄　庚）

焕烂金泥字
牵联玉简篇
（柳　贯）

帘卷侵壮日
屏遮入座风
（白居易）

深沉似康乐
简远到安丰
（苏　轼）

弹琴醒暮酒
卷幔引诸峰
（岑　参）

检书烧烛短
看剑引杯长
（杜　甫）

论事依三策
藏书至五车
（杨　载）

诗书敦风好
道义蓄衷怀
（钱可复）

敦诗扬大雅
映古酌高音
（杨巨源）

交友论三益
看书过五车
（华西碧）

能诗李长吉
识字杨子云
（苏　轼）

诗思竹间得
道心松下生
（钱　起）

高歌振林木
挥翰凌云烟
（李　白）

结想属霄汉
委怀在琴书
（沈佺期）

清光依日月
逸思绕风烟
（杨　载）

诗写梅花月
茶煎谷雨春
（黄　庚）

高谈满四座
一日倾千觞
（李　白）

经向琅函读
诗从古鼎题
（迺　贤）

清琴弄明月
美酒娱冬春
（李　白）

石栏斜点笔
桐叶坐题诗
（杜　甫）

观心同水月
解领得明珠
（李　白）

开轩聊种竹
闭户兼著书
（华鸿山）

清谈忘日夜
高论到唐虞
（赵孟頫）

试墨书新竹
张琴和古松
（白居易）

树蔼悬书阁
烟含作赋台
（张　说）

谈天信浩荡
说剑纷纵横
（李　白）

饮酒对春草
弹棋闻夜钟
（岑　参）

月明委静照
心清得奇闻
（苏　轼）

爽气金天豁
清谈玉露繁
（杜　甫）

吐言贵珠玉
落笔回风霜
（李　白）

有地惟栽竹
无池亦养鹅
（张　籍）

照竹灯如雪
看松月到衣
（温庭筠）

素心爱美酒
胜概凌方壶
（李　白）

洗砚鱼吞墨
烹茶鹤避烟
（魏　野）

遇酒多先醉
逢山爱晚归
（白居易）

枕簟入林僻
茶瓜留客迟
（杜　甫）

自有琴书乐
而无车马喧
（宋之问）

白石静敲蒸术火
清泉闲洗种花泥
（皮日休）

笔健乍临新获帖
手生重理旧传琴
（陆　游）

坐深松月夜
吟苦竹桥秋
（桂　华）

白云明月皆由我
碧水清山忽赠君
（徐　寅）

笔下修锋千首富
谈间和气两眉浮
（范成大）

坐月观宝书
拂霜弄瑶轸
（李　白）

般礴真诸画史意
风流宁让谪仙才
（华鸿山）

闭门敢遂称高士
得酒还能作主人
（文徵明）

矮纸凝霜供小草
浅瓯吹雪试新茶
（文徵明）

半雨黄花秋尝健
一江明月夜归迟
（范仲淹）

闭门著书白日静
采兰漱雪清风生
（华幼武）

岸帻静言明月夜
匡床闲卧落花朝
（白居易）

宝篆焚香留睡鸭
彩笺行墨写来禽
（陈　基）

碧玉碗盛红玛瑙
井花水养石菖蒲
（苏　轼）

白公睡阁幽如画
张祐诗牌妙入神
（林　逋）

杯中山影分秋色
木末江光借夕辉
（范成大）

碧云飞处诗偏丽
白月圆时性本真
（权载之）

便拟挈瓶来煮茗
少留欹枕听黄鹂
（范成大）

别画长怀吴寺壁
宜茶偏尝雪溪泉
（司空图）

并抛杯勺方为懒
少事篇章恐碍闲
（祝允明）

才多事少厌闲寂
只字片纸皆藏收
（苏 轼）

采下菊宜为枕睡
碾来芎可入茶尝
（刘克庄）

曾省惊眠闻雨过
不知迷路为花开
（李商隐）

茶鼎松涛翻细浪
桃溪花雨涌香泉
（叶 颙）

茶脚碧云凝午碗
酒声红雨滴春槽
（宋 无）

茶香石鼎烧红叶
酒渴冰盘破紫菱
（萨都剌）

茶烟满室写墨竹
花雨一帘观白鹇
（詹 同）

茶映盏毫新乳上
琴横荐石细泉鸣
（刘禹锡）

尝茶看画亦不恶
吟诗写字有底忙
（苏 轼）

陈子榻前堪对酒
田郎座上好弹歌
（林 章）

成丹始见金无滓
冲斗方知剑有神
（韦 庄）

乘兴不辞千里远
放怀还喜一樽同
（苏 轼）

池竹闭门教鹤守
琴书开箧任僧传
（韦 庄）

窗浮爽气清山近
书染凉阴绿树圆
（陶宗仪）

窗含远色通书幌
鱼拥香钩近石矶
（李长吉）

床头小瓮开新酿
屋底明窗读故书
（叶 颙）

垂帘幽阁团云影
贮火茶炉作雨声
（倪 瓒）

春天吟思行花径
夜月琴声坐竹楼
（吴惟信）

春瓮酒香梅未落
午窗梦起鸟相呼
（郭 钰）

词源倒倾三峡水
笔阵横扫千人军
（杜 甫）

此间有句无人识
醉后狂歌不自知
（苏 轼）

戴溪寒酿千峰色
严濑声酣七里秋
（陆 游）

丹鼎晓温松叶酒
茶瓯春点菊苗葅
（郑元祐）

但得好诗生眼底
想闻横玉叫苍烟
（范成大）

但挂酒壶那计盏
偶题诗句不须编
（苏　轼）

但遣异书供砚北
不妨野语听齐东
（董　说）

但知美意留佳客
时作新诗寄白云
（苏　轼）

弹琴对酒不知暮
岸帻题诗身自闲
（卢允言）

弹琴击石市声远
援笔赋诗秋兴长
（华幼武）

弹弦奏节梅花入
对局探钩柏酒传
（杜必简）

当吟卷里新酬句
自话湖中旧住山
（张　籍）

得句会应缘竹鹤
思归宁复为莼鲈
（苏　轼）

电光射牛书过日
虹气干斗酒淋衣
（范成大）

雕镌冰玉诗尤健
挥扫龙蛇字愈奇
（耶律楚材）

定向秋山得佳句
尽驱春色入毫端
（苏　轼）

定应画妙王摩诘
故著诗清孟浩然
（蒲道源）

独携天上小圆月
自拨床头一瓮云
（苏　轼）

蠹鱼自晒闲箱箧
科斗长收古鼎钟
（苏　轼）

对酒烛分花底夜
卷帘香散竹间风
（华幼武）

耳根得所琴初畅
心地忘机酒半酣
（白居易）

方床睡起茶烟细
矮纸诗成小草斜
（文徵明）

焚香细读斜川集
候火新烹顾渚茶
（陆　游）

风暖松亭春载酒
月明花墅夜围棋
（施　钧）

风盛庾园携酒客
草深颜巷读书人
（许　浑）

风飏茶烟浮竹榻
水流花瓣落青池
（僧石屋）

风味浮烟金错落
鹅群随水白毰毸
（虞　集）

高钉檀根浇杏酪
旋融雪汁煮松风
（范成大）

高闲几越图书畔
冷澹门庭树石中
（林　逋）

高韵最宜题雪赞
逸才偏称和云谣
（皮日休）

高枕拂云眠薤谷
直钩和月钓林塘
（张养浩）

隔竹见笼疑有鹤
卷帘看画更无人
（温庭筠）

葛巾羽扇红尘静
投壶雅歌清宴开
（苏　轼）

古琴百衲弹清散
名帖双钩拓硬黄
（陆　游）

和风细动帘帷暖
清露微吟枕簟凉
（白居易）

葛巾羽扇吾身健
雪碗冰瓯子句清
（范成大）

古纸硬黄临晋帖
矮笺匀碧录唐诗
（陆　游）

横陈锦障阑干外
尽吸红云酒盏中
（陆　游）

更有何人能饮酌
新添几卷好篇章
（白居易）

故旧钓丝轻在手
仙人棋局静忘机
（虞　集）

红焙浅瓯新活火
绿阴青子净无尘
（苏　轼）

功证诗篇离景象
乐成官位属神仙
（王　建）

故情欢喜开书后
旧事思量在眼前
（白居易）

红叶满阶秋著句
松肪一碗夜观书
（陆　游）

共闲作伴无如鹤
与老相宜只有琴
（白居易）

怪石醉中拈笔画
险棋静里按图争
（宋　无）

壶冰自洁中无玷
镜水非求下见鳞
（李　绅）

共有锦囊题白雪
未须金管劝流霞
（严一鹏）

桂凝秋露添灵液
茗折香芽泛玉英
（李　绅）

壶倾浊酒终难醉
匣锁青萍久不开
（李　中）

钩帘扫径望溪棹
呵笔赋诗呼砚炉
（华幼武）

寒归山观随棋局
暖入汀洲逐钓纶
（李商隐）

壶中春色松肪酒
江上秋风槲叶衣
（陆　游）

沽酒独教陶令醉
题诗谁似皎公清
（苏　轼）

好趁江山寻胜境
莫辞韦杜别幽居
（贾　岛）

花木手栽偏有兴
歌词自作别生情
（刘禹锡）

古今风月归诗客
多少莼鲈属酒家
（杨次公）

好山当户积翡翠
春水绕门泛葡萄
（华幼武）

花前白酒倾云液
户外青骢向月题
（苏　轼）

花深稚榻迎何客
月在膺舟醉几人
（许　浑）

花下百杯齐物我
云边一眼尽江湖
（范成大）

花影一阑吟夜月
松声半榻卧秋风
（殷尧藩）

宦情冷落诗中见
谈态轩昂酒后高
（林　逋）

唤回古意琴开匣
陶出真情酒满樽
（李　中）

黄醅绿醑迎冬熟
绛帐红炉逐夜开
（白居易）

活砚眼凹宜墨色
长毫瓯小聚茶香
（刘禹锡）

即事想多梅蕊句
觉来快读新晴篇
（范成大）

几净双钩摹古帖
瓮香小啜试新醅
（刘禹锡）

几时酒盏曾抛却
何处花枝不把看
（白居易）

寄怀楚水吴山外
得意唐诗晋帖间
（陆　游）

佳友在门忘燕寝
松花泛研摹真行
（黄庭坚）

架上书从人借读
墙边竹是俸移栽
（刘克庄）

剪截五言兼用钺
陶钧六义别开炉
（白居易）

剪苔盘石移棋局
添火香篝续水沉
（郭　钰）

江上飞云来北固
槛前修竹忆南屏
（苏　轼）

江上欲寻渔父醉
日边时得古人诗
（韦　庄）

讲易工夫寻已圣
说诗门户别来情
（王　建）

讲易自传新注义
看山多上最高楼
（张　籍）

交情郑重金相似
诗韵清锵玉不如
（白居易）

解愠风来如故旧
催诗雨作要将迎
（范成大）

金波泛舣斟欢伯
雪浪浮花点酪奴
（耶律楚材）

金醴浸花留客醉
玉笙吹月使龙听
（张　翥）

锦囊诗草勤收拾
小阁纸窗卧晏温
（苏　轼）

锦囊牙轴诗千卷
金橘银鱼酒一巡
（林月渔）

尽疏珍禽添尔雅
更书香草续离骚
（陆　游）

尽有江湖添话柄
何如诗酒写平生
（沈　周）

经营初似云烟合
挥洒忽如风雨来
（晁补之）

句从月胁天心得
笔与冰瓯云碗清
（范成大）

客至多逢僧在坐
钓归惟许鹤随船
（刘克庄）

经雨绿苔侵古画
过秋红叶照新诗
（杜　牧）

卷舒由我真齐物
忧喜忘心即养神
（徐鼎臣）

赖有高楼能聚远
不知春瓮自生香
（苏　轼）

井间扫石安棋局
岩下分泉递酒香
（许　浑）

看花烂醉刘伶酒
传烛争哦杜甫诗
（华幼武）

兰风桂露丽幽翠
吴丝蜀桐张高秋
（李　贺）

九十春光朝暮雨
两三间屋古今书
（许有壬）

看云暮影斋巾角
滴露春声落枕凹
（王　逢）

老僧遣信分茶串
隐士敲门致酒瓻
（陆　游）

酒当半醉半醒处
春在轻寒轻暖中
（黄　庚）

可比维摩方丈地
不妨扬子一床书
（袁宏道）

乐可理心应不谬
酒能陶性信无疑
（白居易）

酒压新陈常得醉
花开番次不知秋
（苏舜卿）

可烹玉尘试春色
自汲寒泉洗醉红
（黄庭坚）

梨花月枕诗通梦
杨柳风杯酒起澜
（沈　周）

旧书不厌百回读
樽酒今因一笑开
（苏　轼）

客来烹茗供新水
兴到衔杯续旧题
（张　鼒）

藜杖闲来侵径竹
角巾端坐满楼书
（皮日休）

旧闻双井团茶美
近爱麻姑乳酒香
（柳　贯）

客散茶甘留舌本
睡余书味在胸中
（陆　游）

柳阴分绿笼琴几
花片飞红点砚池
（黄　庚）

举杯每属江头月
赠客时缄谷口云
（陆　游）

客因问字来携酒
僧趁分题就赋诗
（刘禹锡）

陇云寄我山中信
雪月追君溪上舟
（苏　轼）

垆中有酒文园会
琴上无弦靖节家
（陆龟蒙）

落手诗惊碧云句
隔囊茶透紫茸香
（沈　周）

美酒留连三夜月
新诗说尽万物情
（苏　轼）

炉爇松肪如蜡爨
鼎煎茶浪起滩声
（陆　游）

绿醅新熟尝初醉
黄纸除书到不如
（白居易）

门前车马红尘远
座上琴书白日长
（管时敏）

炉篆宝香熏笃褥
砚泓春水滴蟾蜍
（顾　瑛）

买宅当寻徐处士
餐霞终访许真君
（徐鼎臣）

门无客至惟风月
案有书存但老庄
（刘禹锡）

炉篆无风香雾直
诗情得句春云生
（范成大）

满窗柿叶题都遍
短帽梅花画不如
（虞　集）

名酒过于求赵璧
异书浑似借荆州
（刘禹锡）

露堕桂花棋局湿
风吹荷叶酒瓶香
（许　浑）

茅屋云深书榻静
梅窗春草砚池温
（华幼武）

名应不枉轻仙骨
理到忘机近佛心
（司空图）

露引松香来酒盏
雨催花气润吟笺
（刘禹锡）

每从山寺开经帙
间就田公辨药名
（刘禹锡）

明月高楼燕市酒
梅花人日草堂诗
（元好问）

洛社衣冠今日再
兰亭觞咏此情同
（张　翥）

每分阳羡惊雷荚
迭和青溪踏雪诗
（李吴滋）

明月来投玉川子
清风吹破武陵春
（苏　轼）

落笔已吞云梦客
被衣闲咏舞雩风
（苏　轼）

每夜坐禅观水月
有时行醉玩风花
（白居易）

茗炉尽日烧松子
书案经时剥瓦花
（皮日休）

落花满砚慵磨墨
乳燕归梁急卷帘
（方万里）

每酌新泉看药灶
多收古器在书楼
（张　籍）

摩诘辋川宜入画
少陵韦曲自成吟
（张　翥）

墨池净几环香鼎
烛影疏帘听漏壶
（郑元祐）

披揽十年灯火读
手挥八百锦江丝
（黄庭坚）

浅碧细倾家酿酒
小红初试手栽花
（刘禹锡）

囊简久藏科斗字
剑锋新莹鹧鸪膏
（苏　轼）

披云峰顶城头月
揽秀堂前扇里风
（范成大）

敲月会棋迎皂衲
斧冰供茗唤青衣
（方万里）

内篇携向松根读
如意持将竹里行
（郑元祐）

偏于莼菜思张翰
自分围棋老谢安
（许弘纲）

且与扬雄说奇字
未许中郎得异书
（苏　轼）

嫩白半瓯尝日铸
硬黄一卷学兰亭
（陆　游）

平铺风簟寻琴谱
静扫窗烟著药方
（皮日休）

琴传数世漆文断
鹤养多年丹顶深
（陆　游）

酿酒移花调护闷
弄琴洗砚破除闲
（陆　游）

屏张前世无声画
架插今生未见书
（方　夔）

琴里知闻惟渌水
茶中故旧是蒙山
（白居易）

鸟恋药棚长独立
树欹诗壁半旁生
（林　逋）

蒲石疏帘真道院
樽香净几小丛林
（叶　茵）

琴心酒趣神相会
道士仙童手共携
（徐鼎臣）

奴爱才如萧颖士
婢知诗似郑康成
（陆　游）

岂惟邺侯三万轴
占得胶西一半山
（苏　轼）

琴中白雪惊人调
江上青山负郭田
（康从理）

偶逢新语书红叶
难得闲人话白云
（王　建）

千里白云随野步
一湖明月上秋衣
（林　逋）

琴中流水澜翻落
画里秋山杂沓开
（袁　易）

佩敛冲星聊暂拔
匣琴流水自须弹
（杜　甫）

千首放怀风月裹
一樽时对画图开
（苏　轼）

青山可望不可即
绿酒独醉还独醒
（刘师望）

青毡帐暖喜微雪
红地垆深宜早寒
（白居易）

求文道士花前至
载酒门生雨后回
（刘禹锡）

商略晚窗须小醉
细倾白堕赋新诗
（陆　游）

轻分茶浪飞香雪
旋檗橙杯破软金
（耶律楚材）

日长似岁闲方觉
事大如山醉亦休
（陆　游）

烧柏子香读周易
滴荷花露写唐诗
（邹登龙）

清名岂让陶贞白
共住犹强陆士龙
（范　椁）

乳香帘泉方遍试
柘罗铜碾雅相宜
（陆　游）

身闲剩觉溪山好
心静尤知日月长
（刘禹锡）

清如霜月三五夕
瘦似烟篁一两竿
（林　逋）

入怀冰雪生秋思
更看龙蛇落笔痕
（苏　轼）

深院钞书桐叶雨
曲栏联句藕花风
（管时敏）

清诗草圣俱入妙
水轩花榭两争妍
（苏　轼）

阮籍才华胜南族
谢安清致满东山
（欧阳玄）

笙歌丛里抽身出
云水光中洗眼来
（苏　轼）

清谈美景双奇绝
秋月春风各自妍
（苏　轼）

若教闲里工夫到
始觉淡中滋味长
（范成大）

胜概直应吟不尽
日长惟有睡相宜
（苏　轼）

晴风石鼎浮花乳
夜雨春盘冷碧丝
（黄　溍）

三峡江声流笔底
六朝山色落尊前
（米　芾）

胜觅蜀山新井水
却为淮月弄舟人
（苏　轼）

晴攀翠竹题诗滑
秋摘黄花酿酒浓
（许　浑）

莎亭露永琴书润
山郭月明砧杵遥
（韦　庄）

胜事只随诗卷尽
壮怀犹向酒杯舒
（沈文通）

晴雪卷帘清墨沼
春声泛渚动书帏
（华幼武）

山翠入帘消宿酒
海氛吹雨落秋衣
（柳　贯）

诗律规随元好问
乐章隽永蔡萧闲
（方万里）

诗篇陶写清秋景
书册消磨白日闲
（黄 庚）

书临晋帖时数过
诗咏豳风日几章
（黄 云）

贪倚画屏调翡翠
误开金锁放鸳鸯
（顾 瑛）

诗思已知清到骨
禅心应许立齐腰
（华幼武）

书为半酣差近古
瓮香小啜试新醅
（陆 游）

汤嫩雪涛翻茗碗
火温香缕上衣篝
（刘禹锡）

诗携绿纸新装卷
酒典绯衣旧赐袍
（白居易）

霜橘定应题百颗
笼鹅即欲写千行
（倪 瓒）

桃李春风一杯酒
江湖夜雨十年灯
（黄庭坚）

诗有静功联句好
坐无俗客话情深
（曹伯启）

水能性淡为吾友
竹解心虚即我师
（白居易）

陶潜政事千杯酒
张翰生涯一叶舟
（韦 庄）

诗章平淡思居易
禅理纵横忆道安
（耶律楚材）

睡起竹窗书一卷
坐来莎石酒三巡
（应 泉）

天泉水暖龙吟细
露畹春多凤舞迟
（李商隐）

石鼎茶温风味冽
玉壶冰皎露华干
（朱德润）

顺时不作荣枯想
适意原无胜负心
（叶 茵）

外物不移方是学
俗人犹爱未为诗
（陆 游）

世间好物黄醅酒
天上闲人白侍郎
（白居易）

松窗试笔端溪滑
石鼎烹云顾渚茶
（文徵明）

晚收红叶题诗遍
秋摘黄花酿酒浓
（许 浑）

试碾露芽烹白雪
休拈霜蕊嚼黄金
（苏 轼）

松影过窗眠始觉
竹风吹面醉初醒
（白居易）

万卷诗书销日月
一湾鸥鹭共朝昏
（方太古）

收得玉堂挥翰手
却为淮月弄舟人
（苏 轼）

踏雪偶因寻戴客
论文还比聚星人
（韦 庄）

忘怀杯酒逢人共
引睡文书信手翻
（苏 轼）

微茫山意诗痕在
滟滪江声饮兴多
（刘禹锡）

夕阳流水吟诗去
明月青山出竹逢
（钱　起）

闲凭鱼浪传书帖
净爱瓯沙占酒筵
（任　环）

问禅时到长干寺
载酒闲过绿野堂
（苏　轼）

溪浮箬叶添醅绿
泉绕松根助茗香
（许　浑）

闲停茶碗从容语
醉把花枝取次吟
（白居易）

蜗篆登床延笔格
燕泥上壁污琴徽
（张都水）

先除梦幻有为观
要识见闻无尽藏
（范成大）

闲吟工部新来句
渴饮毗陵远到茶
（白居易）

乌丝阑上诗初熟
绿绮声中酒半消
（陆　游）

闲草遍庭终胜俗
好书堆案转甘贫
（林　逋）

闲征雅令穷经史
醉听清吟胜管弦
（白居易）

屋连湖水琴书润
窗近花阴笔砚香
（黄　庚）

闲翻酒券供临帖
静借牙筹记读书
（沈　周）

香拈细雨招新梦
门闭春风仗短童
（董　说）

无事闭门非左计
专工种树已成书
（范成大）

闲抚素琴曹吏散
自烹新茗海僧来
（李　中）

小醉未醒风力软
安眠无梦雨声新
（苏　轼）

无事不妨长好饮
相逢有味是偷闲
（苏　轼）

闲开新酒尝数盏
醉忆旧诗吟一篇
（白居易）

薤叶照人呈夏簟
松花满碗试新茶
（刘禹锡）

无数云山供点笔
一篇珠玉是生涯
（苏　轼）

闲怜鹤貌偏能画
晴辨桐声自作琴
（张　籍）

心惊醉语常多悔
事到中年渐觉非
（戚龙渊）

五亩自开林下隐
一樽聊敌世间名
（林　逋）

闲眠白昼三杯酒
静对青松一曲琴
（耶律楚材）

心未曾求过分事
身常少有不安时
（白居易）

新成丽句开缄后
便入清歌满坐听
（刘禹锡）

眼明小阁浮烟翠
齿冷新诗嚼雪风
（苏　轼）

已招一鹤来庭树
更养群鹅戏墨池
（倪　瓒）

幸有琴诗堪作伴
每逢风月一闲吟
（白居易）

夜壁松风悬棋局
秋池菊水酌商觚
（倪　瓒）

倚岩怀古有谁会
扫壁题诗还自吟
（陈廷器）

幸有浊醪从客醉
每思旧友取书看
（陆　游）

一川秀色明花柳
两首新诗争剑铓
（苏　轼）

因题枫叶开诗卷
为访芦花上钓舟
（姜应麟）

胸次何曾横一物
尊前尚欲笑千场
（陆　游）

一饭未曾留俗客
数篇今见古人诗
（杜　甫）

荫树一编依卧鹿
傍花三酌趁啼莺
（沈　周）

须教自我胸中出
切忌随人脚后行
（戴复古）

一榻云山供夏簟
满江烟雨看春潮
（倪　瓒）

隐几清吟谁敢敌
枕琴高卧真堪图
（皮日休）

学道有涯真可喜
得钱沽酒更无疑
（苏　轼）

欹枕旧游来眼底
掩书余味在胸中
（陆　游）

鹦鹉杯中浮竹叶
凤凰琴里落梅花
（骆宾王）

熏炉花气朝醒解
茶鼎松风午梦回
（范成大）

移尊近水延余醉
写画留人款别情
（华幼武）

应将笔砚随诗主
定有笙歌伴酒仙
（白居易）

烟霞尽入新诗卷
郭邑闲开古画图
（韦　庄）

已爱治书诗句逸
更闻从事酒名新
（僧皎然）

由来自是烟霞客
早已闻名诗酒闲
（张　籍）

沿崖取水和冰嚼
扫壁题诗当画看
（张至龙）

已是世间能赋客
更攻窗下绝编书
（刘禹锡）

游山弄水携诗卷
看月寻花把酒盏
（白居易）

荑房暗绽红珠朵
茗碗寒供白露芽
（元　稹）

云连海气琴书润
风带潮声枕簟凉
（许　浑）

长因午睡思茶灶
却为朝吟款竹屏
（范　梈）

雨昏石砚寒云色
风动牙签乱叶声
（苏　轼）

云侵贺监山亭白
日在徐仙海岛红
（戴表元）

长麈剧谈抽茧绪
短檠细字缀蚕眠
（范成大）

雨檐兀坐忘春去
雪案清谈至夜分
（刘克庄）

云散月明谁点缀
银钩秀句并疏通
（苏　轼）

杖履忽逢佳客至
笑谈宁放酒杯空
（华幼武）

雨院炷香熏画卷
晴窗添水浸花枝
（许　棐）

云霞揽取尊前落
蓬岛能移席上开
（刘黄裳）

遮眼文书无不读
伴人灯火亦多情
（苏　轼）

语带烟霞从古少
气含蔬笋到公无
（苏　轼）

匝地东风劝椒酒
剩裁新语寄诗筒
（范成大）

正欲清言闻客至
偶思小饮报花开
（陆　游）

玉书闲展石楼晓
瑶瑟醉弹琪树春
（李　中）

长空赠我以明月
天下知心惟酒杯
（黄　佐）

知有雪儿供笔研
敢将诗力斗深岩
（苏　轼）

欲学渊明归作赋
先烦摩诘画成图
（黄庭坚）

长闲便是忘机者
不出真如过夏僧
（徐　寅）

纸浮玉色供临榻
月吐虹光照卷舒
（顾　瑛）

园中鸟语劝沽酒
窗下日长宜读书
（黄庭坚）

长笑右军称草圣
不如东野以诗鸣
（苏　轼）

重装墨画数茎竹
长着香熏一架书
（王　建）

月界晓窗琴岳润
竹摇秋几墨云鲜
（林　逋）

长啸每来松下坐
新诗堪向雪中吟
（张　籍）

昼眠初起报茶熟
宿酒半醒闻雨来
（陆　游）

竹间对语双鸜鹆
杖头惟挂一葫芦
（苏　轼）

自拂烟霞安笔格
独开青检试砂床
（陆龟蒙）

尊前莫话诗三百
醉后宁辞酒十千
（韦　庄）

竹下凉蟾辉几杖
花间萤火静琴书
（何景明）

自言其中有至乐
坐视万物皆浮埃
（苏　轼）

樽香轻泛数枝菊
檐影斜侵半局棋
（杜　牧）

竹下香泉洒瑶席
松间白月照宝书
（刘禹锡）

自有琴心传内景
更将书帙事幽栖
（虞　集）

坐觉风雷生謦欬
旋收江海入蓑衣
（苏　轼）

专掌图书无过地
遍寻山水自由身
（白居易）

纵横联句长侵晓
次第看花直到秋
（杨巨源）

爱客满堂尽豪翰（杜　甫）
伊人卜筑自幽深（李商隐）

闭户著书多岁月（王　维）
挥毫落纸如云烟（杜　甫）

爱诗好画本天性（王　诜）
酒杯诗卷缀新文（元　稹）

闭栖已合称高士（林　逋）
纵饮谁能问击壶（苏　轼）

安排诗律争强对（苏　轼）
醉读离骚是一奇（黄庭坚）

不是高歌即酣饮（徐仲章）
忽逢佳士与名山（苏　轼）

半曲新辞写锦纸（李商隐）
一泓寒玉浸青山（宋伯仁）

彩笔吟笺芳径里（范成大）
赋诗写画秋毫巅（华幼武）

笔老诗新疑有物（苏　轼）
格高气俊能动人（梅亮臣）

曾是匡山读书客（柳　贯）
闲有陶潜饮酒诗（张仲简）

茶碗酒铛全部史（瞿式耜）
竹叶梅花一色春（余　阙）

放尽珠帘遮华炬（范成大）
卧看素壁挂瑶琴（邓志宏）

灯窗细读假山记（欧阳玄）
坐石闲书相鹤经（倪　瓒）

风月长留前辈咏（范　椁）
苍苔忽从怀抱生（刘　因）

灯前细雨檐花落（杜　甫）
帘外春风杜若香（刘禹锡）

高士例须怜曲蘖（苏　轼）
涪翁对比煮春茶（欧阳玄）

低槛晚晴笼翡翠（韩　偓）
入帘斜照碍蜻蜓（陆龟蒙）

酤酒醍盘饭霜粟（李　白）
红栏碧甃点银泥（白居易）

读遍牙签三万轴（苏　轼）
且醉金樽四十弦（范成大）

寒竹风摇远天碧（卢　仝）
纱帷昼暖墨花香（李　贺）

杜陵评书贵瘦硬（苏　轼）
任达怀才爱酒狂（温庭筠）

家酝满瓶书满架（白居易）
碧天如水月如钩（温庭筠）

芳草不锄当户长（苏　轼）
拥书环坐爱窗明（黄庭坚）

江村野堂争入眼（杜　甫）
绿酒清琴好养生（卢　仝）

芳溪密影成花洞（李　贺）
金樽盛酒生微波（李　白）

江雨初晴思远步（柳宗元）
风烟入画便成章（刘禹锡）

芳樽细浪倾春醁（温庭筠）
嫩日烘窗释砚冰（范成大）

酒酣襞笺飞逸韵（刘禹锡）
秋云扫寒留碧空（李　贺）

快诵老坡秋望赋（范成大）
更当陶令北窗风（李商隐）

哦诗清风起空谷（黄庭坚）
断云分雨入江村（刘禹锡）

灵液屡进颇黎碗（韩　愈）
霞光泛艳翠松梢（刘禹锡）

偶逢佳境心已醉（李　白）
漫卷诗书喜欲狂（杜　甫）

论诗说剑俱第一（苏　轼）
墨池书枕兴无穷（陆　游）

偶有会心成独笑（陆　游）
可无佳句助清妍（刘　因）

忙里有诗偿日课（范成大）
樽前劝酒自春风（白居易）

平铺风簟寻琴谱（皮日休）
再到仙岩忆酒垆（李商隐）

每托琴尊写高兴（龚　诩）
欲凭诗句寄秋风（戴　奎）

奇书古画不论价（欧阳修）
芸香锦囊深贮储（范成大）

每揖闲人多意气（李　贺）
濡染大笔何淋漓（李商隐）

千杯绿酒何辞醉（李商隐）
一篆清香即本心（陆　游）

茗饮蔗浆携所有（杜　甫）
斜风细雨到来时（苏　轼）

千首新诗一竿竹（苏　轼）
半瓿绿酒万缘空（陆　游）

南浦西山画帘卷（张　宪）
烟红露绿晓风香（苏　轼）

琴鸣酒乐雨相得（李　白）
山平水远细欲无（苏　轼）

能穿星斗挂胸次（吴式贤）
却掬山泉淬笔端（范成大）

清华自合论闲客（林　逋）
心境却将付卧输（苏　轼）

清樽素琴宜先赏（孙明复）
水秀山明两绝奇（黄　溍）

手携旧种千竿竹（黄　溍）
卧看萦帘一炷香（苏　轼）

琼杯绮食青玉案（李　白）
茗碗寒供白露芽（令狐楚）

书囊无底谈未了（黄庭坚）
明月入怀君自知（温庭筠）

曲水开襟重文会（骆宾王）
清夜置酒临前除（杜　甫）

谁披鹤氅似仙子（华幼武）
身掬冰泉煮石茶（黄　庚）

如观老杜飞鸟句（苏　轼）
骤和陈王白玉篇（李商隐）

松气满山凉似雨（刘克庄）
墨香到骨花能言（陈　泰）

诗人情味真尝遍（苏　轼）
笔下江山取意成（李用章）

陶令舍中有名酒（黄庭坚）
仙童檐下独焚香（张　籍）

石棋盘静香烟直（王　逢）
鹦鹉窗深锁翠寒（郭　钰）

题诗正是消闲日（陆　游）
纵酒谁能问击壶（苏　轼）

试谈旧事醒春酒（范成大）
闲对茶经忆古人（林　逋）

庭下已生书带草（王　逢）
胸中自有洗心经（苏　轼）

试枕离骚较闲品（林　逋）
细倾白堕赋新诗（陆　游）

望穷远岫微茫见（程明道）
无数新诗咳唾成（苏　轼）

收拾吟笺停酒碗（陆　游）
自锄明月种梅花（萨都剌）

惟倚新书可传本（黄庭坚）
全胜羽客醉流霞（钱　起）

文战谈围棋敌外（林　逋）
明窗大几墨花香（程明道）

一榻茶烟清梦熟（钱惟善）
半瓿绿酒万缘空（陆　游）

瓮畦纯白无机械（范成大）
翰墨风流冠古今（米　芾）

一樽浊酒有妙理（陆　游）
万劫清游结此因（苏　轼）

五湖风月醉心目（郭　钰）
一室琴书自解颜（林　逋）

吟诗一夜东方白（李　贺）
拨醅百瓮春酒香（温庭筠）

闲户不无慵答客（林　逋）
会心何必问青鸟（范成大）

饮酒吟诗狂太白（柳　贯）
地偏心远似陶潜（苏　轼）

闲寻书册应多味（黄庭坚）
不负云山赖有诗（范仲淹）

有信微泉来远岭（苏　轼）
细倾白堕赋新诗（陆　游）

香篆结云深院静（范成大）
秋芳压帽露华滋（苏　轼）

有意数从文字饮（范成大）
襟怀聊与水云闲（韩　琦）

新诗似与梅相约（沈　周）
好山应待画中看（袁士元）

玉树瑶林照春色（元好问）
白云红叶尽诗才（范　梈）

寻源偶向灵源宿（黄　溍）
啸席同分几席清（华幼武）

云物共倾三月酒（李　白）
笔端还有五湖心（苏　轼）

哑咤隔花闻好语（苏　轼）
波涛入笔驱文辞（韩　愈）

杖藜晓入烟花坞（苏　轼）
梦笔深藏五色毫（李商隐）

真珠为浆玉为醴（苏　轼）
社瓮可漉溪可渔（黄庭坚）

自是烟霞爱招客（刘　因）
纵横诗笔见高情（元好问）

只知闲味如茶永（陆　游）
但对清樽即眼开（黄庭坚）

自知名出休呈卷（王　建）
但逢花处即开樽（刘禹锡）

紫露双瓶春夜醉（范成大）
瑶琴一弹秋月高（许　浑）

厅堂集联

道为诗书重
名因赋颂雄
（杜　甫）

风云激壮志
叱论多英音
（李　白）

鹭涛开碧海
凤凰缀词林
（骆宾王）

托意在经济
著论穷天人
（李　白）

读书一万卷
下笔数千行
（萨曼硕）

风韵逸江左
文章动海隅
（李　白）

气激金风壮
迹与星辰高
（李　白）

秀骨象山岳
胜概凌方壶
（李　白）

宾客秦黄最超越
衣冠王谢自风流
（郭　钰）

道气清凝分晓爽
诗情冷瘦滴秋鲜
（王　建）

钓竿欲拂珊瑚树
诗卷长留天地间
（杜　甫）

彩毫闲试金壶墨
青案时看玉字书
（李　维）

道义平生无捷径
林泉随处有清凉
（范成大）

风流晋宋之间客
清逸羲皇以上人
（张道洽）

灿烂吟笺烦索句
淋漓醉墨自成行
（范成大）

道义有情通出处
文章无地著炎凉
（范成大）

风流肯落他人后
气岸遥凌豪士前
（李　白）

腹里春秋纳云梦
案头今古起风雷
（袁 桷）

力行所学斯无愧
偶发于诗亦有声
（刘克庄）

是何意态雄且杰
不露文章世已惊
（杜 甫）

高情千古谢安石
壮志平生马少游
（刘 因）

灵心圆缺三江月
彩质叠成五色云
（李 白）

太白岂惟凌鲍谢
元乡只合友羊求
（钱惟善）

观书到老眼如镜
论事惊人胆满躯
（辛弃疾）

灵运子孙俱得风
慈明兄弟孰非龙
（苏 轼）

堂上读书朝气爽
台前呼月海光浮
（范成大）

鹤笼开处见君子
书卷展时逢古人
（白居易）

南斗日辰韩吏部
西湖风气白香山
（张伯甫）

庭下已生书带草
壁间只有古人名
（苏 轼）

壶里有人藏日月
杯中无海饮虹蜺
（刘 因）

岂关名利分荣路
自有才华作庆霄
（温庭筠）

王俭风流希谢傅
子云词赋敌相如
（李 维）

花月三千篇绝唱
海天九万里刚风
（刘克庄）

任树一枝当白日
芸香三代继清风
（李商隐）

文律不论先汉后
诗源还自国风来
（刘克庄）

静中物象知谁见
闲极情怀觉道充
（苏舜卿）

三千士里文章伯
四十年来锦绣衣
（卢 纶）

啸起白云飞七泽
歌吟绿水动三湘
（李 白）

旧书不厌百回读
新诗说尽万物情
（苏 轼）

三千余岁上下古
八十一家文字奇
（陆龟蒙）

学道有涯真可喜
读书万卷始通神
（苏 轼）

看书极探天人理
下笔全侔造化功
（郝 经）

扫除身外闲名利
师友书中古圣贤
（陆 游）

饮兴平吞云梦九
吟情高绕华峰三
（张养浩）

颍士声名动倭国
乐天辞笔过鸡林
（孙　觉）

月来直谅惟三益
心醉离骚与六经
（倪　瓒）

钟鼎山林各天性
风流儒雅亦吾师
（杜　甫）

豫章翻风白日动
鲦鱼跋浪沧溟间
（杜　甫）

张公阅世诗千首
扬子传家宅一区
（范成大）

众花盛处松千尺
群鸟喧时鹤一声
（许　衡）

珠涵碧水川还媚
玉韫青山石有光（华幼武）

静里壶天人不到（范成大）
箧中文字绝无伦（白居易）

著论未容符独步
操琴欲与愈争雄（刘克庄）

哦诗清风起空谷（黄庭坚）
当筵浩气凌九霄（李　白）

地灵境秀有人物（范成大）
日储月敛惟诗书（赵　抃）

青云玉立三千丈（元好问）
风味尊前第一流（曾　几）

典册高文传海内（方　文）
秀气春风拂坐间（刘　因）

威风文章在仁义（刘禹锡）
蛟龙笔翰生辉光（李　白）

风露入怀诗笔健（刘克庄）
云烟挥翰墨池翻（范成大）

兴酣落笔摇五岳（李　白）
高谈雄辩惊四筵（杜　甫）

古琴大轸长八尺（李　贺）
玉箫金管喧四筵（李　白）

志业常探绝编义（权戴之）
经济实藉英雄姿（杜　甫）

挥毫卓荦又惊俗（王安石）
胸次峥嵘满贮书（范成大）

内室集联

好鸟晴相语
芳兰暖欲芽
（陆　游）

屏掩芙蓉帐
帘褰玳瑁钩
（温庭筠）

绿分杨柳湘帘细
红压樱桃斗帐低
（张　宪）

锦槛芙蓉入
香台翡翠过
（李商隐）

新泥添燕户
细雨湿莺衣
（陆　游）

暖霞拂地海棠晓
香雪泼户梨花晴
（萨都剌）

密帐真珠络
温帏翡翠装
（李商隐）

巢安翡翠春云暖
窗护芭蕉夜雨深
（陈　基）

水晶帘箔围晴书
艾纳炉熏逗夕霏
（陈　基）

屏开金孔雀
褥隐绣芙蓉
（杜　甫）

放尽珠帘遮华炬
自煎鱼眼破龙团
（范成大）

燕子帘栊初着雨
宜男庭榭不生尘
（华幼武）

丹楹碧砌真珠网（窦　庠）
翠幕兰堂苏合熏（张　说）

流苏斗帐香烟起（阎朝隐）
云母屏风烛影深（李商隐）

和风细动帘帷暖（白居易）
胧月斜穿槅子明（元　稹）

绮窗珠树层阴绿（张　宪）
燕舞莺啼春日长（苏　轼）

红珠斗帐樱桃熟（温庭筠）
粉壁纱窗杨柳垂（崔　颢）

烟开兰叶香风暖（李　白）
花压阑干春昼长（温庭筠）

罽裀饰地承琱履（张　说）
珠箔当风挂玉钩（项子迁）

鸳鸯叠翠眠晴霭（李咸用）
蛱蝶迎人傍彩霞（刘　兼）

园亭集联

拔青松直上
铺碧水平流
（白居易）

花房避初旭
帘影弄新晴
（陆　游）

暮色千山入
春风百草香
（苏　轼）

溪声晴亦雨
松影夏如秋
（尹仲明）

傍松人迹少
隔竹鸟声深
（白居易）

花雨随风散
茶烟隔竹消
（张　宪）

挪石出古色
洗松纳空光
（王安石）

熏风暗杨柳
秋水净芙蓉
（苏　轼）

碧寺烟中静
红桥柳际明
（范仲淹）

景物自清绝
优游可忘年
（朱　熹）

栖鸾多种竹
爱鹤莫移山
（萨都剌）

雨添山气色
风借水精神
（白居易）

池小能容月
墙低不碍山
（张养浩）

看竹鹤先舞
弹琴梅自飘
（僧云屋）

清晖映竹日
翠色明松云
（李　白）

竹粉有新意
松风含古姿
（陆　游）

窗明山翠近
地静叶声多
（华鸿山）

老松擎雨盖
修竹拂云梢
（贡仲章）

水清花自照
风暖鸟相呼
（赵孟頫）

竹静堪居鹤
荷香欲醉鱼
（黄　庚）

好风能自至
明月不须期
（钱　起）

名园依绿水
野竹上青霄
（杜　甫）

水天鸥鹭静
月露松桧香
（苏　轼）

竹深留客处
荷净纳凉时
（杜　甫）

花对池中影
松含风里声
（王　维）

目皓河上月
心清松下风
（李　白）

望中疑在野
幽处欲生云
（杜　甫）

竹梧秋雨碧
荷芰晚波明
（倪　瓒）

竹影扫秋月
荷衣落古池
（李　白）

爱莲亦既见君子
看竹不须通主人
（刘克庄）

按行花木皆僚友
主掌湖山即事权
（刘克庄）

百道松泉当户落
四时花雨入帘香
（管时敏）

地形远竞朝霞爽
林气分清宿雨香
（范　梈）

怪石钓出太湖底
珠树移自天台尖
（刘禹锡）

半砌苔衣清似水
一池花石小于钱
（陆怀玉）

地占百弓多是水
楼无一面不当山
（刘克庄）

含笑山桃还似识
相亲水鸟自忘情
（耶律楚材）

闭门自掩苍苔色
过客时惊白鸟飞
（林　逋）

芳草到门无俗驾
好山终日在湖亭
（张光弼）

好鸟渐驯时近客
归云不动似知心
（郭　钰）

不是溪山曾独往
要与梅花作伴来
（苏　轼）

芳草得时依旧长
文禽无事等闲来
（林　逋）

荷深似入苕溪路
石怪疑行雁荡间
（刘克庄）

苍松翠竹真佳客
明月清风是故人
（黄镇成）

粉竹亚梢垂薄露
翠荷差影聚游鱼
（林　逋）

鹤来近屋童看熟
鹭下长松客对闲
（马祖常）

出水芙蓉鸣翡翠
绕墙薜荔让芭蕉
（郭　钰）

风流自有高人识
适意无异逍遥游
（苏　轼）

红黄霜树珊瑚海
黑白云花玳瑁天
（宋　无）

窗含竹色清如许
人比梅花瘦几分
（秦　旭）

风鸣松盖宵声缓
雨浥梨花雪色香
（周伯琦）

花间醉任黄莺语
亭上吟从白鹭窥
（韦　庄）

地称高情多水竹
山宜闲望少风尘
（白居易）

风前松子当窗落
雨后苔衣拂石题
（桂　慎）

花绕竹房红作陈
柳垂莎径翠成阴
（僧云屋）

地多种竹堪容鹤
池不栽莲恐碍鱼
（黄　庚）

高林有色烟云净
曲径无香草树闲
（黄　溍）

花如解笑还多事
石不能言最可人
（陆　游）

画檐分月下西壁
闲客清阴满北窗
（范成大）

落花正当山缺处
细泉频作雨来声
（黄　溍）

频来幽鸟当窗语
半落闲花度水香
（袁　易）

几树凉云散高叶
一溪明月泻寒泉
（沈　周）

绿水映霞红胜锦
远山凝黛淡如烟
（陈　基）

泼墨云头连树暗
垂丝雨脚过溪生
（范成大）

蕉心翠展一冬在
梅蕾粉融连夜开
（范成大）

绿阴日薄停琴坐
蜗壁雨深留篆看
（沈　周）

千树梅花明屋里
一林山翠出林端
（倪　瓒）

尽把园林蒙锦绣
多添门户锁烟霞
（范成大）

每劳飞鸟花间使
时有翔鸾月下骖
（顾　瑛）

墙低树少多容月
石瘦花悭晏得春
（沈　周）

看鹤松阴赏高洁
疏泉石下得清甘
（陆　游）

名花未落如相待
佳客能来不费招
（陆　游）

青山有约皆当户
流水无情自入池
（苏　轼）

客衣半湿松花雨
鹤影先分竹院秋
（卢　琦）

明月尽教穿户入
白鸥长许到门飞
（金孝章）

轻燕受风迎落絮
老鱼吹浪动新荷
（赵孟頫）

欸乃湖中小舟小
苍黄日下西山西
（彭汝谐）

鸟鸣淡与人相对
花落方知春已归
（刘克庄）

清池曲榭人所致
野趣幽芳天与同
（刘禹锡）

乐意相关禽对语
生香不断树交花
（石延年）

鸥鹭飞来俱玉立
松篁岁晚各苍颜
（范成大）

清风不去因栽竹
隙地无多也凿池
（徐鼎臣）

流水暗和琴瑟响
好山浓入画图青
（陈　基）

排联花品曾非僭
爱惜苔钱不是悭
（陈　亚）

曲径斜穿花影入
小池低傍竹阴开
（袁士元）

入门明月真堪友
满榻清风不用钱
（陆　游）

山花献笑开樽畔
海鸟忘机戏水滨
（杨　载）

石破天惊逗秋雨
草梢竹栅锁池痕
（李　贺）

疏篁掩映半窗雪
独鸟栖息中林烟
（吴翁晋）

疏帘衙退卷花轴
曲槛客来凭竹风
（林　逋）

疏种碧松通月朗
多栽红药待春还
（刘禹锡）

双鹤竹间迎客舞
一尊池上为谁开
（赵志皋）

谁人敢议清风价
无乐能过白日闲
（韩　琦）

谁种禽花满幽径
故收野色入晴阑
（陈　旅）

水清石出鱼可数
林深无人鸟自呼
（苏　轼）

水入陂渠喧似瀑
云从山崦上如炊
（刘克庄）

松阁晴看山色近
石渠秋放水声新
（白居易）

松根静扫弹棋石
柳下常维钓月槎
（叶　颙）

苔痕作意生秋壁
树影无端上古帘
（林　逋）

藤枝刺月风帘细
竹篠流光露叶稠
（李元仲）

亭开翠柳红桃外
鱼跃绿波春草间
（顾　瑛）

推窗绿树排檐入
临水红桃对镜开
（赵孟頫）

晚来相似风生竹
雨过笼鹅水满溪
（虞　集）

万树春红罗锦绣
一湾晴碧卷琉璃
（许　衡）

王猷爱竹非无宅
山简观鱼别有池
（顾　瑛）

微黄包点眉间色
小白犹封竹外枝
（范成大）

梧竹一庭凉欲雨
池台五月气涵秋
（顾　瑛）

喜有风花黄作晕
似闻溪涨绿生鳞
（范成大）

斜竖小桥看鸟势
远移山石作泉声
（王　建）

秀夺西湖两峰色
阴连法海一片秋
（宋　无）

烟中白鹤参差下
屋里清泉曲折通
（程用楫）

檐前柳色分张绿
窗外花枝借助春
（温庭筠）

一径梅香云满地
半窗花影月笼纱
（叶 颙）

雨脚远连山脚暗
杏梢斜倚竹梢红
（范成大）

月色横分窗一半
秋声正在树中间
（陆 游）

一雨快晴云放树
小窗朝爽日筛帘
（范成大）

雨砌芳非晴后见
风窗言语静中闻
（杨 载）

云敛鹭巢从树出
风来藕叶倍花香
（冯延年）

移来子真谷口树
写出米家江上山
（华幼武）

雨压墙烟笼薜荔
石行渠水鉴芙蓉
（范 椁）

云气傍花如欲雨
柳丝垂地不惊风
（黄 溍）

异花多是非时有
好竹皆当要处生
（王 建）

园里水流浇竹响
窗中人静下棋声
（皮日休）

云容雪意将诗问
柳眼花心待酒媒
（范成大）

幽禽不见但闻语
野草无名都着花
（范成大）

远引寒泉成碧沼
稍通密竹露青山
（陆 游）

竹韵松涛清自远
花觚茗盌静相宜
（李 标）

有时啸咏径寻竹
长日清闲独爱莲
（华幼武）

月从云后皆奇夜
天向梅边有别春
（范成大）

渚香细浥莲须雨
野色轻团竹尾烟
（施 枢）

爱竹只宜怜直节（徐 寅）
寻芳不觉醉流霞（李商隐）

风帘不动黄鹂语（寇 准）
山雨忽来修竹鸣（苏 轼）

便好来分苍石坐（范成大）
恬然但觉心绪闲（李 白）

高山流水志有在（史 鉴）
绿阴清书况多闲（秦仲孚）

苍松翠竹真佳客（胡天游）
水色山光不世情（许有孚）

和烟种竹聊医俗（范成大）
草色人心相与闲（杜 牧）

荷露清涵芳草气（许有壬）
珠帘半卷远山明（周伯琦）

巡檐索共梅花笑（杜　甫）
凭槛霏微松树烟（杨巨源）

几年闲作园林主（林　逋）
说事不离云水闲（王　建）

一树梅花数升酒（元　稹）
西轩泉石北窗风（白居易）

奇花美酒自怡悦（华幼武）
野态行云其意迟（刘　因）

幽径雨余芳草合（曹伯启）
莲花池畔暑风凉（顾　瑛）

清风明月本无价（欧阳修）
水隔山遮似有情（陆　游）

雨过鸟啼多竹外（邹迪光）
月明人在白云中（郑大同）

石墙遮竹松围屋（马祖常）
清风弄水月衔山（苏　轼）

云树芝泉随处好（吉元德）
绿阴青水净无尘（苏　轼）

水清莲媚两相向（温庭筠）
露叶风枝晓自匀（苏　轼）

自有秋风动疏竹（虞　集）
好烹晴绿代煎茶（袁　桷）

万草千花动凝碧（杜　甫）
五湖三岛在胸中（苏　轼）

楼台集联

但留云对宿
仍值月相寻
（王安石）

风高云散影
露下月扬辉
（李用章）

会心不在远
容膝何须多
（范成大）

举杯吞夜月
引袖拂云霞
（杨　载）

开窗碧嶂落
拂镜沧江流
（李　白）

清句金丝合
高楼雪月俱
（苏　轼）

下榻月初上
卷帘山更青
（张　翥）

月进窗棂影
云移几席阴
（杜　本）

奇云去人近
淡月傍檐低
（陆　游）

水从天汉落
山逼画屏新
（李　白）

远水碧千里
夕阳红半楼
（鲁　交）

月随碧山转
水合青天流
（李　白）

云天扫空碧
川岳涵余清
（李　白）

风清玉簟慵欹枕
月好珠帘懒上钩
（陈　荐）

襟怀洒落景长胜
云影空明天共游
（刘　因）

终日淡无事
一窗觉有余
（陆　游）

风生竹夜窗间卧
月照松时台上行
（白居易）

尽日望云心不系
有时看月夜方闲
（元　稹）

半帘花雨寒侵袂
一片江云晚傍楼
（黄　肃）

甘露钟声清醉榻
海门山色滴吟窗
（元　稹）

六曲屏风江雨急
九枝灯檠夜珠圆
（李商隐）

窗开青锁招晴色
帘卷银钩揖晓风
（耶律楚材）

高枕青山家负郭
开襟白日赋登楼
（沈　璟）

楼中饮兴因明月
江上诗情为晚霞
（刘禹锡）

春风对酒听莺语
夜月吹笙引凤鸣
（华幼武）

怪底江山起烟雾
不将心赏负云霞
（钱　起）

气清更觉山川近
意远从知宇宙宽
（许　谦）

春为醉眠多闭阁
秋因时望暂褰帷
（白居易）

河汉无云天万里
溪山不夜月三更
（洪希文）

千岩万壑时相忆
明月清风两自知
（林　逋）

簟报新秋凉意早
窗开永夜月明多
（杨　载）

花里楼台春到早
竹间窗户月来迟
（许　谦）

且同月下三人饮
莫作天涯万里心
（苏　轼）

青山几点烟际出
白鸟一双江上飞
（陈廷器）

水晶帘外金波下
云母窗前银汉回
（沈佺期）

喜延明月常开户
贪对青山懒下楼
（刘克庄）

清风吹晓玉蟾堕
秾露洗空银汉高
（范成大）

水气入楼人不觉
秋声到树鹤先知
（王　达）

星河似向檐前落
醉筵多就月中开
（李　绅）

沙嘴晓风开幔入
檐牙晴日落窗虚
（顾　瑛）

四面当时对屏嶂
一家终日在楼台
（元　稹）

一帘暮雨足吟眺
万迭春山作卧游
（文　彭）

山分宿雾尽宽远
云驾高风驰送来
（苏　轼）

题品云山宁有讳
收罗风月不妨廉
（刘　因）

远树断云春雨外
华星明月晚凉初
（虞　集）

山影洒摇千叠翠
雨声窗纳一天秋
（刘　因）

望处好山俱得力
夜应明月不孤人
（黄　庶）

云初拥出半含雨
风渐吹开微露山
（刘　因）

水阁集联

池光不爱月
野气欲沉山
（李商隐）

湖平天镜晓
山峭石帆秋
（陆　游）

石榻看云坐
溪窗听雨眠
（黄元镇）

水色仿溟渤
用光秀菰蒲
（李　白）

川净云生石
溪平水到门
（贡仲章）

萍绉风来后
荷喧雨到时
（温庭筠）

树影池摇曲
泉声石碍迟
（宋　无）

松风清瑶瑟
溪月湛芳樽
（李　白）

风月随人好
江湖照胆清
（赵　抃）

山光卷帘暮
雨色到池寒
（华鸿山）

水鹭双飞起
风荷一向翻
（白居易）

天清江月白
心静海鸥知
（李　白）

溪声迷竹韵
野色浑秋光
（寇　准）

半轩流水移天去
满榻雄风送雨来
（郝　经）

春深溪雨流花出
日暮松云载鹤还
（陈　旅）

影圆云度鸟
波静藻依鱼
（马祖常）

波上马嘶看棹去
柳边人歇待船归
（温庭筠）

翠光挟日山排闼
练影翻秋水满塘
（张养浩）

鱼沐依萍渚
蜗涎上彩楹
（苏　轼）

不觉春风吹酒醒
笑看江水拍天流
（苏　轼）

风吹细雨兼秋净
云满疏星带水流
（郑　侠）

鱼戏应同乐
鸥闲亦自来
（余　靖）

参天老竹当门碧
尽日寒泉绕舍流
（刘克庄）

风翻荷叶一向白
雨湿蓼花千穗红
（温庭筠）

竹光杯影里
人语水声中
（叶绍翁）

草阁共招溪上月
茶炉重和卷中诗
（秦　旭）

风暖林花飘几席
雨晴沙鸟入池塘
（王　绂）

竹色侵虚幌
荷香袭小亭
（叶　颙）

池水云笼芳草色
井床露净碧桐花
（倪　瓒）

风摇波面琉璃簟
雨洗山光翡翠屏
（傅　察）

竹影拂棋局
荷香随酒杯
（岑　参）

池塘听雨烦心静
轩槛迎风醉面凉
（文徵明）

风自远来闻笑语
水分流处见江湖
（苏　轼）

白水满时双鹭下
槐阴高处一蝉吟
（苏　轼）

窗轩傍水琴书静
楼阁连云宇宙宽
（赵仲光）

更无俗物当人眼
但有泉声洗我心
（白居易）

摆尘野鹤春毛暖
拍水沙鸥湿翅低
（白居易）

窗摇细浪鱼吹日
手弄黄花蝶透衣
（苏　轼）

寒沙细水通幽径
修竹高楠走翠阴
（黄　溍）

荷边鼓瑟游鱼听
柳外敲棋睡鹭飞
（黄　庚）

临波醉吸杯中酒
隔屋香传蕊上花
（顾　瑛）

门外霞川浮溟涬
杯中云海接蓬莱
（程巨夫）

荷香浥露侵衣润
松影和风傍枕移
（司空图）

流水绕阶时自照
好花如幄手亲栽
（揭奚斯）

明月倒悬书幌上
跳波凉入枕屏前
（沈　周）

花溪地暖多生笋
莲沼波深足养鱼
（华幼武）

龙章凤姿照鱼鸟
云奔浪卷入帘钩
（苏　轼）

墨沼游鱼翻宿藻
书檐飞燕罥晴丝
（虞　集）

会心自有濠濮想
乘兴不数山阴舟
（文　彭）

卢橘子低山雨重
石渠秋放水声新
（白居易）

能令水石长在眼
却卷波澜入小诗
（苏　轼）

江对楚山千里月
郭临渔浦万家灯
（李　绅）

露滴花光珠五彩
月涵江影塔千层
（袁　桷）

鸟趁竹风穿静户
鱼吹烟浪喷晴轩
（徐　寅）

阶临池面胜看镜
户映花丛当下帘
（白居易）

绿波荡漾意不动
白云往来心与闲
（孔平仲）

凝寒色映瑶华脆
真白丝连翠袖香
（周霆震）

静极却嫌流水闹
闲多翻笑野云忙
（韦　庄）

绿杨影里千家月
红藕香中万点珠
（温庭筠）

弄春草色偏宜远
绕竹溪流不觉长
（文徵明）

空钩意钓鱼亦乐
高枕卧游山自前
（刘　因）

每倾鹦鹉留佳客
欲采芙蓉寄远人
（陈　基）

平堤渐放春无绿
细浪遥翻夕照红
（陆　游）

两岸蒹葭秋色里
一川烟浪夕阳中
（朱　熹）

门前种树云连屋
湖上听潮月满楼
（钱惟善）

屏除长物轩楹爽
洗浊尘襟肺腑凉
（陆　游）

蒲根水暖雁初浴
梅径香寒蜂未知
（杜　牧）

山外夕阳低度鸟
雨余春渚暗通潮
（徐　阶）

松幌尘榻晴还拂
池畔清尊晚更留
（高伯恂）

千里暮山金叠翠
一溪寒水浅深情
（杜　牧）

捎檐细竹含风响
绕榻轻云过水虚
（韩　诗）

松排山面千重翠
月点波心一颗珠
（白居易）

前山雨过池塘满
小院秋归枕簟凉
（许　浑）

试倾万景湖亭酒
来看半轮江月秋
（范成大）

未论吹水堪添酒
且要移床学枕流
（范成大）

且同月下三人饮
又试曹溪一勺甘
（苏　轼）

谁知花雨夜来过
但见池台春草长
（李　贺）

卧看落月横千丈
起唤清风得半帆
（苏　轼）

芹根生叶石池浅
桐树落花金井香
（许　浑）

水光潋滟晴方好
山色空濛雨亦奇
（苏　轼）

五亩自栽池上竹
小舟翻动水中天
（苏　轼）

青蘋叶动知鱼过
朱阁帘开看燕归
（陆　游）

水光入座杯盘莹
花气侵人笑语香
（秦　观）

溪云螟带桄榔雨
野日晴销薜荔烟
（严　贞）

晴日暖风千里目
收云卷雨一川凉
（范成大）

水浦风云生老竹
画阑桂树悬秋香
（李　贺）

湘帘卷浪邀明月
书幌褰云瞰白鸥
（华幼武）

泉回浅石依高柳
径转垂藤闲绿筠
（柳宗元）

水轩平写琉璃镜
草岸斜铺翡翠茵
（白居易）

小鱼出水圆纹见
轻燕穿帘折势成
（陆　游）

绕屋四围都是水
隔林一片不多山
（黄　庚）

四面阑干金碧界
万家城郭水云乡
（尹仲明）

烟树夕阳开画轴
风帆沙鸟伴吟身
（尹仲明）

烟雨楼台春似画
水云窗户书生寒
（钱惟善）

饮泉鉴面得真意
秋水为文不受尘
（苏　轼）

云连野树深藏径
风卷溪花乱入帘
（郭　钰）

仰看云天真箬笠
旋收江海入蓑衣
（苏　轼）

应倾半熟鹅黄酒
照见新晴水碧天
（苏　轼）

云容水态还堪赏
啸志歌怀亦自如
（杜　牧）

野船着岸偎春草
水鸟带波飞夕阳
（温庭筠）

有时风向池心过
无限香从水面来
（邵　雍）

种竹人家临水住
抱琴客子过桥来
（钱惟善）

野花作雪多辞树
溪水如云忽到门
（贝　琼）

欲共幽人洗笔研
要传流水入丝桐
（苏　轼）

竹含天籁清商乐
水绕亭台碧玉环
（刘　因）

一区池古林泉胜
四面天开图画看
（黄　庚）

月明全见芦花白
风起遥闻杜若香
（孟浩然）

坐爱碧波千顷绿
梦回芳草一池春
（陈　基）

坐挹水风侵袂冷
眠分花露满身香
（黄　庚）

莫使金樽空对月（李　白）
此时骊龙亦吐珠（杜　甫）

湖上四时看不足（苏　轼）
沙边白鹭亦相亲（陆　游）

清风为宾月为友（许有孚）
云烟如画水如天（范成大）

开轩临水弄长笛（黄庭坚）
小鼎烹茶面曲池（李商隐）

月中看竹写秋影（元好问）
湖上闲居系远心（蒋粹卿）

山居集联

闭户长秋草
看山随白云
（华鸿山）

风林发松籁
雨砌长苔衣
（赵孟頫）

林彩水烟里
涧声山月中
（温庭筠）

山如前岁好
云向小窗凝
（陈　高）

柴门兼竹静
山月与僧来
（钱　起）

拂曙携清赏
披云睹绿岑
（张　说）

萝月挂朝镜
松风鸣夜弦
（李　白）

山水敦夙好
烟霞痼奇怀
（范成大）

出门流水住
回首白云多
（杜　甫）

行游筇杖瘦
啸傲幅巾斜
（司马光）

蹑石苔粘屐
眠松露滴床
（方万里）

石井深泉冷
闲庭异草香
（方万里）

窗间云气暖
阶下松粉黄
（倪　瓒）

涧水空山道
柴门老树村
（杜　甫）

轻阴弄霁日
秀色隐空山
（岳　飞）

石梁高泻月
樵路细侵云
（李商隐）

弹琴坐白石
把酒看青山
（僧云屋）

涧水流杯滑
飞花入座香
（倪　瓒）

泉飞茶臼冷
云动竹窗虚
（江其永）

石屋青霞夜
藤床碧树秋
（马祖常）

灯挑檐雨落
茶煮石泉鸣
（顾　瑛）

径列霜前菊
窗招雨后山
（许有孚）

入门行曲涧
开榻对寒山
（华鸿山）

时来引山月
陶然卧羲皇
（李　白）

洞有仙人箓
山藏太史书
（王　维）

就石安琴枕
穿松压酒槽
（张　籍）

山出双峰秀
溪流一派清
（杨　载）

疏雨洒松桧
微云间烟霞
（萨都剌）

对门开竹径
临水种梅花
（杨　载）

岚润侵书几
阴凉拂钓矶
（朱泽民）

山翠侵檐落
花香拂案来
（张诣誉）

树声呼出月
石角碍回云
（张　宪）

霜钟流夜壑
曲涧入幽琴
（徐祯卿）

松石偏宜古
藤萝不计年
（王　勃）

闲花满岩谷
瀑水映杉松
（王　维）

夜卧千峰月
朝餐五色霞
（萨都剌）

水石远清妙
山花开欲然
（李　白）

素琴入爽籁
山酒和春容
（温庭筠）

晓径扫黄叶
晴窗看白云
（华鸿山）

一瓢风外树
双屐雨中山
（甘　瑾）

水凿众泉引
门横群岫开
（李　白）

闲尝黄菊酒
醉唱紫芝谣
（白居易）

夜琴知欲雨
晓簟觉新秋
（温庭筠）

雨气一帘润
云意千山深
（黄　庚）

云来画檐宿
龙向墨池归
（张伯甫）

遍地寻僧同看雪
谁期载酒共登楼
（司空曙）

常看舞鹤步苍藓
闲扫落花眠白云
（华幼武）

竹径能留客
桃源竟得仙
（迺　贤）

冰销见水多于地
雪霁看山尽入楼
（白居易）

丑石半蹲山下虎
长松倒卧水中龙
（苏　轼）

竹怜新雨后
山爱夕阳时
（钱　起）

采药僧归云外路
吟诗人倚树间楼
（卢　琦）

穿竹鸟声惊步武
入檐花影落杯盘
（苏　轼）

白云满地山深处
红日当檐雪霁时
（贡　奎）

彩云近席微风动
红日当窗好客来
（虞　集）

窗外卷帘侵碧落
槛前敲竹响青冥
（周匡物）

半山风吹松子落
千岁石作莲花开
（梁　寅）

苍苔白石梦初觉
霁月疏云山欲流
（刘　因）

窗中碧雾千峰湿
树杪香泉百道分
（樊　鹏）

碧山过雨晴逾好
绿树无风晚自凉
（黄　溍）

插天绝壁喷晴月
擎海层峦吸翠霞
（耶律楚材）

床头砚石开云月
涧底松根劚雪腴
（苏　轼）

春到梅花何处白
雪晴山色向人青
（贡 奎）

独依古寺种秋菊
要伴骚人餐落英
（苏 轼）

海内闲身输我佚
山中佳气为人浓
（范成大）

但将松籁延嘉客
常带岚霏认远村
（林 逋）

短策看云松寺晚
疏帘听雨草堂春
（戴叔伦）

行药桥边逢客返
著书窗下少人知
（朱开仲）

但觉山光侵酒绿
不知日脚染溪红
（范成大）

对山开户惟求静
贳酒留宾不道贫
（徐鼎臣）

横欹片石安琴荐
独倚新篁看鹤笼
（林 逋）

弹琴在峡惊闻瀑
罨画为溪喜得云
（吴 莱）

芳草欲迷行径古
长松深护步廊闲
（虞 集）

壶中别有仙家日
岭上独多隐士云
（李商隐）

当户小山如旧识
上墙幽藓醉相宜
（徐鼎臣）

风来松度龙吟曲
雨过庭余鸟迹书
（陆 游）

户绕山光棋对酒
园收柿叶好供书
（李宗易）

磴道芳春琪树长
岩霏清昼碧花零
（柳 贯）

峰后月明秋啸去
水边林影晚樵还
（林 逋）

花藏径畔春泉碧
云散林梢晚照明
（耶律楚材）

滴雨浮岚空翠晚
飞花散玉瀑帘秋
（黄元镇）

高树鸟呼低树鸟
入山云笑出山云
（董 沄）

花露堕红沾杖履
松云凝翠遏弦歌
（许有壬）

定攀岩下丛生桂
欲买云中若个峰
（刘长卿）

隔窗云雾生衣上
卷幔山泉入镜中
（王 维）

花前白酒倾云叶
涧底松根劚雪腴
（苏 轼）

独鹤当窗松影瘦
老龙归洞夕阴凉
（卢 琦）

隔帘听雨常经久
倚户看山不厌频
（李 祁）

涧下草香疑可饵
林间虎伏试教呼
（范成大）

阶前石稳棋终局
窗外山寒酒满杯
（许　浑）

阶前碎月铺花影
门外平桥连柳堤
（温庭筠）

静中得味何须道
稳处安身更莫疑
（白居易）

久住山林殊自适
频来峒客更无猜
（戴　冠）

绝壁过云开锦绣
疏松隔水奏笙簧
（杜　甫）

林间暖酒烧红叶
石上题诗扫绿苔
（白居易）

林下水声喧语笑
岩间树色隐房栊
（王　维）

岭上晴云披絮帽
树头初日挂铜钲
（苏　轼）

岭上闲云从管领
涧中流水听开除
（虞　集）

龙麟树老雨中翠
佛髻山高云路青
（陈延龄）

露湿醉中香掩冉
月明归路影婆娑
（苏　轼）

露团金井桐阴薄
月上瑶阶竹影修
（李　祁）

绿竹放侵行径里
青山常对卷帘时
（李嘉祐）

满地云轻长碍屐
绕松风近每吹衣
（僧皎然）

门前万事不挂眼
此间真趣岂容谈
（苏　轼）

门无车马终年静
身卧云山万事轻
（陆　游）

梦觉酒醒闻好句
卷帘欹枕卧看山
（苏　轼）

明月当楼花影丽
涧花入井水味香
（温庭筠）

暮夜雨收千嶂出
晨朝风卷四维宽
（范成大）

南岭过云开紫翠
小园除雪得春蔬
（苏　轼）

能蠲热障惟山色
解洗烦襟只涧声
（刘克庄）

酿成白酒逢月饮
癖爱青山竟日看
（华幼武）

鸟归半岭衔斜日
樵返疏村起远烟
（刘克庄）

屏心云气山开画
树里檐声雨满堂
（沈　周）

瀑布杉松常带雨
夕阳苍翠忽成岚
（王　维）

千章古木临无地
百尺飞涛泻漏天
（苏　轼）

千章古木临无地
一枕清风直万钱
（苏　轼）

前山月落杉松晚
深夜风清枕簟秋
（许　浑）

全栽芝菊为疆界
尽写云岚入券书
（袁宏道）

山穷借看堂中画
花尽来寻竹主人
（沈　周）

强饮且为山作主
胜游无得脚殊轻
（苏　轼）

泉声不与清流隔
山色依然画障开
（华幼武）

山色好当晴后见
泉声宜向醉中闻
（白居易）

樵子献花簪帽重
山灵供水入瓢清
（刘克庄）

人竞春阑笑秋菊
天教明月伴长庚
（苏　轼）

山中名器两芒屩
花下友朋双玉瓶
（范成大）

青山有雪谙松性
碧落无云称鹤心
（许　浑）

人来白鸟横空处
山在先生倚杖中
（周紫芝）

少待佳晴看山去
不妨长日闭门闲
（范成大）

青云白石聊同趣
霁月光风更别传
（朱　熹）

人寻古洞穿云入
木落层岩听鸟啼
（陆可教）

身随云影留三宿
心了泉声绝百非
（虞　集）

秋峰长啸兼天迥
月阁高眠彻梦清
（沈　周）

日高山蝉抱叶响
人静翠羽穿林飞
（苏　轼）

石鼎煮云听涧雨
玉笙吹月和松声
（倪　瓒）

秋期净扫云根瘦
山信回缄乳管粗
（皮日休）

三杯拂剑舞秋月
万里浮云卷碧山
（李　白）

石和云雾莲华气
月过楼台桂子清
（徐　寅）

秋气着人凉似水
晚山和我淡如云
（耶律楚材）

山腹引泉因煮茗
岭头乘月为栽松
（僧云屋）

石护生香成石乳
花连别树作花身
（陈　樵）

秋声满谷有生气
山意带来成远形
（刘　因）

山馆日斜喧鸟雀
石潭波动戏鱼龙
（许　浑）

石林万古不知暑
茅屋四邻惟有云
（元好问）

石梯碧滑云生后
木叶红斑雪霁时
（范成大）

石文照日分琴壁
竹影侵云拂暮烟
（李　绅）

试观烟雨三峰外
都在灵仙一掌间
（苏　轼）

树深风送还山鹤
石上流泉出洞花
（张都水）

松风萝月须相信
石竹山花却自芳
（范成大）

松风自厌滩声小
云影旋移山色深
（刘　因）

松高猿见古时月
花晚莺添几日春
（陈　樵）

松根当路龙筋瘦
竹笋漫山凤尾齐
（范成大）

松楠叠影青浮几
华树生香晚入筵
（柳　贯）

松生太古鹤应识
路入白云山尽低
（刘　因）

藤垂石磴云添润
泉漱山根玉有声
（元好问）

天寒夜漱云牙净
雪壤晴梳石发香
（陆龟蒙）

桐花可作凤凰食
竹叶还成虎豹文
（杨　载）

万竹已知行处好
千山多在画屏中
（温庭筠）

惟向旧山留月色
偶逢秋涧似琴声
（温庭筠）

无求尚恨时赊酒
有癖应缘酷爱山
（陆　游）

细水浮花归别涧
断云含雨入孤村
（元好问）

细挑泉眼寻新脉
轻把花枝换宿香
（皮日休）

掀髯坐语闲流水
仰面徐行饱看山
（耶律楚材）

闲评琴价留僧话
静听松声领鹤行
（陆　游）

闲寻古寺消晴日
最忆深溪枕夜云
（陆龟蒙）

闲种石田供鹤料
旋开园沼买鱼栽
（袁士元）

藓痕带露侵棋石
山影分云落研池
（马　臻）

相邀明月坐白石
举首青天横翠屏
（章　焕）

宵同巢鹤听松雨
午就溪僧煮蕨香
（袁　徵）

晓色云烟生洞府
霁天霏霭散林皋
（耶律楚材）

斜阳倒影天如醉
挂画看山意最真
（范成大）

绣谷只应花自染
镜潭长与月相磨
（苏　轼）

一洞烟霞人迹少
六行槐柳鸟声高
（韦　庄）

幽溪鹿过苔还静
深树云来鸟不知
（钱　起）

虚岚紫翠笼秋色
落木红黄透晚晴
（郭　钰）

一雨送晴初月色
百虫专夜故秋声
（黄　溍）

有信微泉来远岭
不辞清晓叩松扉
（苏　轼）

檐向玉峰笼夜雪
阶因流水长秋苔
（温庭筠）

已近水声开涧户
更侵山色架书堂
（韦　庄）

雨洒石坛苔锦滑
日穿油幌竹书光
（马祖常）

仰看落蕊收松粉
俯见新芽摘杞丛
（苏　轼）

倚杖欲攀峰顶树
披衣犹拂洞中云
（吕时中）

玉雪细尘烹瑞草
胭脂小把劚灵苗
（陆　游）

药院爱随流水入
山斋喜与白云过
（钱　起）

阴林石溜风传语
霜月溪梁水写真
（戴表元）

月影渐移蛩韵急
露华初上鹤声高
（魏　野）

要及清闲同笑语
应须烂醉答云烟
（苏　轼）

隐几饱看山变态
开轩惟对竹清修
（刘克庄）

云间树色千花满
竹里泉声百道飞
（沈佺期）

也知卜筑非真宅
聊欲蹁跹看此心
（苏　轼）

幽人无事不出户
送客有时还过桥
（谢　缙）

云喷石花生剑壁
雨敲松子落琴床
（林　逋）

夜汲澄潭瓶贮月
晓登盘石珮凌烟
（迺　贤）

幽人倚树看过雨
山童隔竹煮新茶
（顾　瑛）

云生古洞千山雨
风送层楼万壑秋
（袁　桷）

夜永星河低半树
天清猨鹤响空山
（刘　基）

幽人自种千头橘
远客来寻百结花
（苏　轼）

云舒山色千峰秀
雨过蛙声雨部鸣
（叶　颙）

云外好山如有约
烟中野树不知名
（萨都剌）

枕书榻傍阶前树
对酒窗开屋后山
（方 凤）

自有幽居临绝壑
可无俗物扰中怀
（陆龟蒙）

暂对松杉如结社
偶因麋鹿自成群
（温庭筠）

珠帘暮挂峰头雨
玉箸晴餐洞口霞
（曹能治）

自缘夜榻思高枕
端要山斋护旧书
（文徵明）

凿平岩罅安书籍
扫叶松花酿酒醪
（郭 钰）

竹簟凉风眠昼永
白波青障非人间
（苏 轼）

昨夜清风眠北牖
朝来爽气在西山
（苏 轼）

招摇紫翠山当座
标发红黄菊上盆
（方 夔）

拄杖寻诗迎月上
提壶看竹许僧同
（沈 周）

坐钓行樵那不倦
寻云看月亦应劳
（林 逋）

坐听虫声行木叶
卧看云影落檐花（袁 桷）

风外三竿松月友（苏 轼）
酒中一部圣贤书（陆 游）

爱听松风且高卧（李 白）
归来诗酒是闲人（白居易）

古今人事惟堪醉（徐 寅）
去住云心一种闲（元 稹）

白日放歌须纵酒（杜 甫）
青山长在好闲眠（许 浑）

客来问字莫载酒（黄庭坚）
山意冲寒欲放梅（杜 甫）

不辞著处寻山水（张 说）
闲与仙人扫落花（李 白）

凉泉下照佳树荫（苏舜卿）
明月未出群山高（苏 轼）

不知明月为谁好（杜 甫）
犹爱云泉多在山（白居易）

满屋烟霞春睡足（寇 准）
半空云影界山斜（范成大）

气清岳秀有如此（李　白）
松风间水声合时（杜　甫）

新诗剩说山中妙（范成大）
得句应从竹上题（虞　集）

入窗新树疏帘隔（温庭筠）
把酒临风瑞露倾（范成大）

修竹虚心万年绿（华幼武）
簟纹浮动半窗云（张养浩）

山翠入帘消宿醉（柳　贯）
淡云笼月照梨花（苏　轼）

要看万壑争流处（苏　轼）
胜读平生未见书（黄　溍）

山鸟不鸣天欲雪（苏　轼）
砚泉分得涧循除（郑元祐）

一杯引人著胜地（黄庭坚）
数峰无语立斜阳（王禹偁）

亭台倒影山色好（许有孚）
茶灶催添石火新（范　椁）

一帘梅雨炉烟外（范成大）
十里松风碧幛连（李　绅）

五岳寻仙不辞远（李　白）
一壶好酒醉消春（白居易）

欲识山高观石脚（晁补之）
更于酒里得天全（苏　轼）

小雨藏山客坐久（黄庭坚）
白云绕笔窗前飞（李　白）

钟分寺路山光绿（卢　纶）
花扑玉缸春酒香（岑　参）

晓来微雨蕉花紫（温庭筠）
夕卧深山萝月春（沈佺期）

紫露双瓶春夜醉（范成大）
岩扃半掩白云深（华幼武）

村舍集联

暗水流花径
春星带草堂
（杜　甫）

高蝉多远韵
茂树有余阴
（朱　熹）

路幽穿竹远
野迥望云低
（元　稹）

秋山红入画
晴野白浮烟
（张　宪）

抱瓮灌秋蔬
心闲游天云
（李　白）

谷雨深春近
茶烟永日香
（方万里）

绿垂风折笋
红绽雨肥梅
（杜　甫）

山斋客到后
村杵饭香初
（华鸿山）

春雨蔬成圃
秋霜柿满林
（元好问）

郭外迎人月
湖边醒酒风
（白居易）

茅斋荫松萝
野酌熏荷芰
（华鸿山）

树阴凉拂席
花气淡盈襟
（元好问）

饭香分野碓
茶熟候山泉
（黄元镇）

花曙鸣山鸟
芹春跃岸鱼
（马祖常）

鸟窥棋局静
竹映酒杯深
（华鸿山）

肃客移茶鼎
行田载酒缸
（余　阙）

风生敲槛竹
雨湿堕船花
（吴　莱）

篱菊黄金合
窗筠绿玉稠
（白居易）

青磴拂户牖
白水流园池
（李　白）

桐花新雨气
梨叶晚春晴
（元　稹）

鱼床侵岸水
鸟路入山烟
（王　勃）

百亩桑麻负城邑
一轩花竹对烟岚
（许　衡）

抱瓮荷锄非鄙事
栽花移竹似清谈
（刘克庄）

雨宽琴上线
风响树间瓢
（宋　无）

百年地僻柴门迥
五月江深草阁寒
（杜　甫）

碧穗吹烟当树直
绿纹溪水趁桥湾
（范成大）

种花篱密护
接竹水遥分
（尹仲明）

傍篱榛栗供宾客
满眼云山奉晏居
（黄庭坚）

不问主人还看竹
每逢邻叟为开樽
（陈　基）

侧岸采茶敲石火
隔峰剪竹溜清渠
（袁　桷）

独栖高阁多辞客
只有闲心对此君
（苏　轼）

红豆啄余鹦鹉粒
碧梧栖老凤凰枝
（杜　甫）

茶瓜樱笋游山会
雨竹风泉演妙声
（范成大）

对月酣歌美清夜
抱琴无语立斜晖
（苏　轼）

花梢蝴蝶作团去
竹里鹁鸠相对鸣
（范成大）

穿花踏柳饮村酒
扫地烧香闭阁眠
（苏　轼）

烦将炼火炊香饭
更引长泉煮斗茶
（范成大）

环堵岂无蜗作舍
布衣宁假鹤为翎
（徐　寅）

窗下玉琴桐露湿
竹间幽径野泉侵
（倪　瓒）

返照入江翻石壁
归云拥树失山村
（杜　甫）

江橘千头供岁计
秋蛙一部洗朝酲
（黄庭坚）

春风门巷花开后
晓阁轩窗日上初
（陈　镒）

分泥海燕穿花径
结友松筠醉草亭
（陆　游）

交谈不远樵农客
弄翰慵夸子墨乡
（林　逋）

春风小榼三升酒
寒食深炉一碗茶
（白居易）

风吹薜荔阴连屋
雨打芭蕉绿映床
（华幼武）

金罂醅重凝花露
翠釜膏浮透杏泥
（袁　桷）

春送兰香浮绮席
月移梅影度柴门
（僧行中）

隔篱日上浮秋水
当户山横匝地烟
（范成大）

尽容茅屋招新燕
更凿河池浴乳鹅
（李公往）

村径绕山松树暗
野门临水稻花香
（许　浑）

沽酒隔邻传小瓮
打鱼深夜出枯槎
（陈　凤）

菊边更觉朝阳好
松下偏闻晚吹清
（范成大）

鼎煎浦口罾鱼白
盘簇檐头树果丹
（陈　高）

古花过雨落松暝
黄鸟隔溪鸣麦秋
（虞　集）

卷帘松竹雪初霁
满院池塘春欲回
（刘禹锡）

柳边和气苏公路
梅底清风处士庵
（曹伯启）

烹鱼绿岸烟浮草
摘橘青溪露湿衣
（卢 纶）

山店辟纻松火细
水楼欹枕葛衣清
（胡天游）

绿树村边停醉帽
紫藤架底倚胡床
（陆 游）

平洲种橘清霜重
小树栽花绿雾深
（袁 桷）

山房一局金藤着
野店三杯石冻春
（唐 寅）

绿丝垂柳遮风暗
红叶低丛拂袖繁
（李 绅）

圃晴菜拆经霜甲
林暖梅飞遍地花
（刘克庄）

山茗久藏春雨后
园梅新摘晓烟初
（华幼武）

绿阴如水微吟处
紫袷含风半暖时
（沈 周）

千里烟霞山障晓
一竿风月野桥春
（许 衡）

山雨乍来茅溜细
溪云欲堕竹梢低
（沈 周）

绿油剪叶蒲新长
红蜡黏枝杏欲开
（白居易）

且用藤杯泛黄菊
相将菌阁卧青溪
（骆宾王）

山重水复疑无路
柳暗花明又一村
（陆 游）

满地绿阴飞燕子
一帘晴雪卷杨花
（钱 逊）

青苔地上消残暑
绿树阴间逐晚凉
（白居易）

诗书好在家四壁
蒲柳翁然城一隅
（苏 轼）

明月好同三径夜
绿杨宜作两家春
（白居易）

清晨采露筠笼重
薄暮沾春乌帽斜
（袁 桷）

十亩野塘留客钓
一轩春雨对僧棋
（韦 庄）

鸣鸠乳燕初睡起
斜风细雨到来时
（苏 轼）

日晚爱行深竹里
月明多上小桥头
（白居易）

时与老农谈稼穑
不因闲客罢琴书
（刘 因）

木皮覆屋冬偏好
竹叶编篱卧亦安
（刘 城）

乳鹊哃巢花巷静
鸣鸠鼓翼竹园深
（李 端）

市门晓日鱼虾白
邻舍秋风橘柚黄
（黄庭坚）

疏篱仄径纡村巷
稚柳夭桃映草堂
（程文德）

梯斜晚树收红柿
筒直寒流得白鱼
（林　逋）

细径僧归云外寺
疏灯人语酒家楼
（陆　游）

疏通行径将迎月
扫掠莎台欲待春
（白居易）

土门竹舍黄花老
蔓青芋子白酒香
（张　琦）

细雨卖茶声过后
竹炉烧笋火停时
（董　说）

蔬随隙地皆成圃
竹放新梢欲过墙
（元好问）

湾中消夏留僧住
桥上行春载鹤还
（谢肇淛）

闲从鸟雀分晴昼
时与蛩螀共晚凉
（刘　因）

蔬园有处皆添甲
花雨无多亦溜渠
（袁宏道）

午窗睡起人初静
樽酒闻呼首一昂
（苏　轼）

闲过山僧烹笋蕨
倦从野老课菑畲
（毛以燧）

树林幽翠满山谷
楼观突兀起江滨
（苏　轼）

溪边千嶂朝含雨
竹杪一鸠午唤晴
（章嘉桢）

闲携小斧删梅树
自缚枯藤补菊篱
（邹登龙）

数尺鸡头添稚竹
一帘鼠耳长高槐
（张　惺）

溪柳绕门彭泽令
野花连洞武陵人
（许　浑）

闲吟绕屋扶疏句
欲放清溪自在流
（苏　轼）

数亩林塘观不厌
一窗风雨坐相侵
（杨　载）

溪头春水绕篱白
门外晓山当户青
（袁士元）

想见新茶如泼乳
目携修绠汲清泉
（苏　轼）

水底笙歌蛙两部
山中奴婢橘千头
（苏　轼）

溪云杂雨来茅屋
山鸟将雏到药栏
（钱　起）

小池已筑鱼千里
隙地仍栽芋百区
（黄庭坚）

松薪拾去朝炊黍
渔火分来夜读书
（黄　庚）

溪中乱石墙垣古
山下寒蔬七箸香
（苏　轼）

小雨遂将秋色至
长风时送市声来
（范成大）

杏花城郭青旗雨
燕子楼台玉笛风
（杨铁崖）

一犁好雨秧初种
几道寒泉药旋浇
（连文凤）

中庭不热青山入
野水初晴白鸟来
（王　建）

宿酒初消春睡起
卷帘惟见白云飞
（苏　轼）

一畦杞菊为供具
满壁江山入卧游
（倪　瓒）

竹雾晓笼衡岭月
蘋风暖送过江春
（白居易）

旋斫杉松煮溪蔌
笑看雪浪满衣巾
（苏　轼）

移石旋成行药径
障泉思引钓鱼航
（范　椁）

竹长鸡头新粉落
篱编麂眼晚花疏
（李公往）

烟雨园林梅结子
春风篱落竹生孙
（李胜原）

已从子美得桃竹
不向安期觅枣瓜
（苏　轼）

竹枝待凤千茎直
柳树迎风一向斜
（元　稹）

杨柳花飘新白雪
樱桃子缀小红珠
（白居易）

亦有秫田供曲蘖
岂无菊径乐琴书
（范成大）

煮茶林下收黄叶
理钓矶边扫绿苔
（贡师泰）

遥为晚花吟白菊
近炊香稻识红莲
（陆龟蒙）

阴移竹柏浓还淡
歌杂渔樵断复闻
（李商隐）

紫芽嫩茗和枝采
朱橘香苞数瓣分
（元　稹）

要引好风清户牖
旋栽新竹满庭除
（李　中）

雨外人归秋叶浦
烟中鸟下夕阳村
（谢　徽）

自洒蔬巾邀客醉
坐观万景得人全
（苏　轼）

野客共为赊酒计
家人同作借书忙
（皮日休）

园中草木春无数
湖上青山翠作堆
（苏　轼）

最爱短墙堪映雪
自裁新帖写宜春
（文徵明）

野绿全经朝雨洗
林红半被暮云烧
（白居易）

云深易就渔樵隐
山远全忘市井喧
（郭　奎）

醉对数丛红芍药
渴尝一碗绿昌茶
（白居易）

春日听莺泛醽醁（华幼武）
秋阳入竹碎青红（范成大）

四月雨余山更碧（杨允孚）
一瓯茗熟客搜吟（毛　翊）

湖水入篱山绕舍（林　逋）
林野为家云是身（白居易）

晚花新笋堪为伴（白居易）
柳眼梅梢正索诗（范成大）

佳酒旋倾醽醁嫩（陆龟蒙）
主人为卜林塘幽（杜　甫）

夕阳流水荆扉静（毛以烇）
翠簟含风午梦长（文徵明）

南窗昼倚绿阴静（赵孟頫）
西园日晴花满烟（元好问）

旋沽村酒开雷市（刘克庄）
已放新凉入簟纹（范成大）

乔木幽人三亩宅（黄庭坚）
夹村微雨一溪春（林　逋）

亦拟山南买烟舍（李商隐）
那知竹里是仙村（苏　轼）

十里湖山秋色净（赵孟頫）
一林修竹画眉啼（陆澄原）

月淡烟深听牧笛（陆　游）
水光山色上帘钩（胡天游）

田家集联

川光动麦垄
日色明桑枝
（李　白）

野酌劝芳酒
园蔬烹露葵
（李　白）

春畴雨过罗纨腻
夏陇风来饼饵香
（苏　轼）

暇日耕耘足
丰年雨露频
（元　稹）

碧毯线头抽早稻
青罗裙带展新蒲
（白居易）

此生已觉都无事
今岁仍逢大有年
（苏　轼）

钓船归时蕉叶雨
缫车鸣处楝花风
（苏 轼）

行灶朝香炊早饭
小园春暖掇新蔬
（白居易）

西园夜雨红樱熟
南亩清风白稻肥
（韦 庄）

多事始知田舍好
高情犹爱水云乡
（苏 轼）

黑黍黄粱初熟后
宋柑绿橘半酣时
（苏 轼）

自有幽居临雅壑
可无俗物扰中怀
（祝允明）

放犊晓登云外垄
听莺时立柳边桥
（连文凤）

秋凉春暖筋骸健
雨后晨初意思清
（沈 周）

禅林集联

读书清磬外
看雨暮钟时
（朱 熹）

龙起钵中水
涛生松下风
（黄以藩）

鹊供衔来果
猿看诵罢经
（宋 无）

洗钵鱼游水
开门鹤入帘
（袁 桷）

金绳开觉路
宝筏渡迷津
（李 白）

鸟聚疑闻法
龙参若悟禅
（李 白）

拾薪供茗具
滴露写经签
（袁 桷）

云鹤随飞钵
湖龙入净瓶
（张 翥）

绽衣秋日里
洗钵古松间
（王 维）

百千万劫菩提种
八十三年功德林
（白居易）

迸水定侵香案湿
雨花应共石床平
（王 维）

竹间东岭月
松杪上方灯
（范成大）

贝叶经文白业进
昙花楼阁青春幽
（倪 瓒）

碧潭印月菱花镜
白雁横空贝叶书
（袁 桷）

案上香炉铺贝叶
佛前灯焰透莲花
（刘禹锡）

本来面目常如故
聊欲蹁跹看此心
（苏 轼）

避烟鹤起檐间树
行雨龙归几上瓶
（丁鹤年）

苍苔路熟僧归寺
红叶声干鹿在林
（温庭筠）

茶熟松风生石鼎
香残云缕绕蒲团
（陆　游）

禅室从来尘外赏
香台岂是世中情
（张　说）

窗间半偈闻钟后
松下残棋送客回
（温庭筠）

窗间但见蝇钻纸
门外惟闻佛放光
（苏　轼）

窗影静垂斜日里
磬声徐出落花间
（刘克庄）

翠竹黄花闲意思
白云流水淡生涯
（僧石屋）

丹梯暗出三重阁
古像斜开一面山
（王　建）

但有双松当砌下
更无一事到心中
（白居易）

当户春云团紫盖
洗空花雨散青林
（倪　瓒）

第一圆通三鼓梦
大千世界一窗灯
（范成大）

风传上方出定磬
雨暗古殿长明灯
（陆　游）

风吹僧影浮杯渡
云送龙身听法还
（陈　高）

风扬檀烟销篆印
日移松影过禅床
（温庭筠）

高阁清香生静境
夜堂疏磬发禅心
（温庭筠）

高树有风闻夜磬
远山无月见秋灯
（许　浑）

古寺竹深禅榻静
晴窗花落砚池香
（顾　瑛）

古塔月高闻咒水
新坛日午见烧灯
（贾　岛）

挂树青猿窥洗钵
眠沙白鹿伴安禅
（柳　贯）

过桥风竹前村近
入谷松萝小寺幽
（程本立）

鹤栖云路看方贵
僧倚松门见始高
（徐　寅）

芰荷风起客堂静
松桂月高僧院深
（许　浑）

跏趺说法蒲团软
鞋袜群芳杏酪香
（唐　寅）

见我每呼莲社客
看君还是竹林人
（林亦之）

尽把好峰藏寺里
不教幽景落人间
（王禹偁）

经来震旦三千界
人在天龙八部中
（王　恽）

鹫峰梦绕云中寺
鹿苑身栖物外居
（宋　无）

橘村篱落香潜度
竹寺虚空翠自飘
（姚　合）

绝学已生真定慧
卷帘惟见白云飞
（苏　轼）

客来古寺谈秋雨
天为幽人驻夕阳
（黄周星）

空山云湿龙归钵
古屋松低鹤到床
（萨都剌）

口藏宣传十二部
心台照耀百千灯
（白居易）

腊雪已添墙下水
斋钟不散槛前云
（李商隐）

莲花法藏心悬悟
贝叶经文手自书
（王　维）

凉后每谋清月社
晚来专赴白莲期
（皮日休）

林间禅室春深雪
潭上龙堂夜半云
（温庭筠）

龙皈宝座香云满
鸽绕经台佛日闲
（潘　音）

楼台洽簇云萝外
钟磬晴敲水石间
（林　逋）

落涧只供煎茗水
泄云留伴坐禅衣
（僧备荣）

婆罗树落天花碧
般若经翻贝叶黄
（华幼武）

棋局动随幽涧竹
袈裟忆上泛湖船
（杜　甫）

晴天小阁收摩衲
暖日轻云护苾刍
（李　祁）

绕坐香风吹宝盖
傍檐烟雨湿岩扃
（韦　庄）

日阅藏经忘岁月
时临阁帖杂真行
（陆　游）

如莲半偈心常悟
问菊新诗手自携
（刘禹锡）

入帘轻吹催香印
落石幽泉杂磬音
（李　中）

三山屏拥僧舍小
一溪雷转松阴凉
（苏　轼）

色相故关行道路
香尘拟触坐禅人
（白居易）

时翻贝叶添新藏
间插松枝护小泉
（陆龟蒙）

时高独鹤来云外
每羡闲花在眼前
（僧皎然）

四时树长书经叶
万岁岩悬拄杖藤
（钱　起）

松阴满涧闲飞鹤
潭影通云暗上龙
（卢　纶）

潭影乍从明处见
竹香偏向静中闻
（元好问）

万壑松风思仰峤
千岩烟雨忆平坡
（耶律楚材）

为寻名画来过院
因访闲人得看棋
（温庭筠）

心静无妨宣处般
机忘兼觉梦中闲
（白居易）

夜深月色当禅处
斋后钟声到讲时
（杜　牧）

五夜松声惊鹤梦
半龛灯影伴人闲
（郑　玉）

心同野鹤与尘远
诗似冰壶见底清
（韦应物）

园中尘过椒枝动
潭底龙游水浪开
（李　端）

五云古衲层澜涌
百宝浮图列宿躔
（周伯琦）

性海澄渟平少浪
心田洒扫净无尘
（白居易）

月明潭室澄空性
夜静猿声证道心
（李　端）

溪声便是广长舌
山色岂非清净身
（苏　轼）

杨枝遍洒瓶中水
贝叶时翻籍内经
（张　翥）

云归古殿闻龙气
月照空池见佛心
（毛　翊）

洗钵水香晨粥后
读书灯烬晓钟初
（李　祁）

摇窗竹色留僧语
入院松声共鹤闻
（杨巨源）

云生紫殿幡花湿
月照青山松柏香
（卢　纶）

闲阶雨过苔花润
小殿风来薤叶凉
（陆龟蒙）

夜禅月下袈裟湿
晓上山巅锡杖鸣
（姚　合）

云阴鸟道苔方合
雪映龙潭水更清
（李　端）

香台犹带山窗影
经卷长来松树根
（倪　瓒）

夜静神龙听咒食
秋凉苍鹘起抟风
（曾　巩）

斋剩盂空餐雪麦
轻传金字坐云松
（钱　起）

幛影翠摇岩畔竹
佩声寒泻月中泉
（沈　周）

忍草禅枝绕精舍（刘长卿）
清风细雨湿梅花（王　维）

蒲团坐暖香盈篆（范成大）
石径云深翠滴衣（叶　颙）

食随鸣磬巢乌下（王　维）
箨落长竿削玉开（李　贺）

水洗禅心老眼净（苏　轼）
日迟花影对人闲（范成大）

钟残永夜禅心定（刘　基）
松影半帘深院悬（薛有孚）

松影半分禅榻静（周式南）
翠烟凝暖春云浓（顾　瑛）

道院集联

鼓琴仙度曲
种杏客传书
（马祖常）

与鸥分钓石
留鹤伴丹房
（尹仲明）

大药一炉暾晚日
孤桐三尺写秋泉
（陆　游）

露坛春翦柏
云臼夜敲茶
（柳　贯）

院闭青霞入
松高老鹤寻
（韩　愈）

度谷采芝随鹿迹
登崖望日蹑云踪
（揭奚斯）

清水见白石
仙人识青童
（李　白）

碧篠移来当户种
黄精觅去带经锄
（华幼武）

功就不看丹灶火
性闲时拂玉琴尘
（李　中）

秋晖上寒竹
白鹤立苍苔
（马祖常）

彩云不散烧丹灶
白鹿时藏种玉田
（钱　起）

壶中日月存心近
岛外烟霞入梦清
（李　中）

石洞松花落
云房涧水来
（马祖常）

藏药宝函腾玉气
说诗瑶席散天葩
（虞　集）

壶中药物梯霞诀
肘后方书缩地功
（令狐楚）

一笈负山药
雨瓶携涧泉
（温庭筠）

朝霞炼药黄金井
夜月吹笙白玉台
（陈允平）

会见四山朝鹤驾
更看三李跨鲸鱼
（苏　轼）

剑在床头云在手
鹤作精神松作筋
（苏　轼）

将开丹灶那防鹤
欲算棋图却望云
（皮日休）

菊露壶觞秋色正
桂风殿阁月香深
（范成大）

叩齿晨兴秋院静
焚香冥坐晚窗深
（白居易）

赖有祖师清静水
踏遍仙人碧玉壶
（苏　轼）

龙收古剑沉秋水
鹤识神丹起夜光
（虞　集）

蓬莱方丈应不远
秋月春风各自偏
（苏　轼）

青松树杪千年鹤
白玉壶中一片冰
（杨巨源）

清露尚余丹满臼
白云今许草为堂
（虞　集）

晴教晒药泥茶灶
闲看科松洗竹林
（白居易）

扫叶仙坛供自爨
茹芝丹室少人知
（华幼武）

山中习静观朝槿
松下清斋折露葵
（王　维）

深谷野禽毛羽怪
上方仙子鬓眉纤
（苏　轼）

深竹每容驯鹿卧
青山时与道人行
（倪　瓒）

诗卷自书新甲子
药壶别贮小乾坤
（丁鹤年）

石井剑花飞夜气
玉田芝草艳春晖
（柳　贯）

石坛雨长碧苔藓
水屋风动青珊瑚
（虞　集）

石眼汲泉煎翠茗
竹根锄土种黄精
（陈　高）

室中时见天人命
物外长悬海岳期
（刘长卿）

水上青山如削铁
胸中灵液变丹砂
（苏　轼）

卧间疏响梧桐雨
独咏微凉殿阁风
（苏　轼）

洗药泉香龙蜕骨
吹箫台迥鹤成群
（王　諲）

闲里争忙晴晒药
静中机动夜争棋
（范成大）

休粮剩有青松啖
却老应无白发生
（黄　庚）

虚廊静院听松籁
细草甘泉养鹿麋
（陆　游）

学篆每朝临碧落
存神长夜养黄庭
（张　翥）

雪礁秋闲舂药水
雨犁春卧种芝田
（揭奚斯）

养成丹灶无烟火
点尽人间有晕铜
（苏　轼）

羽衣鹤氅古仙伯
白波青障非人间
（苏　轼）

云中采药随青节
洞里耕田映绿林
（李　端）

因携竹杖闻龙气
为使仙童带橘香
（韦　庄）

玉案晨餐沆瀣精
椒庭夜饮流霞液
（文彦博）

芝田火暖丹砂熟
松峤花香白酿新
（陈　深）

阴洞石床微有字
古坛松树半无枝
（卢　纶）

云根斵药移松骨
石罅分泉插木皮
（方　夔）

芝童解说壶中事
玉管能留天上春
（卢　纶）

阴灵呵护石坛古
老雨留渍苍苔痕
（王　恽）

云屋苔封烧药灶
风林花落煮茶铛
（黄　庚）

劚烟栽药为身计
负水浇花是世功
（皮日休）

餐霞楼上动仙乐（李　白）
诵经山顶餐琼浆（刘长卿）

门前种树云连屋（钱惟善）
仙人鼓琴花满庭（钱仲益）

苍壁长松有仙骨（沈　周）
清泉白石满奇胸（黄亚卿）

砚溪居士神仙侣（丁鹤年）
蓬莱真人冰玉清（苏东波）

乘兴遣画沧洲趣（杜　甫）
拂坛夜诵黄庭经（温庭筠）

众真微步壶中月（范成大）
童子开门雪满松（李商隐）

鹤下静依仙馆夕（揭奚斯）
风敲疏翠竹阴清（张养浩）

附录：

名家对联欣赏

春　联

明　赵宧光

竹开霜后翠

梅动雪前香

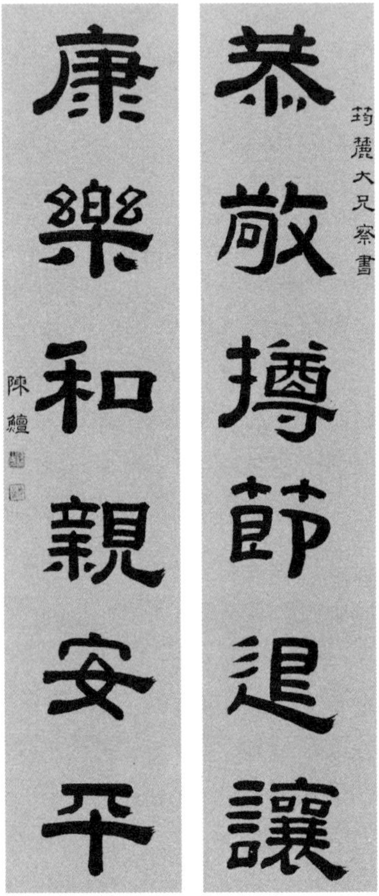

清　陈鳣

恭敬撙节退让

康乐和亲安平

格言联

清　吴昌硕

水不求深鱼自乐

人之好吾鹿则鸣

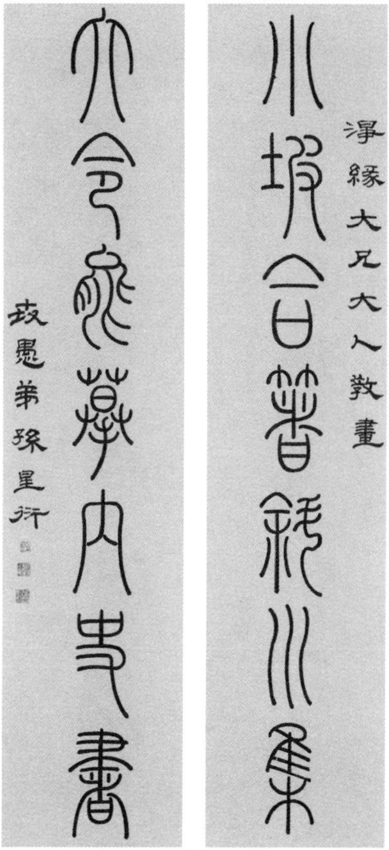

清　孙星衍

小坡合著斜川集

大令能摹内史书

居室联

明　徐渭

水夕苍蚊残夏扇

河间红树早秋梨

清　汪士慎

茶香入座午阴静

花气侵帘春昼长

迁（新）居联

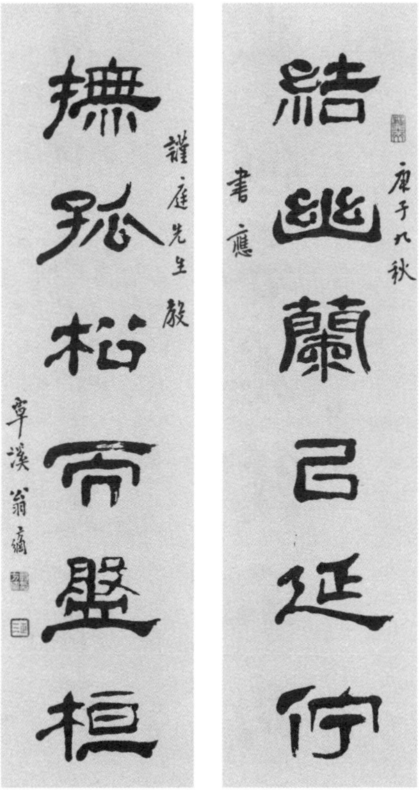

清　翁方纲

结幽兰以延伫

抚孤松而盘桓

清　邓石如

座上南华秋水

屏间北苑春山

劝学联

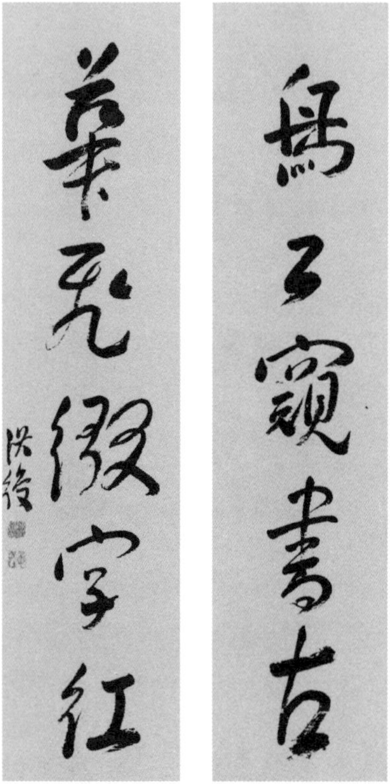

明　陈洪绶

鸟下窥书古

花飞缀字红

清　纪昀

过如秋草芟难尽

学似春冰积不高

寿　联

明　温如玉

老骥伏枥志在千里

烈士暮年壮心不已

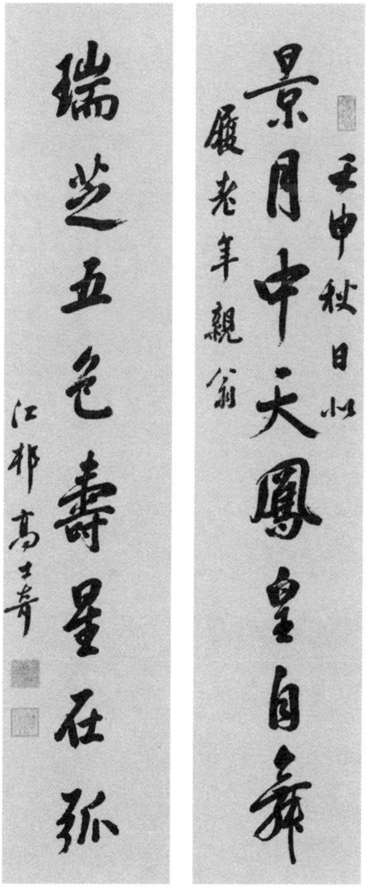

清　高士奇

景月中天凤皇（凰）自舞

瑞芝五色寿星在弧

园林联

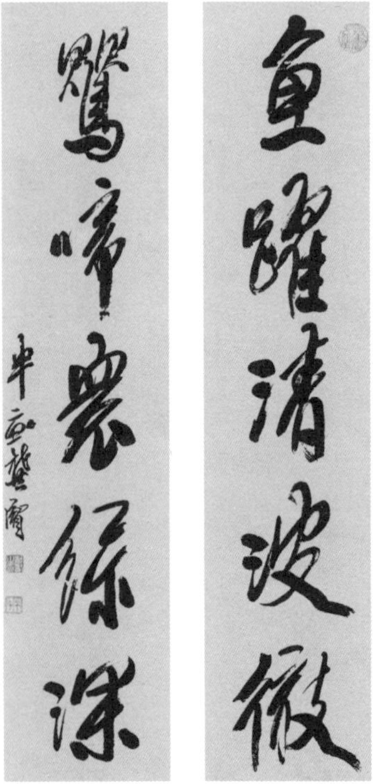

明末清初　龚贤

鱼跃清波溵

莺啼众绿深

清　康有为

斯文在天地

至乐寄山林

箴言联

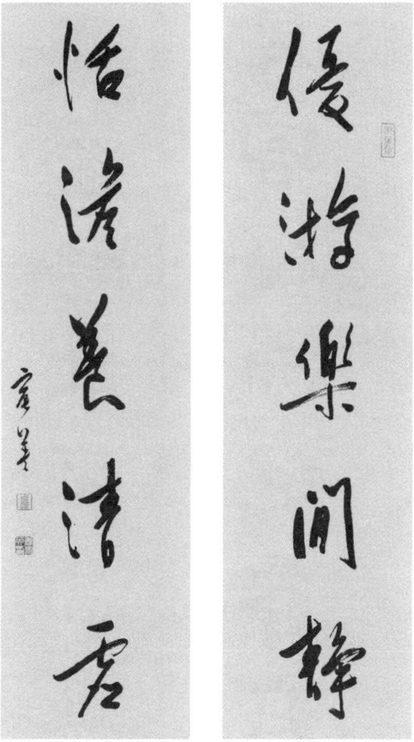

明末清初　姜宸英

优游乐闲静

恬淡养清虚

清　禹之鼎

秀句惊人时戛玉

清言对客总如兰

格言联

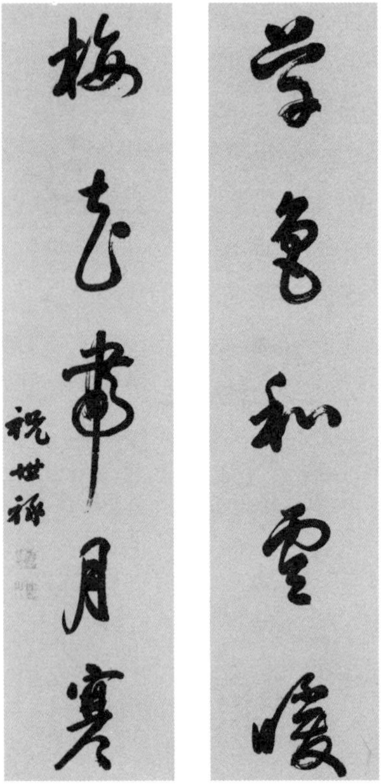

明　祝世禄

草色和云暖

梅花带月寒

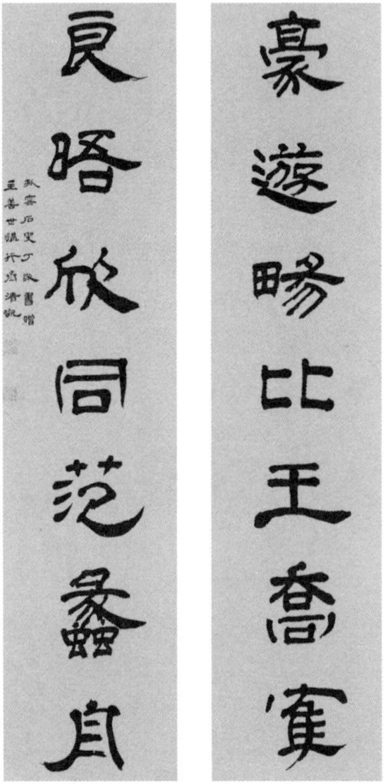

清　丁敬

豪游畅比王乔鹤

良晤欣同范蠡舟